JOHNNY

Long Chris

JOHNNY

A
la cour du roi

PRÉFACE
DE
JOHNNY HALLYDAY

filipacchi

Sommaire

Première partie

Ses tendres années

Deuxième partie

En suivant une étoile

Troisième partie

Hallyday sans masque et sans armure

PRÉFACE

Chris ! C'est celui qui a cru en moi, à la veille du premier jour. Le seul qui peut dire « j'y étais ». Il est mon meilleur, sinon unique ami.

A vous qui allez découvrir ces pages, sachez que pour moi, il est doux, réconfortant mais aussi douloureux de me retremper dans ma vie, ma vie insensée, reconstituée à travers son témoignage.

C'est vrai, il était toujours là, et mieux que quiconque, il a connu mes batailles, mes passions, mes amours, mes déceptions et aussi mes espoirs, enfin toutes ces choses qui font qu'une existence peut être heureuse ou tourmentée.

Quand il a fait ce livre, il a aussi ressenti de l'émotion. Je le sais, je n'étais pas loin de lui et je sais aussi qu'à chaque page sa plume a été trempée dans l'encre de l'amitié même si les mots, parfois, peuvent paraître durs.

Paris, le 8 novembre 1986

Johnny Hallyday

A Jacqueline Blondieau
A Willem Blondieau
... les parents du Blouson noir

A Gene Vincent
Elvis Presley
Eddie Cochran
Buddy Holly
... A nos morts

A Jimmy Dean, aussi,
celui de la « fureur de vivre »

Et à Jean-Philippe, afin
de perpétuer une légende.

En guise d'introduction...

L'aéroport de New York est une pieuvre enchassée de ciment. Chaque tentacule est un couloir où il est amusant de flâner pour trois Français qui ont deux heures à perdre en attendant le premier vol pour Nashville.

Des tas de petits magasins, véritables aspirateurs à dollars, sont collés les uns aux autres. Il y a tellement de trucs drôles et insolites à acheter !

Une fois de plus on se laisse aller pour un chapeau de cow-boy qui sera porté le temps de notre séjour américain. Il ira rejoindre, ce fier galure, les autres — ceux des voyages précédents — sur l'étagère d'un placard parisien.

Le « flight to Nashvillle » est chuchoté par une gonzesse à la voix de menthe fraîche, planquée derrière son micro quelque part là-haut, juste au moment où, toutes dents dehors, nous partons à l'assaut d'un super hamburger à plusieurs étages, arrosé d'un Coca express. Nous courons vers la file d'attente. Ça fait un drôle de bruit dans le ventre toutes ces choses que l'on vient d'avaler vite fait. En approchant du hall d'embarquement, chacun sort son billet de la poche arrière du jean.

« Pourquoi ne sommes-nous pas en première classe ? » interroge Johnny.

Pierre regarde nos billets, ne comprend pas.

« Merde ! C'est une connerie de l'état-major, laissez-moi faire, les mecs, je suis là dans deux secondes. »

Nous sommes obligés de laisser passer les voyageurs qui ont pris la file après nous. Pierre entame un aimable dialogue avec une hôtesse, un peu tapée mais qu'on aurait bien embarquée quand même.

Il revient, le copain plénipotentiaire, avec un grand sourire sous ses moustaches blondes, et une légère, mais capitale, rectification sur nos billets. Le charme français a encore frappé...

On se retape la file, Johnny tient son bagage d'une main, de l'autre il feuillette les pages de son passeport remplies de tampons multicolores. Il le tend au douanier américain.

Après l'avoir examiné à son tour, l'employé s'étonne.

« Hey ! Vous êtes Johnny Hallyday, le chanteur français ?

— On ne peut rien vous cacher !

— Que venez-vous faire aux Etats-Unis ?

— Je dois préparer une émission télévisée avec les Stray Cats et Carl Perkins.

— Avec qui ?

— Les Stray Cats et Carl Perkins, vous connaissez ?

— Je n'en ai jamais entendu parler. »

Surpris et flatté quand même, Johnny me balance un coup de coude dans les côtes.

« T'entends ça, Chris, cet Américain connaît Johnny Hallyday mais il n'a jamais entendu parler de Carl Perkins ni des Stray Cats, c'est dingue ça, tu pourras l'écrire dans tes mémoires ! »

New York,
Février 1984

Première partie

Ses tendres années

Chapitre 1

LES CAHIERS D'UN BLOUSON NOIR

> *« Il y a trop de profondeurs pour tous les solitaires, c'est pourquoi ils aspirent à un ami, et à la hauteur d'un ami. »*
>
> NIETZSCHE.
> *« Ainsi parlait Zarathoustra ! »*

1956.
Paris, quartier Vaugirard.

Aujourd'hui, pas d'école ; mais, comme tous les jeudis, il pleut, c'est comme ça ! Systématique ! Régulier ! Invariable ! Et chiant !

Trempé, la tête enfoncée dans les épaules et les mains enfouies au plus profond de mes poches, j'attends, je piétine, je grogne devant la barrière en bois, genre passage à niveau, à l'entrée d'une base militaire US, coincée entre deux immeubles d'une éternelle grisaille.

Arrive enfin un grand Noir, impeccablement tiré à quatre épingles dans une chemise kaki clair dont les manches portent l'insigne de l'Us Air Force. Dans un français approximatif, il essaie de m'expliquer que mon « dealer » en disques a été muté en Allemagne. Le caporal s'embrouille, cherche ses mots sans se presser, en mâchouillant son chewing-gum ; la pluie n'a pas l'air de le déranger beaucoup.

— « Grouille-toi, vieux ! raconte.

— OK ! OK ! Sam est parti, that's all ! Mais il a quand même laissé quelque chose pour vous. »

Le soldat fait un aller-retour jusqu'au poste de garde et rapporte un grand disque, un 33-tours.

« Sorry, I'm getting wet, son ! » Ça y est, il s'est aperçu qu'il pleuvait ; il tourne les talons et me balance un « so long » nonchalant.

C'était l'époque des bases américaines en France, avant que De Gaulle ne remercie nos alliés de leurs bons et loyaux services. Celle-ci était en face de l'école communale de la rue Corbon, où je me morfondais pour la dernière année entre les problèmes de robinets et les exploits de Jeanne d'Arc. Parmi les gamins qui hantaient cet établissement scolaire, certains se débrouillaient très bien pour sortir de chez les Américains des jeans ou des cigarettes blondes pour quelques sous.

J'avais donc dans la place un copain natif du fin fond de l'Arkansas, qui me refilait, pour pas cher non plus, ses vieux disques de cow-boys (1) qu'il n'écoutait plus. Ce jour-là, comme je venais de l'apprendre, ce bon Sam s'était envolé vers les « fraülein » et la bière : service oblige. Il eut quand même la gentillesse de me faire parvenir par un intermédiaire, un 33-tours dont la pochette me surprit. J'étais habitué au graphisme crépusculaire profilant la silhouette d'un cow-boy solitaire ou au classique groupe de joueurs de guitare rassemblés autour d'un feu de camp, Stetson enfoncé jusqu'aux yeux !

La photo de cette pochette étonnante était en noir et blanc. Il y avait bien sûr une guitare sur le ventre du chanteur ; ce type avait l'air de hurler de douleur en frappant sur son instrument, qui devait en revanche lui faire un mal de chien. Sur le côté gauche, verticalement, en lettres rose

(1) On dit aujourd'hui de « country music ».

bonbon, s'étalait un drôle de prénom « ELVIS », et en bas, horizontalement mais en lettres vert pomme : « PRESLEY ».

Et ces titres bizarres : *Money honey, Tutti frutti, I'm gonna sit right down and cry* (Je vais m'asseoir par terre et pleurer !) Ça va pas non ? Quel est le cow-boy qui chanterait « chaussures en daim bleu » *(Blue suede shoes)* ? J'ai, cette fois, la ferme conviction de m'être fait avoir sur la marchandise.

Il pleut tellement que je rentre dans le café aux « Ricains », lieu privilégié en principe réservé aux militaires ; mais j'y suis connu. C'est ici que le copain Sam me passait ses disques. J'attends la fin de l'averse.

Il est « bath » le café aux Ricains, avec ses rangées de flippers qui ne font plus tilt depuis longtemps, son juke-box aux joues de robot avec ses cinquante paires d'yeux qui clignotent dans tous les sens.

Un GI danse un Be-bop avec une serveuse sur une musique infernale qui donne des coups dans le cœur.

Pendant que je sirote un Coca voluptueusement — cet élixir de jouvence est rare et n'est pas encore distribué dans tous les cafés — un soldat aux cheveux en brosse passe près de moi, aperçoit mon disque et me fait un clin d'œil en levant son pouce en l'air. Se moque-t-il de moi par hasard ? Qu'est-ce que c'est que ce disque que l'on m'a refilé ? Pour rentrer chez papa-maman, je longe un interminable mur gris sur lequel la loi du 29 juillet 1881 interdit tout affichage. Ce mur dissimule les Laiteries Parisiennes de la rue de La Quintinie, qui utilisent d'immenses chariots tirés par des chevaux pour livrer le lait dans de gros pots d'aluminium.

Le quinzième arrondissement est un quartier rustique. Il existait encore, il n'y a pas longtemps, une rue pavée de bois ! Séquelle du Second Empire... Le baron Haussmann, n'avait pas traîné son jeu de construction par ici.

Sur d'immenses palissades en planches qui sont plantées là pour cacher les plus vilains terrains vagues, la publicité s'installe en vastes taches de couleurs criardes : « Saponite la bonne lessive », « Pour chacun, pour chacune, biscuit Brun, pâtes La Lune », « Savon le chat », etc. L'immeuble de mes parents est perdu au milieu de ces terrains vagues.

Pour une fois, je ne suis pas pressé d'écouter ce disque curieux ; je passe à la librairie où je me ruine en illustrés : *Météor, Coq Hardi* et *L'intrépide*. Ah, *Tintin* et *Spirou* sont parus ! Où en est Buck Danny ? Il était tombé entre les mains des Japs la semaine dernière...

Sur l'électrophone, le disque que je rapporte fait autant de boucan que le juke-box tout à l'heure dans le troquet, ce qui m'attire quelques problèmes familiaux. Pendant quinze jours, le disque à la pochette en noir et blanc prend la poussière sur une étagère, à côté de la collection de buvards publicitaires, déjà en disgrâce, jusqu'au moment où Jeannot, un copain (le sosie de Dean Martin d'ailleurs) qui revient de Londres, tombe en arrêt devant. Stupéfait.

« Elvis Presley ! tu écoutes Elvis maintenant (sifflement admiratif) y a du progrès, dis donc !

— Quoi ? ça ! c'est une erreur, totalement inaudible en plus !

— Mais t'es fou, toi ! toutes les petites Anglaises sont folles de ce chanteur.

— Oh ! Hey ! Jeannot, tu te fous de qui ? J'ai l'air d'une petite Anglaise, moi ? Tiens, écoute plutôt cette douce mélopée de l'Ouest *Home on the range.*

— Prête-moi le disque de Presley ?

— « Oh give me a home, where the buffalo roam... »

— Christian, prête-moi ton disque.

Exaspéré, je lève le bras de mon « Teppaz ».

« Zut ! Je ne te le prête pas, je te le donne !

— Salut, merci, au revoir », me dit Jeannot en se sauvant comme un voleur.

Je ne compris pas la réaction du copain Jeannot. C'était un

adepte du jazz, admirateur (1) de Sidney Bechet, Maxime Saury, Claude Luter.

J'avais l'impression qu'il allait déjà en culottes courtes au Caveau de la Huchette, haut lieu du jazz au Quartier Latin, où il se noyait les oreilles de « New Orleans ».

Un intello comme lui, que peut-il trouver à Presley? Quelque temps après, lors d'une « surboum », je rencontre un Jeannot transformé. Ses cheveux, que j'avais toujours connus en brosse, ont poussé à la limite de la décence. Il les a coiffés en arrière. Ils forment des vagues brillantinées (2).

Sa veste et sa cravate sont restées dans son armoire et il porte une chemise rouge et noire, dont il a relevé le col à la voyou. Il danse, maintenant ! Lui ! Ça alors, et voilà qu'il prend des poses de stripteaseuse ou de boxeur noir... Et sur l'électrophone, c'est mon disque qui passe, enfin, celui que je lui ai donné.

Tous les copains avec leurs louloutes, l'imitent ; moi je ne danse pas encore, mais j'écoute, j'essaye de comprendre.

Cette musique c'est bien celle du juke-box dans le café des Américains, celle qui donne des coups de bélier dans le cœur ; mes jambes commencent à bouger toutes seules, et je claque des doigts sans m'en rendre compte. J'aurai dû être plus perspicace ; Presley valait bien une deuxième écoute.

Une chanson attire davantage mon attention, peut-être parce qu'elle a un petit goût « western » : *Trying to get to you,* que je remets plusieurs fois sur le pick-up, mais colère des copains... Au fond, j'ai toujours aimé les trucs indansables.

Cet après-midi-là, je venais de recevoir le « message » rock au creux de l'estomac. Le soir, assis sur mon lit, j'éprouve du remords à m'être séparé si rapidement du disque de Presley.

(1) On ne disait pas encore : fan, diminutif de fanatique.
(2) Banane.

J'écoute d'une oreille différente, sur mon électrophone, le cow-boy chialer sa chanson entre les sillons d'un 45 tours usé.

Bien sûr, le rock c'est la pointure au-dessus.

Sans pour autant abandonner complètement mes vieux chanteurs de l'Ouest qui ont fait rêver mes quatorze ans, je sais que, désormais, il existe une autre musique, un autre rythme, le rythme de la rébellion. C'est alors le premier symptôme du soulèvement de toute une jeunesse, née pendant la guerre et qui ne veut plus être habillée dans les vêtements retaillés de ses parents.

***

Jeannot, Arménien itinérant, allait se fixer définitivement à Londres avec sa famille. Il vint me faire ses adieux, et m'étonne encore une fois : ses cheveux courts de nouveau, sa cravate nouée autour du cou, il retombe dans ses premières amours : le jazz. Il lève les yeux au ciel et murmure : « Mulligan ô Mulligan » !

« Tiens ! Jeannot, tu donnes dans le moderne maintenant !

— Quoi ! Mulligan, c'est du jazz moderne ?

— Ben voyons, gros plouc, pour une fois que je peux marquer un point avec toi ! Mais mes connaissances s'arrêtent là, vois-tu. Moi je plonge dans le rock, à outrance. »

Beau joueur, Jeannot me rend le fameux 33 tours à la pochette en noir et blanc, un peu fatiguée à force d'avoir été manipulée. Après son départ, il me reste de Jeannot quelques disques simples de Presley en gravure anglaise et trois accords de guitare qu'il m'avait appris sur un instrument réparé au papier collant d'écolier, instrument sur lequel il manquait bien la moitié des cordes.

Ces trois accords de blues me permettent de jouer les premières chansons d'Elvis Presley.

Les paroles pour le moment ne sont qu'onomatopées, et la glace de la grande armoire familiale est la première étonnée des déhanchements inquiétants et saccadés d'un des premiers fanatiques du rock en France.

Plus culturelle, la deuxième phase de mon initiation « presleyenne » m'oblige à apprendre l'anglais. En retournant à la base américaine, je me procure le dernier simple d'Elvis, *All shook up* avec une bonne longueur d'avance sur les disquaires français. C'est à partir de ce disque que ma jeune oreille a voulu comprendre les paroles que débitait l'interprète qui ne chantait pas, mais « hoquetait » son texte, un texte pas facile en plus.

L'autodidacte que je suis toujours met alors son grand nez dans les ouvrages spécialisés. Quelques semaines plus tard, je suis capable de chanter les premiers rocks en anglais sur le territoire français, devant un public familial ébahi, qui supporte gentiment les trois chansons de mon répertoire.

Les mèches de cheveux brillantinées à l'huile de table se balancent devant mes yeux, selon le rythme, avec le fameux « rictus » d'Elvis au coin des lèvres. Pour les rouflaquettes, je devais attendre plus tard... à seize ans, je suis bien évidemment imberbe.

Le folklore vestimentaire a aussi son importance, nous l'avons avec les moyens du bord (1). L'argent de poche que nous donnent nos parents, les « croulants » est un peu léger et nous avons recours à la « démerde » : laver des voitures, décharger des cageots aux Halles ou « chiner » les bouteilles vides dans les terrains vagues. C'est la course à la récupération de la « consigne » chez les épiciers. Les quatre ronds ainsi réalisés sont investis dans les disques ou les bouquins de science-fiction. Ceux qui font des économies arrivent à se payer des fringues à la mode qui ne sont pas fournies par les « vieux ».

C'est ainsi qu'un dernier voyage à la base US me permet de rapporter « a pair of Levis » plus connue sous l'appellation de

(1) Il s'agit du « look » comme viennent de me souffler mes filles.

« culottes à clous » à cause des rivets. Seuls, quelques privilégiés en ont sur les fesses, soit qu'ils les ont rapportés eux-mêmes des Etats-Unis pour les plus fortunés, soit après avoir intrigué auprès des soldats américains en France, ce qui est mon cas et n'est pas facile.

Pantalon idéal du cow-boy, le « jean » fait partie de la garde-robe de tous les artistes et chanteurs américains, par lesquels nous sommes tellement influencés.

Le grand chic est de porter le jean usé, bien éclairci sur les genoux et les fesses. Le mien arrivait juste à être à point, quand ma mère le passa à la teinture bleu marine... j'étais dingue ! Autre règle : le jean doit être bien moulant : pour ce faire il faut littéralement se jeter dans le bain : nous rentrons avec dans la baignoire, le laissons sécher et rétrécir sur nous afin qu'il épouse parfaitement les formes. Ce baptême vestimentaire ne se fait qu'en été car nous avons le cul au frais pendant au moins deux jours. Mon père appelle le jean un bleu de travail ou un pantalon de charretier, suivant son humeur, et menace toujours de mettre « un coup de ciseaux dedans ». C'est « l'affrontement des générations ». Je ne plaisante pas. C'est encore un putain de jeudi où il pleut, qui m'aurait fait râler il y a quelque temps, mais je ne vais plus à l'école. Il se passe quelque chose de sournois dans l'air, d'indéfinissable. Les jeunes parlent entre eux, il y a comme un refus de perpétuer les traditions d'un vieux monde qui vient d'être bousculé par six années de guerre. Notre avenir à nous est un immense point d'interrogation, nous le savons et nous préférons le brûler au jour le jour. Mais il y a cette façon injuste d'en vouloir aux parents, pour tout et pour rien. Cela me gêne un peu, car leur en vouloir, mais de quoi ? D'avoir fait le maximum pour nourrir des galopins avec de la bouffe du marché noir, ou celle ramassée au compte-gouttes grâce à d'avilissants tickets (1).

(1) Trop jeunes, il y avait des choses que l'on ne pouvait pas comprendre.

Et puis, c'est la révolution James Dean.

C'est dans *la Fureur de vivre* qu'il apparaît avec son fameux blouson de toile rouge. Surprise, ce vêtement est distribué sur le marché français. Il uniformise tous les jeunes qu'on appelle dans certains quartiers de Paris — improprement d'ailleurs — « barbeaux ».

Certains d'entre nous essaient déjà de se singulariser.

Mon blouson est kaki et provient de l'armée américaine, mais je l'ai acheté aux Puces de Saint-Ouen. J'ai collé dans le dos, en grosses lettres de feutrine jaune « Club Elvis Presley ». Pour les copains et les gens de la rue, il s'agit là, bien sûr, de hiéroglyphes.

Le blouson de cuir noir, porté par les anciens, c'est la consécration à un haut grade dans la hiérarchie des « demi-sel ».

Il faut avoir fait ses preuves pour être accepté dans une bande : combats au cran d'arrêt, courses de mobylettes sur les « fortifs » (1)ou dans les sens uniques. Gauler une nana à une bande adverse fait partie du programme d'admission.

Dès lors, c'est la chasse au fameux blouson de cuir, signe extérieur du clan. Obtenir le consentement des parents, c'est encore une autre affaire. Faute de mieux, beaucoup d'entre nous rêvent devant les affiches de Marlon Brando dans *L'Equipée sauvage.*

⁂

Je rentre dîner chez mes parents. Comme souvent, mon père s'attaque violemment à la longueur de mes cheveux. Quand il a bien vidé son sac, à bout d'arguments, il se tourne vers ma mère et l'apostrophe d'une voix autoritaire :

— « Alors tu laisses faire, toi, tu ne dis rien ? »

(1) Fortifs : fortifications autour de Paris en 1870, dont certains tronçons subsistaient encore à la fin des années cinquante.

Ma mère, d'une douceur lassée, soupire sans conviction :

— « Christian, fais plaisir à ta maman, vas chez le coiffeur, mon chéri. »

Je la rassure, pour lui faire plaisir, d'un « oui, m'man » bredouillé en pensant à autre chose, et puis je n'aime pas qu'elle m'appelle « mon chéri ». A table, mes parents s'engueulent à cause de ma tignasse qui fait « sale », puis c'est le grand silence interrompu au dessert par mon père qui, tout à coup, émerge de son journal :

— « Ah ! tiens ! " on " a débarqué à Suez ! " on " va leur en faire voir aux pharaons !

— « Leur faire voir quoi ?

— « Que les Français ont encore des couilles, mon p'tit gars. »

C'est gentil, pour un Belge de s'inquiéter des testicules des Français. Ouais ! mon paternel est Belge, Wallon et francophile, et allergique aux cheveux longs de son fils.

Mais on siffle sous mes fenêtres, les copains viennent me chercher. Je laisse mon père se dépêtrer dans les eaux boueuses du canal : savoir ce qu'il ferait, lui, à la place du gouvernement ne m'intéresse pas.

Je rejoins la bande, on prend la rue de Vaugirard à rebrousse-poil sur nos meules, on déboule Place de la Convention. C'est le 30 septembre 1956. Il fait presque nuit. Sous le halo des réverbères, les blousons noirs sont groupés, à cheval sur leurs mobylettes, les mains dans les poches arrière du jean d'où dépasse l'indispensable peigne en plastique.

Ils font grise mine, les loulous, à cause de la mort de James Dean. L'idole s'est plantée en caisse sur une route de Californie.

« Dudule », le plus âgé de la bande, le seul qui possède un scooter, pense à autre chose ; il a toutes les raisons de faire la gueule : il a reçu sa feuille de route pour l'Algérie.

Ils sont curieux, ces blousons noirs ! Sont-ils vraiment concernés par la mort de l'acteur américain ?

Ce n'est pas *A l'Est d'Eden* qui les a sensibilisés, ce n'est pas davantage *Géant*. Je les connais, je suis des leurs, ils ne sont pas cinéphiles au point de s'intéresser à Dean en tant qu'acteur, mais c'est le rôle qu'il joue dans *la Fureur de vivre* qui les a marqués. Ils ont trouvé en « Jim Starck » un modèle. Ils se sont reconnus en lui, physiquement et psychiquement.

Dans cette hypothèse, James Dean mort annonce la venue de quelqu'un. Il leur faut un chef suprême à tous ces « blousons ». Pas un acteur américain, mais un type comme eux, de leur milieu, né dans la rue, dressé à l'école de la rue. Quelqu'un qui osera. Quelqu'un d'assez fort, de courageux pour crier l'existence d'une jeunesse qui veut être reconnue.

Il faudra un élu !

Pour les garçons de notre âge, les distractions sont quand même réduites. Jeune prisonnier des rues de Paris, j'abandonne les « Dinkys » et les soldats de plomb, en aluminium ou plastique pour les yeux pleins de malice d'une fille de quinze ans. Ah Rose ! Tes parents fleuristes étaient doués d'une grande imagination, y a pas de problème. Il me reste encore les bagarres entre bandes avec les zonards de la périphérie, un western ou un polar avec Eddie Constantine sur petit écran au son nasillard d'une salle de quartier.

Enfin, il y a la grande vogue du patin à glace. Les patinoires Saint-Didier et la « Fédé » de Boulogne sont devenues nos pépinières à flirts. Saint-Didier est la préférée de la bande. On se retrouve tellement nombreux dans le métro que les chahuts sont spontanés. A chaque grande station à « changements », une bande attend sur le quai et vient grossir les rangs des patineurs.

Alors, des rames entières de métro sont plongées dans l'obscurité : les jeunes dévissent les ampoules électriques des wagons. Avec les braillement en plus, les voyageurs sont terrifiés et préfèrent regagner le quai pour nous laisser entre nous. Arrivés à destination, nous sommes bien deux cents à déferler des wagons.

Le blouson « Club Elvis Presley » sur le dos, club dont je suis toujours le seul et unique membre, les patins autour du cou, attachés par les lacets, je sors du métro, serrant un 45 tours sous le bras.

Ce 45 tours inédit en France, j'ai bien l'intention de l'imposer au disc-jockey de la patinoire qui berce notre talent de jeunes patineurs avec les voix de Dalida *(Bambino, Bambino)* ou Marino Marini *(J'ai la tête comme un ballon)*. Nous avons droit à la *Danse du sabre* pour la minute de vitesse.

Quelle sera la réaction du disc-jockey ? Et celle des copains ? Je suis dans tous mes états !

Elvis à grande écoute, Elvis en public ! Si je me trompe, je n'oserai plus jamais remettre mes patins dans cette patinoire. Au vestiaire, mes doigts tremblent en serrant les lacets de mes patins ; les jambes en coton, j'attends le foutu moment où ces foutus haut-parleurs vont diffuser les premiers accords syncopés de *All shook up*.

J'ai le trac, bon sang, comme si c'est moi qui devais chanter, sachant très bien que la centaine de jeunes qui tournent sur la piste sifflent dans leurs doigts dès qu'un morceau ne leur plaît pas.

Conciliant, le disquaire passe enfin mon 45 tours surprise. Je m'élance sur le stade de glace en chantant à tue-tête en même temps qu'Elvis. Super : le morceau passe comme une lettre à la poste. Certains jeunes s'arrêtent pour l'écouter. Oui, c'est gagné. Je fonce comme un bolide sur la piste, je suis heureux : « ma » musique est enfin écoutée et appréciée, peut-être un jour sera-t-elle reconnue ? A un moment où, dans mon élan je perds l'équilibre, je m'accroche au bras d'un patineur ; cela ne m'empêche pas de continuer à chanter. L'autre me regarde interloqué ! Mais quoi, il chante aussi ? Il chante sur mon disque ! Le disque que j'ai apporté ! Il chante comme Elvis ! Il chante en anglais ! Il connaît les paroles !

On se regarde, aussi étonnés l'un que l'autre, plantés au milieu de la piste. On est bousculés. Je l'entraîne sur les gradins : il faut qu'on s'explique.

Ce garçon en face de moi est de ma taille, blond, coupe au rasoir bien formée, comme l'exige la mode. En veste et non pas en blouson de peau noire et — le comble — pantalon de flanelle grise !

« C'est dingue, comment connais-tu cette chanson ? Je croyais être le seul, c'est moi qui ai apporté le disque.

— Ecoute, j' vais te dire un truc ! Le disque, je le connais depuis pas mal de temps, mon frère est Américain et il me passe tous les 45 tours de Presley et des autres.

— Des autres, des autres quoi ? Chanteurs ?

— Ouais, il y en a plein d'autres.

— Quoi, qui font du rock n' roll aussi ?

— Bien sûr, j' t'ai dis mon frère me rapporte tout ça du Shape (1).

— Ouais... Bien sûr. Mais toi tu fais quoi ?

— Moi, je joue de la guitare et je chante du rock.

— Ah ! carrément...

— Ouais mon pote, c'est comme ça ! »

Après quelques informations échangées sur le chanteur qui nous a réunis, du genre... Connais-tu les paroles de *Blue suede shoes*... T'as vu la chemise qu'il porte sur tel disque... etc. Mon compagnon se lève comme un diable en apercevant une fille qui panique en équilibre sur ses lames de patins. Il va la rejoindre et lui glisse quelques mots à l'oreille puis l'entraîne sur la piste. Il me jette un « See you later » avec un grand sourire, laissant apparaître une denture de loup.

(1) Le PX du Shape : magasin réservé aux militaires et résidents américains en Europe.

« Ça alors, il va plutôt vite pour emballer, lui, ça a l'air de le passionner plus que le rock n' roll. »

Je suis toujours assis dans les gradins, j'essaie de réaliser. De plus en plus dingue : quelqu'un d'autre connaît ma musique, les mêmes chansons que moi et de surcroît, les chantent. Je ne suis plus seul sur mon île déserte ! Six heures, la sonnerie nous chasse de la piste. Le disc-jockey me demande si je peux lui laisser le disque.

— Pas question, mais je le rapporterai.

Je cherche alors dans la foule de blousons celui qui joue de la guitare et qui chante du rock n'roll. Il a disparu... C'est bien la peine... Je rencontre enfin un mec avec qui je parle le même langage, avec qui j'aurais pu devenir copain. Nous sommes au moins deux à connaître le rock n'roll, et voilà que ce mec a filé.

Au bas du grand escalier qui mène à la sortie, un cercle se forme dans la rue ; à première vue c'est une bagarre. C'est fréquent à la sortie de la patinoire. Les flics ont l'habitude et vont bientôt rappliquer. Je regarde par-dessus les épaules des mectons pour voir qui sont les loubards qui se foutent sur la gueule. Bon sang, mais c'est mon pote de tout à l'heure, celui qui « joue de la guitare ». Il est mal « barré ». Au milieu du cercle, il tient la fille de tout à l'heure par la main, de l'autre un patin, la lame nue !

Je ne mets pas deux secondes à comprendre qu'il a « piqué » la gisquette (1) d'un chef de bande et qu'il a maintenant toute la meute sur le dos. Je ne peux pas laisser le copain avec lequel j'avais sympathisé si vite tout à l'heure, dans une situation dont seul Roy Rogers pourrait se tirer.

Brisant le cercle, ce qui me vaut déjà de recevoir des coups de coudes dans le ventre — « Hey tà, où tu glisses tà — je fonce tête baissée, je pousse des culs. « Fais gaffe à tes pognes

(1) Souvenez-vous lecteur de cette génération, ces ravissants surnoms que l'on empruntait pour désigner les jeunes filles du temps : gerces, sarces, greluches, etc.

tà. » Me voici dans le cercle infernal à côté du copain assiégé. Il me regarde la mâchoire crispée, j'ai même pas droit à un demi-sourire !

Ça fait rien, j'y suis, j'y reste, et j'apporte le concours de deux poings supplémentaires, ce qui est peu quand même. Ça y est, « gaffe » mon pote, ça tombe de partout.

Joli combat, mon prince, digne de la chevalerie, à deux contre vingt. La suite, logique inéluctable, nous laisse sur le carreau avec bien sûr des plaies et des bosses, stigmates évidents d'une cérémonie peu fraternelle.

La poussière sur l'asphalte a une drôle d'odeur quand on l'a sous le nez, avec en plus le goût du sang dans la bouche. Mon copain est à genoux, une épaule contre un mur, il regarde le dos de sa main droite, traversée par une longue estafilade écarlate creusée par la lame d'un patin.

Au loin, l'inévitable « pin pon » sur deux notes du panier à salade provoque l'envolée de moineaux chez nos adversaires. Un oiseau s'est tiré avec mon disque, l'ordure !

Cette accalmie nous permet de nous relever, aidés par le frère américain de mon nouveau compère, qui vient juste d'arriver. Celui-ci nous enfourne vite fait dans une Volkswagen sans âge, démarre et sème les flics. Mon compagnon est assis devant. La tête rejetée en arrière, il pisse le sang par le nez. De mon côté, c'est une arcade sourcilière ouverte et la lèvre supérieure fendue. C'est embêtant pour embrasser les filles. Tiens, à propos de filles, je pense à celle du patin.

« Hey, machin, ta gonzesse s'est fait la malle.

— Bah, une de perdue, dix de retrouvées, pas vrai ? philosophe le grand blessé en regardant sa main.

— Ouais, c'est ça, à raison de vingt gus pour récupérer une nana, ça nous fera exactement cent types chacun sur le dos pour la prochaine fois.

La voiture s'arrête à un feu rouge, mon pote se tourne vers moi :

« Dis donc, t'es quand même gonflé d'être venu me donner un coup de main.

— C'est toi qui est gonflé, te foutre sur le dos autant de loubards pour une gonzesse. »

Nous avons éclaté de rire. Le grand frère américain, lui, ne riait pas du tout. Feu vert, la voiture démarre.

Je me retrouve allongé sur un fauteuil dans un petit deux-pièces du quartier de la Trinité. Une charmante dame âgée, que je pensais être la grand-mère de mon frère d'armes, nous passe à l'un et à l'autre un coton humide sur le visage, tout en se lamentant.

« Mais Jean-Philippe, Jean-Philippe, que t'arrive-t-il encore ?

— Une bagarre, évidemment, soupire le grand frère américain, l'air blasé.

— Ouais, encore une bagarre, surenchérit le Jean-Philippe visiblement coutumier du fait. Un coup d'œil vers moi et il enchaîne : « Et mon copain qui voulait m'aider s'est fait casser la gueule aussi, mon copain... mais au fait, toi, comment t'appelles-tu ? »

La lèvre tuméfiée, j'articule : « Christian », en zozotant.

— Eh bien moi je t'appellerai Elvis ; normal, avec le blouson que tu as. D'ailleurs, tu as vu qu'il te manque deux lettres dans le dos... Attends... le « L » d'Elvis, et puis... l'autre « L », de Presley. Ah ! il te manque les deux ailes ! (éclats de rire) Bon, moi c'est Jean-Philippe, tu le sais maintenant, l'infirmière c'est ma tante, Mme Mar, lui, c'est mon frère Lee ; tu peux lui dire merci ; c'est lui qui nous a ramenés... Merde, qu'est-ce que j'ai mal à la main. »

Le silence revient dans ce petit appartement mal éclairé, mes yeux parcourent les murs de cette pièce minuscule encombrée de gros meubles et de souvenirs. Je suis étonné de la place que prend un immense frigo américain et ne peut m'empêcher ici de penser à cet « inventaire » de Prévert dont je vois les « paroles » tous les matins dans le métro en allant bosser. Dans la pénombre, je distingue dans l'entrée un vélo, un piano. Autour du lit, quelques ours en peluche, un petit voilier, des mocassins peaux-rouges, un sabre, des castagnettes... Chez mes parents, il n'y a pas tant de choses aux murs.

Je continue... des pin-up découpées dans *Cinémonde* voisinent avec des photos de Jean-Philippe enfant. Au-dessus de l'oreiller : une guitare espagnole (c'est là-dessus qu'il joue du rock n' roll ?). Un immense crucifix avec autour, des pochettes de disques américains. Des chanteurs que je connaîtrai plus tard. Une photo de James Dean, cela ne m'étonne pas, d'autres de Brigitte Bardot, Marilyn... Tiens ! le bouquin de Caryl Chessman : « cellule 2455, le couloir de la mort » le tôlard américain exécuté douze ans après sa condamnation. Des gadgets made in USA, et des souvenirs ramassés dans des tas de pays... pas de ratons-laveurs, mais un gros chien : Doudou, qui a la particularité de battre de la queue en mesure selon la musique qu'il entend.

Je rêve devant tous ces objets hétéroclites. « Surprenant, mon copain ; il a dû faire vingt fois le tour du monde. »

Jean-Philippe me secoue, il est allongé sur son lit, se relève sur un coude et me tend la main.

« Ecoute, je n'ai jamais eu de vrai copain, veux-tu être mon ami ? »

Je le regarde, étonné, je ne pensais pas que l'on devenait « amis » sur proposition ; on le devient par réciprocité, comme ça, selon les événements, sans rien dire.

Pour Jean-Philippe, l'événement c'est cette bagarre. Sa main est toujours tendue. Je vois ses yeux bleus interrogateurs, d'un bleu turquoise, presque suppliants. Son attitude m'émeut, m'ébranle. Pour lui, le sang a coulé. C'est le pacte des compagnons d'armes. Il ne me connaît pas mais il a déjà confiance. A moi de répondre.

Je lui prends la main, une main boursouflée, couverte de

sparadraps et tachée de sang. Nos sangs se sont sans doute mêlés. J'ai seize ans, il en a quinze.

D'un geste, je viens de signer un contrat avec un diable, avec un ange, avec un dieu qui s'ignore, doué d'un incroyable magnétisme qui aimante les hommes comme les femmes.

Il est sûrement envoyé sur terre pour y tenir un rôle ; l'élu attendu, c'est lui. Il est peut-être guidé par une autorité occulte.

Un drôle de type en tout cas, qui m'annonce le 20 mai 1986, après les vingt-cinq ans de carrière que l'on sait : « Si je suis là, c'est par hasard. Si je réussis quelque chose, c'est toujours par hasard, moi-même je n'y peux rien. »

Je le voulais mystique, eh bien voilà !

Chapitre 2

DE JEAN-PHILIPPE À JOHNNY

> *« Sa vue et ses paroles créaient une impression si puissante qu'elle attirait dans ses rets l'homme le plus froid, le misogyne le plus endurci. »*
>
> Dion Cassius

Un soir d'orage, deux conspirateurs rasent les murs, le col relevé, et s'engouffrent sous une porte cochère, rue de la Tour-des-Dames, quartier Trinité.

Après avoir vérifié qu'ils n'ont pas été suivis, ils grimpent jusqu'au premier étage droite, où tout va commencer. Dans un coin, le creuset, l'alambic, la cornue, les poudres. La bombe est amorcée, une bombe à base de notes de musique, qui ne demande qu'à sauter. La réalisation secrète du rock n' roll made in France.

Lequel de ces deux personnages va porter à ses lèvres la coupe où bouillonne un élixir aux couleurs d'apocalypse ?

Il y a un apprenti sorcier ici qui joue avec le feu, il ne sait pas encore jusqu'où cela va l'entraîner.

Ce soir-là, les éclairs se souviennent avoir vu dans le ciel des sorcières chevaucher des guitares électriques.

Plus prosaïquement, je m'escrime sur plusieurs boulots. Echappé du massicot des Editions Parisiennes, la taille du diamant ne m'emballe pas davantage. Je réussis à me « caser » comme étalagiste sur les Grands Boulevards.

Depuis notre rencontre à la patinoire, avec Jean-Philippe on ne se quitte plus. Nous avons pris l'habitude de nous voir tous les samedis après-midi chez lui ; la semaine, c'est lui qui vient déjeuner avec moi d'un milk-shake dans les premiers snacks des Boulevards. On trouve même le temps de se payer une « toile » entre midi et deux heures. Les films d'horreur et d'épouvante sont à la mode et toutes les salles du quartier rivalisent en têtes coupées et tombes béantes.

En écrivant ces lignes, je viens de me souvenir de son étrange costume couleur prune ! Une chemise blanche et le cheveu un peu plus fou qu'au début. La veste sur l'épaule, il sort du métro « Château d'Eau » et vient me rejoindre au « Tabac d'en face ». « Salut Elvis ! Vingt minutes pour bouffer avec toi, après je vais au cours, pas de cinoche aujourd'hui. »

Maintenant Jean-Philippe prend des leçons de chant, place Blanche, chez une Madame Fourcade, sexagénaire fort sympathique qui a l'habitude de commencer chacune de ses séances par un petit verre de gnôle.

Dans l'estomac d'un garçon de quinze ans la « démarrante », comme elle dit, ne peut que lui donner du courage. On ne pourra pas, par la suite reprocher à Jean-Philippe de ne pas chanter avec le feu de ses tripes.

Cette dame fait répéter à mon copain une phrase curieuse :

« Je voudrais m'en aller bien loin, bien loin, bien loin... » sur le ton de chaque note et jusqu'à bout de souffle.

C'est peut-être grâce à cette phrase prononcée des dizaines de fois que Jean-Philippe est allé si loin.

Au bout de quelques après-midis passés chez lui à « digérer » du rock, je m'aperçois qu'il possède une bonne formation musicale. Après avoir appris le violon, il joue tout ce qu'il veut ou presque à la guitare, des chansons de Brassens au flamenco, du classique à l'inévitable « Jeux interdits ».

DE JEAN-PHILIPPE A JOHNNY

Je viens le voir avec ma misérable guitare réparée cette fois avec un autocollant pour cuisine décoré « marbre », un chic fou ! Il place mes doigts sur les cases, les cordes en métal nouvellement remplacées font mal, mais je parachève ainsi mon apprentissage de guitariste commencé presque un an plus tôt par le copain Jeannot.

Elvis Presley n'est plus seul sur le marché, il a engendré quantité d'émules, qui de la cheville lui arrivent bientôt jusqu'aux épaules. Entre Jean-Philippe et moi, c'est à qui découvrira le plus de ces nouveaux chanteurs. Notre discothèque de rock a une base solide, nous passons de Johnny Burnette avec son *Lonesome train* à Freddie Bell avec *Gyddie up a ding dong*.

Parmi les nouveaux, on adore aussi les « Everly Brothers », Little Richard, Fats Domino et Buddy Holly qui disparaît en 1959 dans un accident d'avion avec deux autres rockers : « Ritchie Valens » et « The big bopper ». La voix de Gene Vincent nous pétrifie et Bill Haley plus classique déjà, fait danser tout le monde. Pour les langoureux, nous avons Tab Hunter avec *Young Love* et Pat Boone. En instrumental, Duane Eddy et son fameux *Rebel Rouser,* puis Ray Conniff.

De l'autre côté de la Manche, le rock bouge aussi ! Les Britanniques nous proposent Terry Dene, Lonnie Donegan, puis Tommy Steele et Marty Wylde.

Nous n'avons pas encore de chanteur rock français. Mais Jean-Philippe est là. Lui aussi pense à combler ce vide.

Un jour, il rapplique avec des partitions américaines dénichées chez l'éditeur parisien André Salvet.

Ces partitions sont imprimées sur beau papier glacé, illustrées par une photo de l'interprète dont on découvre le visage pour la première fois. Elles nous offrent surtout la réponse à toutes nos questions : le texte complet et la musique détaillée avec accords pour la guitare. Jean-Philippe m'emmène un jour chez cet éditeur ; devant le choix de partitions rangées sur un bureau, il me présente comme son guitariste et lance : « Tiens ! Prends les partitions dont nous avons besoin. » Sachant qu'on ne les lui faisait jamais payer. L'éditeur fait une drôle de tête et nous une drôle d'affaire. Avec acharnement, nous nous mettons à « éplucher » ces documents rares. Cela nous fait gagner un temps précieux, car le déchiffrage à l'oreille n'est pas évident. Au début, je me souviens qu'un type nous avait passé sur un petit bout de papier crasseux, les paroles de *Tutti Frutti*. Nous les avions consciencieusement recopiées dix fois et plus avant de les redistribuer aux principaux intéressés comme des messages secrets destinés à un réseau clandestin.

Pendant que les premiers disques de rock sont diffusés sur le territoire national (notamment chez « Sinfonia » Champs-Elysées, en éditions originales, mais ils coûtent une petite fortune), mon copain gratte de la « râpe » des journées entières. Il se tape tous les classiques du rock, les uns après les autres, se lève de sa chaise pour se placer devant la glace de son armoire, fait trembler son épaule « Don't be cruel, to a heart that's true ! I don't want no other love, oh baby its ? It's quoi ? Merde ! je recommence ». Obstiné, il cherche la perfection. Ce qui est un amusement pour moi, devient chez lui quelque chose de sérieux, de sacré. Je ne le comprends pas et cela m'effraie un peu. Il a contracté un virus, une sorte de rage.

Et puis, il y a Lee, le grand frère, personnage renfermé qui nous adresse rarement la parole quand nous sommes ensemble. Il écoute chanter Jean-Philippe du coin de l'oreille. Il entretient depuis toujours un climat artistique, autour de lui, comme s'il aspirait déjà à le diriger bientôt vers une des carrières du spectacle.

Je ne connais pas bien Lee, mais il juge sans doute le moment propice et va persuader Jean-Philippe de tenter le « coup » : chanter du rock pour les Français, se produire sur scène, s'intégrer au show-biz. Ce n'est pas une contrainte pour mon copain, au contraire, il est décidé. Dès le lendemain, pendu au téléphone, Jean-Philippe m'annonce sa détermination. Je trouve la nouvelle « terrible » (1).

« Et puis tu comprends, Elvis, mon cousin Lee est un " pro ", il connaît les ficelles du métier.

— Ton cousin Lee ! Un pro de quoi ?

— Ah... oui, bon ! Il faut que je te dise tout alors. Je n'ai rien à te cacher : Lee n'est pas mon frère.

— Tu m'as raconté des histoires...

— Laisse-moi continuer, tu m'écoutes oui ou non...

— ...

— Bon, voilà. Lee est mon cousin par alliance. Il a épousé Desta qui est la fille de Mme Mar. Ce sont eux qui m'ont élevé quand mes parents m'ont laissé tomber ; j'étais petit, tout môme. D'ailleurs je ne sais plus où ils sont. C'est Lee qui fait vivre tout le monde ici. Il travaille aujourd'hui pour une compagnie d'assurances et visite les Américains qui résident en France pour leur coller des contrats. Tu sais, c'est pas facile. Il y a peu de temps encore, il était dans le spectacle. Avec Desta et sa sœur Menem, ils se produisaient comme danseurs de variétés, leur nom de théâtre était les " Halliday's ". »

Il fait sombre dans le couloir, chez mes parents quand Jean-Philippe me susurre cette confession, lentement comme à regret. Je l'écoute encore longtemps sans l'interrompre.

Quand je raccroche, je demeure quelques instants dans le vide, le temps d'assimiler. Moi qui aime les contes de fées, je suis servi ! J'ouvre la porte de la salle à manger, interrompt mes parents en plein dîner et leur annonce d'une seule traite tout ce que je viens d'apprendre sur mon nouveau copain.

« Il chantait des chansons de cow-boys à l'âge de huit ans. Son père est Belge, comme toi papa, mais il ne l'a jamais connu. Il est demi cousin avec un Américain de l'Oklahoma, marié lui-même à la fille d'un prince éthiopien...

(1) « Génial » n'existait pas encore.

Quelle mythologie ! Et maintenant il veut chanter du rock en français. Mais quel drôle de mec, quel drôle de mec ! »

Waouf ! Je n'ai plus de souffle après avoir débité cette tirade à mes parents, qui me regardent avec des grands yeux, le souffle coupé aussi et la fourchette en l'air.

Pourquoi Jean-Philippe m'a-t-il raconté tout cela au téléphone, surtout du café en bas de chez lui ? Ne pouvait-il pas me le dire de vive voix ? Il avait l'air gêné, ne sommes-nous pas frères de sang ! Pourquoi, encore, a-t-il attendu si longtemps pour me parler de ses origines. Je ne lui ai jamais rien demandé à ce sujet. Et le fait de savoir ne me dérangeait pas.

Pour les gens de l'extérieur, perclus de préjugés (on en est encore à *Sans famille,* d'Hector Malot), Johnny est un saltimbanque, un enfant d'un autre monde, un enfant de la lune, un enfant de la balle, un bohémien, quoi !

Ces gamins-là, « ces artistes », on ne sait jamais d'où ils sortent, ils inquiètent une certaine société, ils le sentent bien, et c'est pourquoi ces marginaux se tiennent sur leurs gardes comme un fauve blessé.

Chez nous, c'est tout le contraire. Mes parents l'accueillent chaleureusement quand je l'invite à la maison. Un peu sauvage, par nature, Jean-Philippe se méfie de tout ce qui dépasse son univers. Il ne se confie pas facilement et d'ailleurs, on ne lui pose pas de question. L'essentiel c'est qu'il se sente bien parmi nous. Il s'intègre facilement. Il sait se rendre sympathique. Il émane de lui une grande gentillesse et il est toujours disposé à rendre service. Ma mère lui prépare son plat préféré : côte de porc grillée et purée de pommes de terre. Le repas terminé, on écoute trois disques, on chante deux chansons, puis on part en « virée ».

Heureux, il lance à ma mère sur le pas de la porte : « Merci, maman Blondieau. »

Maintenant je comprends mieux l'attitude de Lee, plus père que cousin, tout compte fait ! Père et tuteur à la fois. Je prenais ses façons réservées et son air de nous observer en douce pour de l'inimitié. Ce n'est en fait qu'un mélange de « ras-le-bol » et de « gros sur la patate ».

Le lendemain soir, je dîne chez Jean-Philippe, sur sa petite table pliante. Mme Mar nous apporte des sardines sur des tranches de pain de mie beurrées, avec une grande bouteille de limonade Dumesnil.

C'est Mme Mar qui a insisté : « Restez dîner avec Jean-Philippe, Elvi (elle ne prononce jamais le « s » d'Elvis), cela lui fait plaisir.

Je dévisage mon copain Jean-Philippe, le trouve différent, il change de jour en jour. Il n'a plus cette coupe au rasoir des débuts qui lui donnait une bouille ronde de gros bébé. Ses cheveux sont plus longs, légèrement bouclés, toujours aussi blonds. Ses joues se creusent, sa mâchoire devient plus fine comme celle d'un carnassier.

Il devient beau au sortir de l'enfance, une beauté naturelle, saine, une beauté insolente.

Ce soir-là, — je le revois encore — il a sur le dos une chemise de cow-boy à rayures jaune et bleue à boutons-pression que j'avais achetée aux puces... mais elle lui plaisait tellement. Il porte un jean délavé et il est pieds nus ! Il adore se balader pieds nus, même pour aller téléphoner au café d'en bas.

Ses yeux turquoise sont depuis longtemps pointés dans ma direction, puis c'est son grand sourire de loup.

« Alors, mec ! Tu rêves ou tu bouffes ?

— Euh... oui je bouffe. »

Mais je repars un court instant dans mes rêveries. Je n'arrête pas de penser au conseil que Lee lui a donné : chanter du rock en français. C'est vrai, Jean-Philippe parle anglais et chante en anglais, mais digne représentant de notre cause, je l'accuse soudain de dénaturer un mythe, celui du rock pur et dur, je me lève d'un bond :

« Non ! Jean-Philippe. C'est pas possible, du rock en français, c'est pas possible !

— Mais qu'est-ce qui te prend Elvis ! Ça fait une plombe que tu ne dis rien et maintenant tu te mets à gueuler !

— Je te parle du rock en français, Jean-Philippe. C'est contre nature...

— Ecoute, Elvis, le problème n'est pas là. J'ai envie de chanter et il faut que ça sorte d'ici, tu comprends ? »

Il applique alors ses deux mains sur sa poitrine, puis se lève comme je l'ai fait, brusquement, ce qui fait sauter en l'air les tartines et la bouteille de limonade : « Le rock, ce n'est pas une question de langue, c'est... c'est... »

Exalté, il ne trouve plus ses mots. Un immense éclat de rire met fin comme toujours à ce genre de chamaillerie.

Je rentre ce soir-là chez moi avec une promesse. Jean-Philippe m'a donné sa parole : il ne chantera jamais de rock en français.

⁂

Le samedi suivant, le soleil fait un clin d'œil entre deux immeubles. Je retrouve mon copain au Square de la Trinité, devant cette immense église de style indéfinissable. Il est en chemisette blanche à boutons au col, pantalon blanc, mocassins assortis, mais toujours sans chaussettes !

Assis sur le dossier d'un banc, il gratte de la guitare devant quelques garçons du coin. Parmi ces jeunes, de vieux copains : Gérard Christiné, qu'il a connu chez les Petits Chanteurs à la Croix de Bois, et Yul, dix-sept ans, personnage énigmatique : en ce début d'été, il s'est collé sur le dos un costume trois-pièces, cravate, le pardessus, les gants à la main. Un chapeau complète l'ensemble et cache un crâne rasé à la Yul Brynner qui justifie son inévitable surnom.

A mon arrivée, Jean-Philippe entame *Heart break hotel* en anglais, sans doute pour me confirmer sa promesse de la semaine dernière, car il me lance un coup d'œil complice.

DE JEAN-PHILIPPE A JOHNNY

Gérard et Yul ont connu Jean-Philippe avant moi et j'éprouve, fatalement, une grande jalousie. Ces deux-là n'aiment pas le rock et je pense souvent : « Quel gâchis, pourquoi étaient-ils là avant moi ? » La vie est con : c'était à moi de connaître Jean-Philippe avant eux.

Ils l'admirent beaucoup, OK ! Mais pas assez pour se convertir au rock. Ils trouvent que cette musique est drôle et ça les fait sourire.

Les autres jeunes, plus anonymes, apprécient de plus en plus le rock que Jean-Philippe leur fait connaître. Ils en parlent entre eux, chez eux, d'un bout à l'autre de Paris.

On arrive ainsi lentement à la « fanatisation ». Tous ces jeunes se rendent compte naturellement que cette musique est la leur. Quelque chose leur appartient ! Enfin !

Toujours au square, en fin d'après-midi, nous restons seuls Jean-Philippe et moi, avec une « petite nana », venue comme ça par hasard et qui s'est arrêtée pour l'écouter chanter. Mon copain lui offre un lait-menthe au troquet du coin. Je les abandonne après avoir vidé un Coca. Tenir la chandelle n'est pas mon fort ! Je plonge dans le ventre du métro, direction Vaugirard.

La semaine suivante, en traversant le square pour aller chez mon copain le « chanteur-tombeur », j'aperçois un groupe d'une dizaine de gus assis sur le dossier de « notre » banc. Oh ! Oh ! Un flash sorti tout droit d'un album de Lucky Luke, on dirait une famille de vautours sur un rocher ! Apparemment, ces mecs-là sont venus chercher quelqu'un qu'ils ont perdu dans le coin. En me voyant passer, ils se lèvent, remontent la fermeture Eclair de leurs blousons, l'œil noir et la bouche mauvaise, ils me filent le train jusqu'à la porte du 13, rue de la Tour-des-Dames, au grand soulagement du gardien du square qui, rond comme une queue de pelle, commençait à s'angoisser de la présence inopinée de ces quelques loubards sur le carré de sable que la Ville de Paris a placé sous sa surveillance.

JOHNNY — A LA COUR DU ROI

Arrivé indemne chez Jean-Philippe, je le fixe droit dans les yeux :

« Dis donc ! Ta gonzesse de la semaine dernière, elle est à qui ?

— Quoi ! T'es dingue ! Qu'est-ce que tu racontes, elle est à personne. Elle est libre, je l'ai vue toute la semaine.

— C'est bien ce que je pensais, on va avoir des emmerdes. Mate par la fenêtre, faut pas sortir cet après-midi, le temps est mauvais ! »

Jean-Philippe se penche vers la fenêtre ; les oiseaux noirs sont toujours là, menaçants, chaînes de vélo en sautoir.

« Mais on a un rencard, Elvis, il faut qu'on s' casse. »

Puis, avec son fameux sourire : « Faut faire une sortie comme dans " Fort Apache " !

— Quoi ! J'en suis pas. J' te conseille aut' chose, ils sont trop nombreux. On sort par la fenêtre sur cour, on descend le long de la gouttière et on se casse par l'immeuble de derrière, peinards ni vu ni connu.

— C'est pas très courageux, ton truc.

— Ah ben, dis donc, c'est plus du courage de vouloir sortir par la porte, c'est du suicide. Ils sont plus de dix, rappelle-toi la patinoire, on va encore se retrouver sur le cul ! »

Entre-temps, Desta qui a aperçu l'attroupement devant la porte et qui sait très bien pour qui ces lascars se sont déplacés, a quand même appelé les flics, histoire de détendre l'atmosphère juste au moment où nous descendons par la gouttière.

Grâce à l'intervention des képis bleus, la place est nette devant l'immeuble. Arrivés dans la cour, nous pouvons sortir par la porte de devant tout naturellement ; l'air est déjà plus respirable rue de la Tour-des-Dames !

« Ah ! Au fait Elvis, je ne te l'ai pas dit, mais il n'y a pas de sortie derrière.

— Quoi ! Dis donc, et si les flics n'étaient pas venus ? »

Nous sommes devenus « tricards » à la patinoire Saint-

Didier où l'on nous attend à la mitrailleuse 12,7, depuis la fameuse bagarre pour une nana qu'on n'a jamais revue. Nous sommes à présent également tricards avec les bandes du « Sactos » (1), après cette nouvelle histoire. On nous y attend sûrement au mortier lourd.

Piquer une nana à une bande, puis faire ramasser les loulous par les flics, c'est dur !

Les filles fascinent Jean-Philippe, qui, très jeune déjà en fait une grande consommation. Il n'a pas le droit de sortir seul le soir, après 20 heures ; mais les filles la nuit, c'est mieux que l'après-midi, c'est bien connu, alors il se débrouille. La gouttière connaîtra en effet, d'autres escapades. Nous la consoliderons avec de gros pitons achetés au Bazar de l'Hôtel de Ville. Cela afin de faciliter quelques allées et venues nocturnes de Jean-Philippe.

Il arrive aussi que Mme Mar le conduise parfois au cinéma à la première séance de 20 heures. Dès qu'elle s'asseoit dans le fauteuil, la tante de Jean-Philippe, déjà âgée, a la bonne fortune de s'endormir illico.

Alors le coureur de jupons se carapate, sachant très bien que sa tante est bonne pour roupiller pendant les deux séances. Cela lui laisse le temps de faire sa petite affaire à une « fiancée » du moment qui loge perchée dans une chambre de bonne du quartier, pas très loin du ciné.

Son escapade accomplie, Jean-Philippe revient au cinéma. Arrive pile deux secondes avant la fin du film ; Mme Mar se réveille un peu affolée :

« Jean-Philippe, Jean-Philippe, pourquoi ne m'as-tu pas réveillée, il est tard !

— J'ai voulu rester pour les deux séances, c'était tellement bien ma tante ! »

Le rock va bon train, Bill Haley sévit toujours avec ses

(1) Sactos : Sacré-Cœur.

« Cometes », Gene Vincent « suffoque » son *Be bop a lula* et Ricky Nelson, lui, réussit l'exploit de nous endormir avec son rock sucré. Au niveau Elvis Presley, nous en sommes toujours à *Hound dog* et *Don't be cruel* que Georges Ulmer vient d'enregistrer en français.

Les deux 45 tours RCA de la bande sonore du film *Loving you* circulent entre nos mains et font un malheur en surboum.

Un an auparavant, Jean-Philippe voit le film. Il s'est laissé attirer par l'affiche où Elvis porte une chemise de cow-boy. Il s'attend à suivre un western mais il est déçu, l'acteur chante des tas de trucs incompréhensibles. C'est son premier contact avec le roi du rock américain. Des chansons du film, deux titres, emballent Jean-Philippe : *Loving you,* la ballade qu'il apprend par cœur et qu'il aime chanter aux filles en s'accompagnant à la guitare, le second morceau le rend dingue, c'est *Party* qu'il chante à toute occasion.

« Some people say let's rock
some people say let's roll
but movin' and groovin'
gonna satisfied our souls
let's have a party
let's have a party. »

L'occasion, la vraie, Lee court après, d'agence en agence, de cabaret en cabaret. Les imprésarios et autres directeurs de spectacles ne sont absolument pas intéressés par un sous-produit américain.

« Le rock n' roll, mon pauvre vieux, vous ne pensez quand même pas que ça va marcher en France. »

Les épaules basses, Lee rentre à la maison où son poulain l'attend, piaffant, plein de vie mais anxieux.

« Alors ?

— Alors, rien, répond Lee, navré. Rien mais on ne lâche pas, on continue, améliore ton répertoire. »

Jean-Philippe se décourage : A quoi bon avoir un répertoire si c'est pour le chanter aux arbres du square ou aux murs de sa chambre. Jean-Philippe travaille dur, mais se démoralise vite. Pour lui remonter la caisse, Lee lui achète une nouvelle guitare électrique avec un ampli.

***

En suivant la politique du clou qu'on enfonce, Lee reprend le chemin des agences et cette fois « décroche » une petite affaire. Les temps sont durs. Lui-même et Desta reprennent du service. Ils vont essayer d'introduire Jean-Philippe dans le circuit.

Le trio « Halliday's » doit se produire au cabaret « l'Orée du bois » à la Porte Maillot dans un numéro de danse classique. Durée du contrat : trois semaines, mais avec un cacheton si mince qu'il peut disparaître dans la rainure d'un parquet. Au bout du troisième jour Lee décide d'associer Jean-Philippe au groupe. Le « gamin » chantera quelques chansons entre deux numéros, ce qui laissera aux danseurs le temps de changer de costume.

Voilà Jean-Philippe pour la première fois sur une scène autre qu'un banc de square.

Ça fait quel effet le trac ? Ça pince le nez et ça sèche la gorge. Faudra t'y faire, hein !, si tu veux continuer le métier.

Attention, il ne chante pas pour une bande de jeunes qui lui sont entièrement acquis, mais devant quelques bourgeois faisant ripaille un samedi soir en un lieu très parisien.

Jean-Philippe qui n'a pas de nom d'artiste (il est le guitariste accompagnateur des Halliday's) grimpe sur le podium et déballe son mini tour de chant, dans *Let's have a party*. Lee est derrière lui, fait les chœurs avec un semblant de chorégraphie, puis seul il continue avec *Tom Dooley* un peu bruyant peut-être et termine avec *Davy Crockett,* personnage très en vogue du moment.

Le dernier accord plaqué, il salue le public, mais pas un

seul applaudissement ne récompense sa prestation. On entend simplement le bruit des mandibules. Pire, les conversations s'animent et quelques grognements s'élèvent même à l'encontre de ce jeune perturbateur.

Le directeur du cabaret, un peu gêné, s'adresse à Lee en le prenant par le bras : « Dites-moi, mon cher, euh... Monsieur... Halliday's... Hein... oui c'est cela... voyez-vous, comment vous dire... ce n'est pas tout à fait ce dont j'ai besoin pour ma clientèle, je crois que ce soir les gens ont été dérangés pendant leur repas... si vous voyez ce que je veux dire... »

Filandreux, mais très clair quand même ! Oui, monsieur, nous avons compris, merci, au revoir.

Dans la voiture qui ramène le groupe au bercail, Jean-Philippe pleure ; les Halliday's, sont virés à cause de lui.

Je n'ai pas assisté au dîner-spectacle, mais de l'indispensable téléphone du café-d'en-bas, Jean-Philippe m'explique : « Hier, je n'ai chanté que trois chansons, les cons ! Ils n'ont rien compris du tout, d'ailleurs y'avait qu' des vieux, il paraît que ma musique les gênait pour bouffer. »

Très malheureux de s'être « planté », Jean-Philippe fait la tête et ne veut plus toucher à cette foutue guitare. Plus jamais question de remettre ce costume de scène rose que Lee lui a prêté.

Il parle même de suicide.

La petite bande compatissante encadre fraternellement Jean-Philippe. Les copains ont de la peine pour lui. Je subis et partage avec lui le premier échec de notre cause.

Nous sortons en groupe sur les boulevards à la recherche d'un « club dans le vent » où l'on écoute de bons disques : le Golf Drouot. Arrivés boulevard Montmartre, une copine nous embarque dans une autre boîte L'Astor, connue pour être le club Paul Anka. Deux chanteurs français s'y produisent à ce moment : François Deguelt et Jean-Philippe, eh oui ! Un autre.

Après avoir écouté ce dernier, notre Jean-Philippe à nous annonce : « C'est de la guimauve, il faut que je change de nom. »

Les jeunes présents dans la salle applaudissent les deux artistes. Jean-Philippe (le nôtre) devient subitement conscient de la force d'un public jeune, le public pour lequel il veut chanter existe. Il est jaloux du succès des deux autres.

« Si j'osais, me dit-il à l'oreille après le passage des deux artistes, regarde cette guitare posée contre le tabouret du pianiste... Je ne tiens plus mon pote, je suis dingue... Si je chantais ici maintenant, ils seraient bien obligés de m'écouter.

— Alors vas-y, fonce ! Qu'est-ce que tu risques ?

(Il ne m'entend pas et continue à parler.)

« — Regarde autour de toi Elvis, ils sont comme nous, le rock c'est ma musique et c'est la leur. Il faut que je chante tout de suite. »

— Dac, j'ai compris. »

En écartant la foule, j'attrape par le bras la fille qui nous a conduits ici. Elle connaît le gérant. La musique est forte, je lui hurle dans le cornet le désir intempestif de mon copain. La nana saisit très vite mon message, en avertit l'échelon supérieur qui ne voit aucun inconvénient à présenter à sa clientèle une attraction supplémentaire et à l'œil de surcroît. On arrête le disque, les danseurs sont surpris par ce brusque silence. Jean-Philippe retire son blouson, traverse la salle d'un pas lent en direction de la scène, en roulant légèrement les épaules, sûr de lui. La foule s'écarte comme la mer Rouge au passage de Moïse. Quelqu'un annonce au micro :

« — Eh bien... après Jean-Philippe, voici... un autre Jean-Philippe. » Ce qui fait rire tout le monde bien sûr.

Mais Jean-Philippe, depuis longtemps, n'entend plus rien, il sait parfaitement ce qu'il fait, demande la permission d'utiliser la guitare électrique, se la cale sur le ventre, écarte les jambes pour trouver son aplomb, relève le col de sa chemise et nous envoie un *Party* à faire sauter les culs-de-jatte. Deux chansons seulement et c'est une ovation ; tout le monde veut voir de près « celui qui chante comme dans les disques ». Il est en sueur, les filles l'embrassent quand même. Nous partons assez rapidement d'ailleurs, euphoriques et joyeux sans goûter plus longuement ce succès inattendu.

Le blouson sur l'épaule, Jean-Philippe tient une fille par la main (une fois de plus il a fait très vite), je n'ai rien remarqué. La petite bande s'égaye sur le boulevard. Je me retourne souvent au cas où quelqu'un revendiquerait la nouvelle conquête du copain. Aucun gus à l'horizon, ça commence à être bon ! Nous n'avions pas trouvé le Golf Drouot, mais en descendant les marches du métro, j'avais la ferme conviction qu'il venait de se passer quelque chose d'important. En nous trompant de boîte, Jean-Philippe avait son public.

Le soir même, nous racontons à Lee notre équipée à l'Astor et le « bœuf » que Jean-Philippe y a fait.

Le « grand frère » est heureux. Il éclate de rire en écoutant notre récit. C'est la première fois que je le vois rire comme ça, la première fois qu'un rayon de soleil pousse cet éternel nuage gris, accroché au-dessus du n° 13, rue de la Tour des Dames. Jean-Philippe est dans tous ses états.

« Je veux faire ci... Je veux faire ça... Il faut que... D'abord changer de nom. Jean-Philippe c'est plus possible. Il faut américaniser mon nom : John Phil ? Non, “ Phil ” je n'aime pas. »

— Ecoute-moi, dit Lee calmement, quand avec Desta nous nous produisions sur scène, nous avions pris comme pseudonyme les Halliday's, tu le sais. Pourquoi ne pas te battre sous ce nom ?

— Halliday ! Le ton est américain, c'est vrai Lee, tu as raison ; ne serait-ce que par tradition. C'est fait je l'adopte, mais il faut un prénom devant, le mien en anglais : John ! John Halliday, non Johnny Halliday en souvenir de « Johnny Guitare ».

DE JEAN-PHILIPPE A JOHNNY

Sans pour autant abandonner son boulot d'assureur, Lee se sent pousser des ailes d'imprésario. Au volant d'une incroyable caisse américaine dont j'ai oublié le nom, il recommence le porte à porte chez les organisateurs de galas.

Ce sont toujours les mêmes refus, toujours les mêmes litanies. Il y a déjà Gilbert Bécaud qui est en pleine gloire. « Monsieur 100 000 Volts », dans le genre musique forte, fait le poids, et puis le rock est déjà représenté par le paisible Richard Anthony.

Un seul chanteur de rock, lui répète-t-on, suffit en France pour les quelques fous qui écoutent cette musique, alors pourquoi s'adresser à un inconnu.

« Vous voyez bien, nous avons tout ce qu'il nous faut, allez soyez gentil, laissez le rock aux Américains. C'est un truc à eux, ça ; vous nous voyez nous autres Français exporter la “ bourrée ” auvergnate aux USA ! Non monsieur, le rock ne traversera pas l'Atlantique, croyez-moi. »

Lee collectionne ce genre de réflexions ce qui n'est pas rose tous les jours. Il faut du courage pour vendre un produit à quelqu'un qui a les pieds croisés sous son bureau, bien calé dans son fauteuil et tripote les extrémités de son crayon sans même vous regarder. Tous ces visages sont anonymes perdus dans la fumée d'un gros cigare. Le cœur du show-biz bat au rythme de celui d'un vieillard.

L'inévitable « Laissez votre adresse on vous écrira » est encore la parole la plus encourageante.

Un jour, enfin, quelqu'un écrit. Il propose un petit gala dans la banlieue Nord, un samedi soir avec bal populaire pour le 14 juillet.

Le jour même nous achetons aux Puces de Saint-Ouen du côté « neuf », le premier costume de scène de Johnny (cela me fait tout drôle de l'appeler ainsi, j'ai mis du temps à m'y faire). Ce costume est composé d'un blouson et d'un pantalon turquoise. Les poches sont soulignées d'un passepoil noir et portent le label d'une grande marque américaine de blue-jeans.

Nous n'avions jamais vu auparavant cet ensemble et le pensions rare. En fait, nous étions tombés sur le premier commerçant à distribuer ce vêtement.

Cet ensemble turquoise devait inonder le marché. En deux semaines tout le monde l'avait sur le dos et il se voyait de loin. Finie la magie. Il fallait déjà changer de costume de scène.

Le 13 juillet au soir, je fais une virée dans mon quartier que j'abandonne souvent pour la Trinité. Sur une petite place, devant un bistro, on a construit une estrade en bois décorée de guirlandes et de lampions tricolores. Un orchestre professionnel perd les pédales sur un truc de Georges Guétary joué à l'accordéon *Georges, viens danser le rock n' roll*. Pourquoi pas ? Des couples essaient de danser sur ce rythme discordant en imposant des contorsions désordonnées et ridicules à leurs très vilains corps.

Rien à voir avec notre grand rock à nous et je pense à Jean-Philippe, pardon à Johnny (je ne m'y ferai jamais), et à son gala du lendemain.

Quelques anciens copains entourent « Dudule » qui est venu en « perm », la boule à zéro, bronzé, le béret rouge sur l'oreille ; il roule des mécaniques le Dudule dans son uniforme camouflé avec la dague commando sur la cuisse avec l'assurance d'un vieux baroudeur, il nous rapporte des tas d'histoires qui se passent là-bas, en Algérie, plus impressionnantes les unes que les autres.

« Tiens ! Au fait, annonce-t-il d'une voix neutre, le fils du libraire s'est fait tuer... »

L'orchestre attaque un tango ; des gros culs se trémoussent. Le patron du bistro vend sa bibine, c'est l'essentiel. A l'Ouest rien de nouveau.

Le lendemain, banlieue Nord, le gala de Johnny se déroule dans un climat réservé, bien accueilli mais sans frénésie.

Des jeunes dansent entre eux dans un coin. Ceux-là ont vite compris le mode d'emploi. Mais la grande majorité de la foule est passive. Mais qu'est-ce qu'il faut alors pour les faire bouger de leur chaise de bistro ? Jean-Philippe en met un coup avec son unique accompagnateur, le grand sourire, les épaules qui tremblent, les genoux qui se désarticulent, un rock, un slow, un rock, un slow, voilà c'est fini — applaudissements polis. C'est déjà ça, mais ça nous laisse patauger dans une atmosphère tiède et déconcertante.

On est loin de la chaleureuse ovation du club Paul Anka des Boulevards. Après l'interprétation médiocre de l'orchestre de mon quartier j'étais persuadé que Johnny allait cette fois faire un malheur dans ce petit bal de banlieue.

Mais les gens sont sourds. C'est décevant, aussi bête que le jeu de l'oie : encore un coup pour rien et retour à la case départ ! Lee avait tenu à ce que tous les copains soient là pour encadrer Johnny au cas où il subirait un échec comme à l'Orée du Bois. Car il continue à pratiquer une idéologie morbide.

Johnny a tellement investi dans son « métier » qu'il ne supporterait pas un autre échec. Ce soir-là, ce n'est pas un échec, d'accord, mais ce n'est pas un triomphe non plus.

Obnubilé par James Dean dont il connaît bien la devise : « Il faut vivre vite, la mort vient tôt », notre rocker nous prévient : « Je me flingue si je n'ai pas accroché dans les trois mois à venir. » Johnny travaille avec une telle opiniâtreté qu'il est bouleversé de ne voir arriver aucun résultat positif. Il n'est pas en cause, mais sans doute en avance d'une mode.

Certes, des gens se crèvent pendant vingt ans avant de connaître le succès et de faire carrière, et cela dans tous les domaines, mais Johnny Halliday, lui, veut le succès tout de suite. Il ne court pas après la gloire et la fortune. Non, le succès pour lui c'est de trouver le contact avec ceux qui aiment la même musique que lui. Il chante pour ceux qui ne peuvent pas le faire, pour ne plus être seul.

Une satisfaction morale est plus importante que tout le reste. Il veut être « reconnu » avant d'être « connu ».

Pur et sain est notre prophète, et les questions ô bassement matérielles sont confiées à Lee.

⁂

Evidemment, pour imposer le rock n'roll en France, phénomène social beaucoup plus que musical, il faut le chanter en français. Je n'en veux pas à Johnny de devoir se plier à cette règle. Il doit passer par là pour gagner un auditoire. Mon côté puriste en prend un coup, c'est tout !

En décembre 1959, Johnny visite quelques éditeurs de musique, mais c'est toujours chez Salvet qu'il trouve le plus grand choix de chansons américaines dont certaines sont déjà adaptées en français.

Ces adaptations à l'avenir incertain auraient été vouées à décorer le fond des tiroirs dans l'oubli le plus noir si Johnny n'avait pas tout déclenché. Qui d'autre, à part lui, pouvait chanter des trucs comme ça ?

Dans les couloirs de cette maison d'édition, dont il n'est pas un gros client, il est toujours le bienvenu. Tout le monde l'aime. Le charme de mon copain blond à l'allure de félin a encore opéré. Robert Salvet, en tant qu'éditeur, a misé sur Presley et le rock. (Pour l'époque, c'est courageux, tiens j' vous donne un p'tit coup de chapeau en passant m'sieur Salvet.)

La chanson préférée de Johnny est toujours *Party* dont il vient de découvrir le texte français (Viens faire une partie) écrit par un certain Pierre Mendelshon.

Il se trouve que ce monsieur Mendelshon est réalisateur à la radio. Quand il apprend qu'un interprète a choisi son « titre » comme chanson fétiche, il veut le rencontrer, l'auditionne, et quasiment emballé présente Johnny dans son émission télévisée « Paris-Cocktail » dont Colette Renard est la vedette.

DE JEAN-PHILIPPE A JOHNNY

Une fois de plus, la famille se transporte au Marcadet-Palace, avec armes et bagages, guitare et ampli. C'est avec le costume de danseur de Lee que Johnny apparaît pour la première fois sur le petit écran.

C'est également à cette occasion, qu'il rencontre Jil et Jan, paroliers professionnels (on dit des zauteurs) qui vont dès maintenant utiliser leur talent à faire rimer la langue de Voltaire sur une musique née sur les bords du Mississippi.

C'en est fait du rock originel, l'ère française commence.

***

Après les difficultés éprouvées pour imposer un style, Johnny remet tout en question et crée le sien.

Les adeptes du rock vont maintenant se scinder en deux clans. Les « purs » qui restent fidèles au rock américain ; les autres, inconditionnels d'un rock français, porteront l'étiquette de « yéyés » quelque temps plus tard (le « yéyé », terme péjoratif, est une déformation française du vocable « yeah yeah » utilisé dans le rock anglo-saxon).

Il faut attendre 1964 pour concilier les deux tendances, avec la série des rocks les plus terribles sortis chez Philips. A partir de ce moment-là seulement et grâce à un mélange judicieux, Johnny satisfait tout le monde et lui-même a l'esprit tranquille.

Le passage au Marcadet-Palace, en avril 1960 est un succès. Les jeunes submergent de lettres enthousiastes le responsable de l'émission et veulent savoir qui est Johnny Halliday.

Jil et Jan ne lâchent plus leur « découverte » qui vit dans l'euphorie. Les auteurs fournissent leurs textes, Johnny fait la musique, le premier répertoire de rock français est né.

C'est l'apothéose quand Jil et Jan apprennent à Johnny qu'ils ont convaincu un directeur artistique de la maison Vogue de l'écouter, au moins faire un essai, un bout d'enregistrement. Certes, Johnny n'est pas facile à « caser » dans l'écurie Vogue du moment qui culmine avec Colette Renard et Marino Marini. Le créateur du *Cha cha cha des thons* ; Jean Constantin, Claude Luter et Sydney Bechet *(Petite Fleur)* sont également au catalogue. Ce n'est effectivement pas le genre de la maison, mais y a-t-il une maison rock ? Non ! Il fallait se mouiller, Vogue le fit. Par l'intermédiaire de Jacques Wolshon, Vogue donna sa chance à Johnny et n'eut pas à le regretter, enfin pas pour le moment. Curieusement, Wolshon est le sosie de Richard Anthony, ce qui nous amuse beaucoup.

C'est dans un petit studio d'enregistrement, rue Jouvenet dans le seizième arrondissement, que l'événement historique va se produire.

Il n'y a pas encore de musiciens « rock ». Vogue engage une petite formation de jazz sous la direction de Léo Petit, pour accompagner Johnny qui joue lui-même de la guitare rythmique. L'enregistrement se fait sur quatre pistes (si cela intéresse les spécialistes (1)).

Nous attendons avec impatience les épreuves (février 1960) première écoute ; tout le monde est satisfait ? Non ! pas le copain du chanteur, auquel on demande son avis. Mon verdict tombe comme une enclume dans la soupe : « Non, c'est pas ça le rock ! »

Oh, là ça jette un froid une réponse comme ça, un ange passe... l'équipe des « pros » reste figée autour de moi comme des piquets de clôture, la bouche en cul de poule et les paupières papillotantes : « Ben quoi, vous me demandez mon avis, non ! »

Pour moi, c'est une déception, le désenchantement même, j'attendais autre chose de Johnny.

On aurait dû laisser à Dalida l'exclusivité de *T'aimer follement* (février 1960) et s'occuper d'autre chose. Cette chanson n'est pas très représentative du copain que je

(1) Aujourd'hui, jusqu'à 48 pistes.

connais. Elle ne colle pas au personnage. Comment le fougueux rocker, le rebelle, le dur, le pur, peut-il enregistrer des trucs pareils.

On est loin du rock n'roll, mais pour des impératifs commerciaux, il faut se soumettre. Je laisse Lee et les « pros » faire leur mixture autour de Johnny. Je n'ai pas à intervenir, ce n'est pas mon rôle, on m'a demandé mon avis, on l'a eu, ok ! C'est gentil, j'en suis très fier, mais ça s'arrête là.

Ah ! Autre chose pour la petite histoire. Sur la pochette du premier disque, « Halliday » s'orthographie avec deux « y », ce qui est dû à une erreur de l'imprimeur. Lee avait choisi comme pseudonyme le nom du médecin de famille de ses parents : le docteur « Halliday » avec un « i ». Mais c'est râpé, trop tard, ce sont les deux « y » qui feront carrière.

Chez les spécialistes, on se pose des questions : Johnny trahit-il ? Les « autres » ceux qui font les disques et qui les vendent, ont-ils suivis la hiérarchie musicale comme nous l'avons fait ? Nous avons aimé et connu le Blues à travers un vieux type génial comme Leadbelly, nous sommes passés ensuite au country music en absorbant la voix aigre de Hank Williams, puis sauter du rockabilly au rock n'roll pour retomber dans la variété avec *T'aimer follement,* c'était con !

« Ils » sont passés directement à ce qu'ils croyaient être le rock n'roll, sans faire école, parce qu'on leur a dit « le rock c'est bien » et que Johnny commence à être convaincant. Une opération commerciale est envisageable en évitant de chercher plus loin. Ils ne savent pas que le rock a ses racines, ses traditions, donc ses lettres de noblesse.

Paradoxalement à ce qu'il représente, le rock est pur et fragile, beaucoup plus intellectuel qu'on ne l'imagine, mais pour ça, il faut réfléchir un peu, ça peut en fatiguer certains !

En traduisant notre rage de vivre avec *T'aimer follement* ceux qui pensent être dans le ton sont tombés en plein à côté. Pire ! Johnny s'est soumis à leurs exigences inconscientes maquillées de commercialisations.

A la décharge de Johnny, il y a deux autres chansons sur le disque : *Laisse les filles* et *J'étais fou* qui correspondent davantage à notre tempérament et à nos désirs. Johnny est notre porte-parole auprès de la génération précédente et celles à venir. Nous entendons qu'il s'exprime comme tel.

Quand je lui en parle, il essaie de me rassurer :

« Tu sais, j' vais t' dire un truc, il faut y aller par petites doses. Le prochain disque, s'il y en a un, sera plus rock. »

Il n'est pas honnête avec lui-même Johnny, et il en souffre. Pourquoi à cette époque n'a-t-il jamais enregistré *Party ?*

Johnny a attendu quatre longues années avant de s'éclater réellement avec des rocks en langue française.

Le disque suivant *Souvenirs, souvenirs,* n'est pas davantage dans l'esprit, mais il est commercial pour reprendre le terme de notre nouvel entourage et plaît aux moins jeunes, c'est déjà un point.

J'ai mis du temps à comprendre qu'il y a la musique que l'on garde au fond du cœur pour soi-même — ou que l'on fait partager aux copains — et une autre, commerciale donc, qui fait vivre son auteur mais que l'on enregistre pour un plus vaste public. Avec *Itsy bitsy petit bikini* c'est le coup de grâce pour les « purs » qui sont écœurés, lésés. Certains fanatiques du rock français se désolidarisent de Johnny. En revanche les midinettes en ont pour leur argent.

Il en coûte à Johnny de savoir que les « purs » l'ont lâché, mais la grande majorité revient vers lui au fil des années, au fur et à mesure que ses chansons se durcissent, se virilisent. Ses représentations sur scène, de plus en plus percutantes, l'aident à récupérer cette partie du public.

Le quatrième disque nous propose heureusement deux bonnes choses : *Oui mon cher* avec l'apparition d'un saxo et *Une boum chez John.* Ces deux titres modelés dans la tradition, tiennent bien la route. On peut considérer aujourd'hui ces deux interprétations comme les premiers vrais rocks français.

Le saxo fut d'ailleurs sujet de discorde entre Johnny et la maison Vogue. Johnny tenait énormément à avoir un nouveau son dans ce disque, et il s'est battu pour l'avoir son saxo. On lui répondit curieusement : « Ferme ta gueule et chante. » Après de chaudes négociations, le chanteur eut gain de cause, mais par la suite, il ferma définitivement sa gueule chez Vogue.

Un fait s'impose toutefois ! Et ce que je vais dire prouve ma profonde objectivité et mon immense mansuétude. C'est avec *T'aimer follement, Souvenirs souvenirs* et le *Petit bikini* que Johnny Hallyday a édifié son succès populaire.

*
**

Une nouvelle vie s'annonce pour Johnny et l'on va faire peau neuve. Le vieux costume rose de Lee, que Johnny utilise depuis les grands débuts, vire définitivement dans la malle et la malle à la cave.

« Adieu hier ! Bonjour demain, mais comment vais-je m'habiller sur scène à présent ? As-tu une idée, Elvis ?

— Je vois quelque chose à l'horizon du rock, je t'en parle demain, tu peux compter sur moi ! »

Tout à coup, je donne libre cours à ma vaste folie de jeune décorateur en rupture de rêves et j'imagine un Johnny habillé sur scène comme jamais on ne l'avait fait auparavant dans le monde de la chanson. Johnny n'est pas un personnage classique, alors pas de costume, pas de cravate, et moins encore de smoking. En imposant un style neuf, étrange, choquant même, il faut que la tenue soit adaptée. Enfant abandonné et recueilli Johnny reçoit peu à peu les effluves d'une « aura » qui va l'envelopper d'ondes mystiques.

Pour moi, tout ceci émane d'un conte de fées moderne. Je me représente Johnny sur scène tel le grand prêtre d'un culte nouveau. Je dois mettre en valeur un personnage déjà aidé par un physique et par une « présence » incontestable. Son apparition sur scène doit créer un choc visuel avant même que le premier accord de guitare ne soit donné.

Je dessine donc des maquettes de diverses tenues au goût étrange comme cette musique venue d'ailleurs.

Le lendemain, devant toute la famille réunie, je prends la pose du héraut d'armes déroulant son parchemin, et annonce à haute voix :

« Pourpoint de velours noir, manches à gigot, col à la Lucifer, coutures en gros points de galons d'or, chemise en voile transparent rehaussée de dentelles... Cela pour le haut. Pantalon de cuir noir et bottes de cow-boy pour le bas. Le tout sanglé par un ceinturon serti de pierres blanches avec une grosse boucle d'argent frappée aux initiales du chanteur. »

(Nous étions en 1960.)

Desta et Lee me freinent dans mon délire mythologique, Mme Mar est horrifiée ; mais Johnny, principal intéressé, qui m'a demandé conseil, est enchanté. Cette tenue qui tient du prince médiéval et du cow-boy de luxe est finalement retenue (j'y croyais pas !).

Pendant toute une semaine, les marchands de tissu parisiens reçoivent notre visite, du marché Saint-Pierre aux grands magasins des Boulevards. Desta nous accompagne pour les conseils « couture ».

C'est chez un gros marchand des Champs-Elysées, Max, que notre choix s'arrête. Un tissu noir à rayures or et un coupon de dentelle noire, genre mantille, nous tapent dans l'œil. En réglant cet achat, Desta se demande si elle n'est pas en train de balancer son argent par les fenêtres.

La confection de ces effets sacerdotaux est réalisée par une voisine, amie de Desta. Quant au résultat, il n'a plus grand-chose du dessin original, modifié pour des raisons pratiques et pour la censure familiale. Le velours fut exclu, trop chaud sur scène sous les projecteurs. Les manches bouffantes s'accrochent dans les cordes de guitare, il faut donc les rétrécir. Sur la chemise noire, les dentelles sont supprimées. Elles sont vite considérées comme un atout trop féminin : Johnny est blond, et dans l'esprit populaire du temps, tous les blonds aux cheveux un peu longs sont homosexuels !

Hop ! supprimé aussi le grand col. Johnny bouge tellement la tête en chantant que les coins qui doivent à l'origine être amidonnés risquent de le blesser aux yeux. Reste heureusement le pantalon de cuir. Confectionné sur mesure, il a coûté un paquet d'oseille. Les bottes, en revanche, sont supprimées au bénéfice de chaussures basses.

Enfin, deux tenues définitives survivent aux mille et un coups de ciseaux ; chemise noire rayée or, pantalon de cuir, chaussures de daim noir pour la première.

Chemise de dentelle noire et pantalon satiné à baguette d'argent, chaussures vernies noires pour la seconde.

Dernière touche, la ceinture. Je lui prête la mienne en cuir noir avec une boucle argentée en forme de fer à cheval, modèle unique sur la place de Paris. Un Américain, en me vendant son jean, l'avait laissée dans les passants.

C'est dans ces tenues, quand même étonnantes pour le temps, que Johnny Hallyday apparaît dans ses premiers galas.

*
**

Je découvre le Golf Drouot tout seul, par hasard, pendant mes heures de table. Je travaille toujours comme étalagiste dans certains magasins des Boulevards. Un midi, en allant acheter des timbres-poste de collection chez les marchands spécialisés de la rue Drouot, je tombe pile sur l'enseigne du Golf. J'hésite quelques instants devant la porte, l'escalier me tend ses marches, j'hésite, les premières « boîtes » impressionnent toujours.

Deux étages, pas moins à gravir pour déboucher sur un golf miniature en plein Paris. Le bar est de l'autre côté, avec tables et banquettes confortables. Dans son coin un juke-box diffuse la voix mielleuse de Sinatra. Quelques rares clients sont accrochés à leur verre de scotch... des vieux d'au moins trente-cinq piges !

J'arrive comme un dalmatien dans un jeu de quilles. « L'intrus » est dévisagé gravement, même Sinatra s'arrête de chanter.

Pas de p'tites nanas, pas de rock n'roll, j'ai dû me gourer encore une fois, c'est pas possible. Je redescends les marches plus vite que je les ai montées. Il est 13 heures et je pousse la lourde porte du « Café d'Angleterre », la grande brasserie qui trône au coin du boulevard Montmartre et de la rue Drouot (actuellement usine à hamburger).

Après avoir commandé un sandwich et un Coca, je m'avance vers le juke-box dans un réflexe. Un grand type, presque ma copie conforme, aussi long et mince que moi, ses cheveux jaunes crêpés contrastant avec les miens, noirs et brillantinés, coiffés en arrière, style rocker, nourrit la machine infernale à coups de pièces de vingt centimes. Il passe et repasse Bill Haley.

Nous nous décortiquons longuement du regard, des pieds à la tête. Enfin, la conversation s'engage entre initiés. Il préfère le créateur paisible de *Rock around the clock* à un échevelé comme Elvis Presley. Grâce à lui j'apprends que la clientèle du Golf, entre midi et 2 heures est très « réservée », mais que le samedi et le dimanche l'endroit est nettement plus jeune. Il sait tout. C'est un habitué qui travaille dans le coin pour une boîte d'assurances ou un truc comme ça. Il revient tous les week-ends dans le quartier pour danser et écouter des disques récents qu'on trouve rarement chez les disquaires. Je lui annonce entre deux Cocas qu'un de mes amis chante du rock en français et que j'aimerais apporter son disque au Golf. Il se marre : « Le rock en français ? Tu plaisantes, ça n'existe pas. » (J'ai déjà entendu ça quelque part.)

Cette touffe de cheveux blonds s'attaque maintenant au flipper, il appelle le garçon : « Hey nabot ! File-moi des pièces de 20 balles tu veux. »

Avant de le quitter, je me présente.

« Moi, c'est Christian, mais on m'appelle Elvis.

— Moi, c'est Claude, Claude Moine ; mais tu peux m'appeler Schmoll... Alors à samedi, mon petit. »

Ce samedi matin, je retrouve Johnny aux Puces, toujours à la recherche de chemises américaines. Je lui signale que j'ai fini par découvrir le Golf Drouot et qu'il y a au moins un type là-bas qui, comme nous, écoute du rock n'roll.

« OK, allons faire une virée cet après-midi, je passe te prendre chez toi.

— Il vaudrait mieux se retrouver sur place, tu ne vas pas te taper Trinité-Vaugirard en métro, c'est le bout du monde, le Golf est plus près de chez toi que de chez moi.

— Non, Elvis ! Je veux passer te prendre en bas de chez toi... Rendez-vous à 2 heures. »

Je vais me faire disputer, j'arrive en retard pour déjeuner mais, à l'heure dite, Johnny siffle sous mes fenêtres où sur un balcon est écrit, côté rue, le prénom de mon chanteur favori avec des lettres de cinquante centimètres de haut.

J'enfile mon blouson de cuir en dévalant l'escalier quatre à quatre ce qui est dangereux si jamais je tombe (maman me l'a souvent dit).

Dans la rue il y a le fils de l'épicier que j'ai connu à l'école et qui se fourre toujours le doigt dans le pif jusqu'au coude. Celui-là, ne me loupe jamais :

« Alors Blondieau, ton merlan (1) est toujours en taule ?

— Et toi, Dugenoux, tu veux une fourchette ? »

Johnny qui est témoin de cette scène se moque : « Ah ! Ils sont bath tes potes !

— C'est pas mon pote, allez, on s' casse... »

Je suis surpris de voir Johnny à cheval sur un scooter jaune, il porte aussi un blouson à carreaux noirs et blancs que vient de terminer l'amie de Desta, couturière et voisine.

(1) Merlan : coiffeur.

« Tu t'es payé un scooter !
— T'occupe ! Et grimpe ! Montre-moi le chemin. »

Après une chevauchée épique à travers les rues de Paris, tout en slaloms, coups de freins et coups de trouille (c'est la première fois qu'il conduit un engin pareil) Johnny gare le scooter rue Drouot, devant le Golf.

A l'entrée, déjà un obstacle. Nous n'avons pas la tenue idéale pour l'endroit, la clientèle est jeune bon chic, bon genre. La tenue dite « correcte » est exigée comme le conseille un écriteau massif accroché à la caisse. Nous sommes les seuls en blouson et Levis ; je montre à la caissière le disque de Johnny.

« Qu'est-ce que c'est ? vous apportez un disque ! Bon, allez voir Henry... »

Nous nous engageons vers le bar quand le cerbère penché par-dessus sa caisse nous rappelle.

« Hey les jeans là... Pour la première fois ça va, mais attention si vous voulez venir le soir, il faut une cravate. »

Je me tourne vers mon copain :

« T'as une cravate, toi ?
— J' sais pas c' que c'est.
— Moi, je dois en avoir une, elle est restée accrochée à mon costume de premier communiant ! »

(Nous devions par la suite et sur ces lieux même, abolir ces contraintes vestimentaires.)

Les habitués du Golf nous accueillent aussi froidement que la caissière, c'est une glacière là-dedans. Il y a une drôle de bande, les garçons sont habillés comme des lords anglais, blazers noirs à pochette de soie et pantalons rayés. Je leur reconnais une certaine classe, mais c'est une manie chez eux de dévisager les gens avec un profond mépris ?

« Hey les mecs, on pue la merde ou quoi ? »

Ça pue pas la merde, mais ça sent la bagarre. Je calme Johnny. En regardant de plus près les « golfeurs », je m'étonne qu'ils soient maquillés et leurs cheveux crêpés comme ceux des filles. J'attrape Johnny par le bras :

« Cassons-nous Jean-Philippe, on est tombés chez les pédés !

— Attends Elvis, si ces mecs sont des pédés, ils n'ont pas besoin de toutes ces gonzesses, restons un peu, on verra bien. »

C'est vrai, les gonzesses du Golf sont mignonnes, super-sapées dans le goût Chanel. Elles nous dévisagent aussi, mais avec une curiosité toute féminine qui ne nous déplaît pas. On a d'ailleurs l'air de les amuser. C'est la première fois qu'elles voient des « Blousons noirs » d'aussi près !

Sur la piste je reconnais Schmoll. Il a toujours le cheveu aussi jaune que le scooter de Johnny. Il porte jaquette de daim violet et pantalon de flanelle grise. Ce personnage fait grand cas de son talent de danseur. Tout le monde le regarde. C'est lui qui a monopolisé le juke-box avec des disques de Bill Haley.

Pendant une pause, je présente Johnny à Schmoll. L'entrevue est assez sèche. Diantre ! Entre deux adeptes de même obédience... Je sollicite Henry Leproux, le gérant du Golf, de bien vouloir passer dans le juke-box le disque de Johnny. Celui-ci s'exécute gentiment, le disque est bien accueilli dès le début. Le gérant serre la main de Johnny et le complimente, il a même l'air enthousiaste. Ce que Leproux ne sait pas encore, le disque de Johnny dans le juke-box du Golf, c'est le ver dans le fruit. Johnny, pudique, fait celui qui n'entend pas son disque. Il sirote un Coca au bar assis sur un de ces grands tabourets. Il se tourne côté salle et du coin de l'œil surveille discretos la réaction des danseurs ; la température se réchauffe. Il est adopté. Le disque suivant est un « rapide », comme ils disent au Golf. C'est au tour de Johnny de danser, sur une espèce de Be bop snobinard. Je ne lui connais pas ce talent. Il a dû apprendre ce truc-là avec ses copains du

Snack Saint-Lazare, dans une surboum de snobs que j'ai toujours évitée.

Au Golf aussi, ils sont un peu snobs. Ils dansent aussi le Be bop, mais cela ne devait pas durer. De toute façon, je m'en fous ! Je ne danse jamais, de quoi je m'occupe !

C'est vrai que ça se réchauffe et le ciel du Golf est au beau fixe. Toutes les filles veulent danser avec Johnny. On dirait qu'elles ont pris des tickets et attendent patiemment leur tour. Quand il s'arrête, ce sont les garçons qui lui posent des questions sur la musique. Jean-Philippe a un magnétisme qui aimante les foules, c'est pas croyable. Schmoll est à côté de moi, un poil jaloux.

« Alors Schmoll, comment trouves-tu Johnny ?

— Je le connais ton Johnny. Il m'a piqué des disques en surboum, il y a quelque temps. »

Je n'en crois rien. Johnny n'est pas un voleur, mais je comprends maintenant l'accueil réservé de Schmoll, danseur vedette du Golf.

Au moment de partir, deux sœurs nous « accrochent » en haut des escaliers. Elles sont coiffées en queue de cheval, jupes larges et ballerines. Mignonnes les louloutes. Elles veulent savoir où nous avons trouvé nos jeans. On les aurait bien « levées » ces deux-là ! Mais il n'y a que deux places sur le scooter. On s'est promis de revenir au Golf. « A bientôt les nanas. »

Dehors il pleut à torrent, la rentrée en deux roues va être joyeuse.

Le moteur tourne, la tête dans les épaules, je me blottis sur le siège arrière. J'attrape Johnny par la taille, il ne démarre pas, il réfléchit : « Elvis, si tu allais inviter Schmoll à venir écouter des disques chez moi, samedi prochain ? »

Le retour est prudent ; Johnny me laisse devant chez moi, avant de le quitter je l'interroge :

« C'est vrai que t'as gaulé des disques à Schmoll dans une surboum ?

— C'est vrai, d'ailleurs le scotter aussi je l'ai piqué.

— Décidément, mais pourquoi ?

— C'est excitant, non ! Et puis j'ai pas d'oseille pour en acheter un. Ah ! j'ai une bonne nouvelle, on est venu m'installer le téléphone chez moi aujourd'hui, je t'appelle ce soir pour te donner mon numéro, ciao ! »

Le don de kleptomane de mon copain s'arrêtera à ces deux larcins de teen-ager. J'appris par la suite que le propriétaire du scooter devait rentrer en possession de son engin. Quant aux disques de Schmoll ils furent remplacés par des éditions américaines de Bill Haley assez rares.

Schmoll en voulut longtemps à Johnny. Mais une bonne et solide amitié allait s'installer quand même entre eux. Les fans du rock étaient rares. Il ne fallait pas se diviser.

Aux yeux de la société, Johnny a largement payé ces délits mineurs. Le cœur sur la main, combien de « dernières chemises » a-t-il données. Et puis on ne compte plus les innombrables objets qui lui ont été barbotés au long de sa carrière.

Nous sommes maintenant trois copains à nous imprégner mutuellement de rock. Schmoll passe son premier après-midi chez Johnny.

Quand il aperçoit les partitions américaines posées sur le piano, il ne décolle plus. Elles lui font autant d'effet qu'à nous. A chaque visite chez Johnny, c'est la même chose.

Un jour, Mme Mar me prend à part.

« Vous voyez, Elvi, ce jeune homme qui fouille toujours dans les partitions de Jean-Philippe, eh bien ça va lui donner envie de chanter. Il ne faudrait pas qu'il fasse concurrence à Jean-Philippe, vous comprenez ! Et vous, Elvi, vous n'avez pas envie de chanter, n'est-ce pas ?

— Euh, non madame Mar, enfin je... pas vraiment non.

— C'est bien, Elvi, vous êtes un gentil camarade. »

Schmoll, sous le pseudonyme d'Eddy Mitchell, devait enregistrer son premier disque six mois plus tard ; et moi Long Chris, le mauvais camarade, un an après.

***

Plusieurs après-midi passés au Golf nous permettent de nous faire de bons copains... et des copines aussi. Les habitués n'ont rien d'homosexuels. Le maquillage chez les garçons est une mode, à laquelle j'avoue ne pas me soustraire. Les filles prennent un malin plaisir à nous colorer les joues de leur « pan-cake ». Nous ne risquons pas de réflexions, cette « élégance » n'est portée qu' « intramuros ».

De chez Johnny, nous allons au Golf à pied, les p'tits sous sont rares. Ce jour-là nous n'avons que trente francs en poche, de quoi payer les deux entrées et un Coca.

En passant près d'une bouche de métro, Johnny me tend une main ouverte.

« Les trente balles, Elvis, donne-moi les trente balles.

— Mais Jean-Philippe, on ne prend pas le métro, on y va à pinces !

— Il n'est pas question de métro, donne-moi quand même les trente balles. »

Je m'exécute et le vois tourner de l'autre côté de la grille et balancer nos trente balles dans la casquette d'un clochard assis par terre.

« T'es dingue ou quoi ! On n'a plus de fric, mais t'as vu ça où, toi, de balancer tant d'argent à un clodo !

— Au cinéma, Elvis, j'ai vu ça au cinéma.

— Ouais ! Et dans quel film t'as vu qu'on rentrait à l'œil au Golf ?

— Allez ! Te fâche pas, ce pauvre type en a plus besoin que

nous. Allons quand même au Golf, je trouverai bien un moyen pour rentrer. »

En suivant le bon Samaritain, je m'inquiète quand même un peu sur l'avenir de notre après-midi.

Assis sur les premières marches de l'escalier du Golf, le rocker au grand cœur et son copain qui n'a plus de ronds, attendent... Avec un air de chien battu, ils regardent rentrer ceux qui ont des sous. (On dirait une scène de *Charlot et le Kid.*)

Soudain Johnny se redresse, « Ça y est Elvis, on rentre ! »

Il se lève à l'approche d'une jolie blonde, lui murmure quelques mots à l'oreille (son truc favori), l'embrasse sur la joue, se retourne vers moi et me fait un clin d'œil : « Tu viens Elvis ? » Aujourd'hui, quelque part en France, une honorable mère de famille peut s'enorgueillir d'avoir payé l'entrée du Golf Drouot à Johnny Hallyday et à son copain Long Chris, par-dessus le marché.

En juin, Johnny se produit quinze jours à Juan-les-Pins, au Vieux Colombier. C'est Georges Leroux, imprésario sollicité par Vogue pour s'occuper de leur poulain côté scène, qui lève l'affaire.

Moi, je ne suis pas de la fête. Gamin obéissant et pas si révolté que ça contre les parents, je passe mes vacances en famille aux portes de Royan. Schmoll est venu me rejoindre. Il loge dans une grange immense où les paysans lui ont planté un lit en plein milieu du foin. Ça ne peut pas faire plus western. La location doit coûter à peu près trois queues de cerises. Dans ses bagages, la collection complète de Lucky Luke.

Nos vacances sont bercées par les Platters, avec cette envie de se frotter le ventre sur celui d'une fille, dans un slow, dès les premières notes de l'intro d'*Only you.* Le *When* des Kalins Twins s'entend de loin avec son saxo au bruit de crécelle. Paul Anka pleure sa *Diana* dans le juke-box de la plage. Ah ! Et le *Sag warum* l'adaptation allemande de *Why* des Teddy Bears, encore un slow terrible sur lequel on a usé pas mal de jeans (ça nous en fait des souvenirs pour plus tard tout ça !).

Schmoll a la trouille du soleil et ne veut pas bronzer, de peur de ressembler à un « apache ». Nous sommes les seuls à arborer des chemises de cow-boys avec des fleurs brodées partout, en plein après-midi, assis sur le sable chaud, pendant que les autres sont à poil !

Les voix de Gene Vincent et d'Elvis Presley sont rares. Nous offrons aux vacanciers un aspect du vrai rock en chantant le soir au Regalty, une brasserie pas loin du front de mer, devant un parterre de gens absolument médusés. L'arrivée des Martiens ne les aurait pas davantage surpris !

Début septembre à Paris, Johnny me raconte ses vacances : les filles, les copains et surtout ses passages au « Vieux Co » qui est une annexe d'été du club du même nom, sis à Paris, rive gauche.

C'est vers cet horizon que se déplace la faune migratrice et estudiantine laborieuse ou glandouilleuse du quartier Latin et de Saint-Germain-des-Prés, dès les premiers rayons de soleil de ces vacances 1960.

Au « Vieux Co », c'est la fête tous les soirs. L'organisation artistique tant au micro qu'aux éclairages est animée par un garçon jovial, jeune et dynamique (c'est lui qui le dit) : Carlos « notre » Carlos, que l'on retrouvera au carrefour des carrières de Johnny et de Sylvie, comme secrétaire et collaborateur, avant de se battre pour imposer son propre talent.

Un tourbillon de vedettes se rencontre tous les étés sur cette petite scène : Bécaud, Sacha Distel, Los Incas, un groupe américain, les « Hi loss », René-Louis Laforgue, gouailleur, le père de la reine de la place Blanche, rappelez-vous de Julie la Rousse...

Carlos, un fanatique de jazz, un rive gauche « bon teint, bon poids », flippe sur le personnage de Johnny qui, à son tour, vient proposer son répertoire de huit chansons : *Laisse les filles, J'étais fou, Kili watch, J' suis mordu, T'aimer follement, Pourquoi cet amour, Tutti frutti, Party,* (dans l'ordre, s'il vous plaît !). Accompagné par un mini orchestre « d'ambiance », Johnny se tape lui-même toutes les intros et tous les chorus à la guitare. Il est annoncé par le présentateur, comme la vedette en « vogue » des disques Vague (sic). Carlos, pendant ce temps, s'applique, avec ce sens du comique qui lui est propre, à faire rentrer des gens au cabaret, qu'importe s'ils n'ont pas un rond pour consommer, il faut que Johnny soit écouté, apprécié ou rejeté, mais qu'il se fasse connaître. En cela Carlos, par amitié, s'y efforce.

Ce n'est pas vraiment ses chansons que Carlos préfère en Johnny. Il trouve surtout en ce grand garçon blond la qualité d'âme qui permet de se lier très vite avec quelqu'un. Si en plus celui-ci est un grand compagnon de galère (Oh là ! là !), les relations ne peuvent qu'en être consolidées, à condition que Mme Mar avec son chapeau vert à voilette ne soit pas dans les parages à surveiller son « bébé ».

Avec toutes ces filles qui traînent autour de lui, il ne faudrait pas qu'il y en ait une qui lui refile une vilaine maladie.

Une fois sa tante endormie à l'hôtel (Johnny imagine les tours les plus pendables pour tromper sa surveillance) c'est dans la villa des parents de Carlos qu'il conclut les gentilles affaires entamées le matin sur la plage avec les « petits bikinis ». C'est toujours avec Carlos que Johnny attend sous son balcon la plus jolie fille de Juan-les-Pins, très jeune d'ailleurs, celle dont le papa possède un yacht.

Au clair de la lune, mon ami Carlos, infiltrons-nous dans l'épaisseur des romarins du jardin. Johnny siffle discrètement les premières notes de *T'aimer follement* pour confirmer sa présence à la bien-aimée. C'est le signal que le père attend pour surgir du balcon tel le gendarme du guignol, avec une provision de gros cailloux sur les bras, qu'il balance en hurlant sur la tête des deux compères, protégeant ainsi pour quelques temps encore, la virginité de sa fille.

JOHNNY — A LA COUR DU ROI

Si Johnny a bien marché au « Vieux Co », il a failli ne pas en être de même pour son imprésario Georges Leroux. Johnny me rapporte l'anecdote.

« Quelques types me cherchent noise, j' te jure pour une fois c'est pas à cause d'une fille. Bref, ça tourne au vinaigre. En plein milieu de la rue devant le « Vieux Co », un type me menace de son couteau, exactement l'affiche de *Graine de violence.* Avant d'avoir le temps de déboucler mon ceinturon pour me défendre, un car de flics se ramène. Le type lâche son couteau et file. Leroux, qui est à côté de moi, le ramasse et c'est lui que les flics harponnent à cause du couteau qu'il a à la main, tu piges ?

Je vois mon Leroux monter dans le panier à salade avec sa chemise bariolée de gros ananas rouges et verts. Il me regarde avec des grands yeux étonnés. Il en a lâché son cigare. Je suis mort de rire. Salut Georges, à demain. Grâce au témoignage des badauds, il a pu s'en tirer sans gros problèmes. »

Johnny termine son récit par une nouvelle qu'il est fier de m'annoncer. Un éventuel passage à l'Alhambra, un des grands music-hall parisiens, perché du côté de la République.

Georges Leroux, toujours dans le coup, a décroché la première partie du spectacle de Raymond Devos pour Johnny. J'ai lu quelque part que c'est Devos qui a réclamé Johnny ; enfin je ne sais plus. Toujours est-il que ce grand comique est absolument ravi de travailler avec notre chanteur de rock et lui donne ce jour-là, une chance extraordinaire.

Tout en remontant la rue Pigalle (Johnny va refaire son stock de médiators, il en bousille dix par jour), il me raconte de quelle façon il va mener son spectacle, avec trois chansons seulement.

D'un coup d'épaule, il me pousse dans la première porte cochère venue dont le porche est assez large, saute sur un petit trottoir devant la loge de la concierge et me mime son jeu de scène. Les rideaux rouges de la pipelette offrent un fond idéal ; Johnny comme à l'habitude bouge les jambes en rythme, soudain il pousse un cri, se roule par terre, se redresse sur les genoux plein de poussière pour retomber sur le dos, tout en faisant semblant de jouer de la guitare. J'éclate de rire :

« Tu ne va pas faire ça, quand même ?

— J' vais me gêner, Elvis ! J' te jure que c'est un truc que j' vais faire. »

Je ne le crois pas ; en frottant le dos de son blouson, je lui signale que trois chansons c'est peu. Qu'il peut par exemple supprimer *T'aimer follement* au profit de *I got stung* (J' suis mordu) et ajouter *Tutti frutti* au menu.

Le jour « J » arrive, sans faire de jeu de lettres. Dans la salle de l'Alhambra, les belligérants sont répartis en deux camps : les fanatiques du rock au balcon et l'autre public à l'orchestre.

Johnny passe en vedette anglaise, c'est-à-dire en première partie, accompagné par son guitariste, Pierre Duval — un étudiant rencontré au Golf et recruté pour la circonstance. Le bassiste et le batteur sont les musiciens de l'Alhambra.

Vêtu en prince des Blousons noirs, Johnny commence par imposer sa jeunesse arrogante, comme son style. Il semble que les traditions du music-hall soient chamboulées, il va certainement se passer quelque chose ; tout le monde le sait et les critiques sont là, les dents bien aiguisées, la plume acérée.

Beaucoup l'attendent au virage, le rock n'roll n'est pas un passeport évident pour rentrer dans la société.

Mais les rideaux s'écartent. « Ce qu'il est beau, dit une dame au premier rang », son mari la regarde sous le nez, mais attendez un peu madame, c'est un garçon dont vous allez vous souvenir.

Les deux premières chansons surprennent, inquiètent mais passent. Dans le solo de *Souvenirs, souvenirs,* boum, ça y est, Johnny est sur le dos, les jambes en l'air.

« Merde, c'est pas vrai, il l'a fait, il est gonflé mon pote. »

Des hurlements de joie éclatent du balcon. Si Johnny est allongé sur la scène, nous sommes nous, tous, debout dans la salle. Un « Oh »! scandalisé monte du parterre, Henry Salvador est au premier rang, il éclate grossièrement de rire. Paradoxalement celui-ci venait d'enregistrer quatre titres de rock sur des paroles de Boris Vian.

Les gens prennent parti, s'engueulent. Lee en profite pour m'engueuler aussi parce que j'ai modifié le tour de chant de Johnny, afin de lui donner un ton plus authentiquement « rock ». Mais ça aurait changé quoi ! C'est la bataille d'Hernani, cent trente ans après exactement, entre les classiques et les modernes.

Le directeur de l'Alhambra est terrifié : « Je n'ai jamais vu ça en quarante ans de carrière ! » Un rocker qui passe par là lui jette : « Il faudra vous y faire, monsieur ! » Le « Monsieur » en colère veut raccourcir le récital de Johnny, déjà si réduit.

Grâce à l'intervention de Raymond Devos, Johnny chantera ses quatre chansons pendant trois semaines.

Il fallait créer l'incident, c'est fait. Quelque chose a bougé derrière les rideaux rouges du spectacle. Rien désormais ne sera plus pareil dans le music-hall. Les Parisiens savent maintenant qui est Johnny Hallyday ; pour ou contre, on l'aime, on le déteste, il étonne, divise, mais ne laisse personne indifférent. On parle de lui c'est parti...

Avec le recul du temps, je demande un jour à Johnny ce qu'il a éprouvé au moment de se jeter par terre à l'Alhambra.

« Jusqu'au dernier instant, je n'étais pas très sûr de le faire... mais c'est venu comme ça, d'une façon tellement naturelle... en me disant : tant pis on verra bien !

Tu comprends, on ne m'acceptait pas, moi, avec mes chemises de dentelles, mes chansons, la façon de me secouer pour chanter, alors j'ai voulu leur faire payer tout ça. En fait, c'était de la provocation plutôt qu'un gimmick de rock n'roll. J'aurais été capable de faire pire. Quand je suis tombé par terre, je n'avais plus le trac, j'étais libre, j'étais bien.

Un moment, j'ai cru que je faisais ça pour moi seul, le monde aurait pu s'effondrer, c'était pareil, après moi le déluge. En quinze secondes, tu peux pas savoir, c'est fou les choses qui vous passent par la tête en certaines circonstances.

Quand je me suis relevé, juste à temps pour reprendre mon couplet d'ailleurs, je ne voyais pas les gens du parterre, mais ceux du balcon ; vous étiez tous debout, les bras en l'air, je n'étais plus seul. J'aurais voulu vraiment avoir trente chansons à mon répertoire et continuer. Aujourd'hui, je réalise que j'ai créé un scandale... mais ça m'a bien servi. »

Il n'est pas nécessaire de se rouler par terre pour chanter du rock, c'est sûr. Mais plus tard, en tournée, les gens auraient été déçus si Johnny ne l'avait pas fait. Il était pris dans un système. Pas moyen d'y échapper. Alors les curieux vont voir le phénomène qui se roule par terre pour rire un coup, puis ils s'aperçoivent qu'il sait faire autre chose. Il chante à vous révolutionner le cœur. Il chante tellement chaud qu'il transforme ton sang en acide sulfurique mon cousin !

Et puis il te fait rêver ma cousine, comme du temps où t'avais tes seize ans. Mais c'est qu'il rentre dans la vie des gens, ce Johnny-là, il devient indispensable.

Ah ! Cette galipette sur la scène de l'Alhambra, quelle carte de visite !

Il y a des moments, pourtant, où il n'éprouve pas vraiment le besoin de se jeter par terre.

Certains soirs, il n'y pense même pas. Il ne veut surtout plus de gimmick forcé quand la frénésie collective n'est pas assez forte. L'atmosphère d'une salle de rock n' roll est un mariage entre le public et les musiciens, il y a des spectacles de grande rigueur et d'autres plus débridés où Johnny et tous ses musiciens se roulent par terre.

Et puis c'est l'époque du rock joyeux : les gens s'amusent. C'est avec Gene Vincent et Vince Taylor, les rockers de choc, que cette musique prend un autre aspect, plus dur, plus acide, parfois mystique (Gene Vincent, dévôt dans le civil, s'habille de noir, se parfume à l'encens et porte un crucifix au cou, ou une médaille frappée du sceau des templiers. Il va jusqu'à introduire des chants grégoriens dans certaines chansons).

C'est dans cette nouvelle direction que nos esprits se tournent. Johnny prend le relais des rockers de choc, il crée un rock pour les grands, qui prendra des dimensions mythologiques et dédaignera la « soupe » servie plus tard aux « teenagers ».

***

1960 est notre grande année. Le Golf nous attire toujours, nous en avons fait notre sanctuaire. A part un noyau d'anciens, la clientèle a changé. Le Golf s'est déridé et considérablement rajeuni.

Les rockers se mélangent aux « marinettes » qui suivent la mode et portent des pantalons de marins américains, très larges en bas. Johnny y retrouve ses supporters de l'Alhambra. Les « jeans » sont maintenant acceptés et un bon « climat » rock s'y installe depuis que Johnny, Schmoll et moi-même y prêchons la bonne parole. Je vous jure que l'atmosphère a changé.

Le Golf va devenir le « Club Johnny Hallyday » et, plus tard, une pépinière de jeunes chanteurs où les représentants de maisons de disques viennent à la pêche aux nouveaux talents : on se souvient de Dany Logan, Moustique, Hector, Polnareff...

Le préposé au vestiaire, Hugues Borel, est un garçon charmant, un peu plus âgé que nous. Sa position privilégiée lui permet de tout connaître sur cette petite faune du Golf qui intrigue tant les passants. Telle fille est bien, tel mec est con, qui est avec qui, un tel vient de quitter une telle. C'est lui qui nous présente les « nouvelles », il arrange nos « coups », car nous ne lui faisons pas concurrence : Hugues n'a pas le goût des filles... Admiratif de tout ce que fait Johnny, il ferme les yeux quand notre rocker, caché dans le vestiaire entre deux manteaux de clients, convertit une fan conciliante aux délices de l'amour à la sauvette.

Serviable, comme on peut le constater, Hugues connaît beaucoup de monde dans le Tout-Paris ; habile pour l'administration et aussi débrouillard que Bibi Fricotin, il va devenir le premier secrétaire de Johnny.

⁂

Construite trois années après la célèbre bataille de Napoléon, la salle Wagram est un dancing du dimanche près de la place de l'Etoile, dont les murs résonnent encore des accents de tangos et autres bals musettes.

L'organisateur de spectacles a commis une grave erreur en opposant deux styles différents dans le même gala ; le jazz et le rock n' roll. Deux musiques de culture différente vont s'affronter. C'est chien et chat dans la même cage. Les ennemis héréditaires réunis devant un public mitigé.

A cette époque on qualifie de « musique de nègre » toute musique bruyante et trépidante, américaine de surcroît. On met tout ça dans le même panier, en l'occurrence la même salle. En première partie, un « band » de New Orleans sapés smokings, attaque avec un classique. Les musiciens s'époumonnent dans leurs clarinettes en basculant la tête de haut en bas et tapotent la mesure du bout du pied.

Au second tour, c'est Johnny Hallyday qui apparaît dans une des tenues qu'on lui connaît. Il démarre avec *Laisse les filles,* les fans de jazz réagissent immédiatement : sifflets, hurlements. Riposte des fans du rock : « Vos gueules », « dehors » !

Pendant le solo, une première bouteille de Coca éclate au pied du micro. Imperturbable, Johnny reprend son couplet ; à la deuxième chanson, c'est une chaise qui atterrit sur la scène. Johnny chante toujours.

Lee est dans tous ses états, il gesticule, cavale, monte sur scène, s'empare du micro et prévient que son artiste ne continuera pas à chanter dans de telles conditions. Le tour de chant s'arrête là.

Ce qui provoque la joie des uns fait la rage des autres, venus pour le rock. Les chaises volent, c'est l'émeute.

De Wagram on passe à Waterloo, et la vieille garde, dont je suis, protège son empereur de son corps. Dans cette atmosphère enfumée, les cris résonnent comme dans une salle de boxe. Utilisant les tables comme rempart, Johnny se change en vitesse, le rideau qui lui sert de loge étant déchiré.

Lee, comme à son habitude, court dans tous les sens ; un pied de chaise à la main, il renvoie les bouteilles qui pleuvent, en bon Américain qui joue au base-ball. Johnny pleure de rage, nous l'entraînons dehors, récupérons guitare et matériel sous la mitraille et sautons dans les deux voitures qui nous ont été amenées. Pas de blessé chez nous.

Fiasco dira la presse, pas tout à fait répond un témoin. Si la moitié de la salle a manifesté sa désapprobation pour le rock, l'autre moitié, frustrée, était venue exclusivement pour Johnny.

C'est fin décembre, le petit Jésus est né depuis peu de jours et la musique adoucit les mœurs, dit-on.

Dès lors, le flot des fans de Johnny grossit. Ses disques se vendent bien, il prend du galon, le copain. Moi aussi : d'étalagiste, je deviens apprenti décorateur, chacun fait ce qu'il peut ! Avant d'atteindre à ce grade suprême qui va me permettre de m'épanouir dans la créativité, je travaille pour un marchand de chaussures boulevard Saint-Michel.

Mon travail de la journée est de construire un bassin en ciment dans la vitrine. Dans ce bassin rempli d'eau, doivent venir barboter poissons rouges et... chaussures caoutchoutées, ces dernières prouvant ainsi à la clientèle leur imperméabilité.

Un coup de téléphone me surprend à quatre pattes dans la flotte, la voix de stentor du gérant me fait sursauter.

« Le 6, on vous demande au téléphone. C'est un copain à vous, je n'aime pas beaucoup que les employés se fassent appeler pendant les heures de travail, vous le savez bien le 6 !

(Eh oui, les employés portent des numéros.)

Le 6 donc, se confond en excuses maladroites et accède quand même au combiné.

« Allô Elvis, c'est Johnny !

— Quoi ! T'es dingue de m'appeler au boulot, je vais avoir un sac de nœuds !

— Ecoute, c'est très important, je viens de m'acheter une Triumph toute neuve, je suis devant le Sacré-Cœur avec un photographe, il veut une photo de groupe avec des copains. J'ai aussi appelé Schmoll, il faut que tu rappliques tout de suite. »

Bon ! Déjà recevoir un coup de fil d'un copain en plein travail m'attire les foudres du gérant, mais maintenant solliciter la matinée pour aller prendre une photo avec Johnny Hallyday relève de la mission d'un kamikaze.

« Monsieur Laurent, je voudrais ma matinée pour faire une photo avec Johnny Hallyday, c'est un copain qui chante et qui...

— Johnny Hallyday ! C'est pas celui qui se roule par terre pendant que Raymond Devos raconte des sketches ?

— Non, pas tout à fait, mais...

— Ah, vous êtes drôle, le 6, très drôle ; allez, permission jusqu'à deux heures, pas plus... et ramenez-moi un autographe. »

Je suis surpris, vraiment surpris que ça se passe si bien ; je m'attendais à tout, sauf à ce trait de largesse.

J'abandonne mes poissons rouges avec une pincée de

« daphnie », réenfile mes bottes et cours dare-dare au Sacré-Cœur.

Là, je suis encore plus surpris de voir Schmoll, lui qui travaille pour une compagnie d'assurances, une taule dont on ne doit pas sortir facilement.

Il y a du soleil sur l'immaculé Sacré-Cœur. Johnny est radieux, blouson à carreaux et pantalon blanc comme sa bagnole ; il en sort, il y entre de nouveau, claque la portière plusieurs fois, la caresse et pousse des cris de cow-boy. Il explique la lecture du tableau de bord à une Françoise qui est là aussi, jupe écossaise et cheveux crêpés. Quand il lui prend la main, un vieil instinct me fait tourner la tête de tous côtés : on ne sait jamais, nous n'avons pas que des copains dans le secteur, non ! Nous ne sommes pas en odeur de sainteté au pied du Sacré-Cœur.

Le photographe désire un peu plus de monde autour de Johnny, un jeune qui passe par là fait l'affaire, étonné et ravi de l'aubaine, ce garçon est immortalisé sur la pellicule entre Johnny Hallyday et le futur Eddy Mitchell.

Nous faisons pas mal de virées en Triumph, la guitare sur le siège arrière, on emballe tout ce que l'on veut avec une tire pareille. Mais il eût été plus sérieux que Johnny pensât un jour à passer son permis de conduire.

Lee et Desta laissent davantage de liberté à Johnny qui, un beau jour, s'envole du nid. C'est dans un hôtel, rue La Bruyère, qu'il s'installe, pas très loin de la Tour des Dames.

Il a maintenant une vaste chambre, un grand lit et une salle de bains pour lui tout seul. Un téléphone à la portée de la main…

Le luxe !

Le plus important enfin, il peut ramener des filles « chez lui » et faire autre chose que d'écouter gentiment des disques.

Quand les demoiselles veulent bien le laisser tranquille un après-midi, il attrape une guitare et travaille de nouvelles chansons que des auteurs compositeurs et éditeurs lui font parvenir en grand nombre, mais dans le tas il y a peu de chefs-d'œuvre. Les professionnels ne font pas la différence entre rock n' roll et chansons scouts. Dès qu'une bizarrerie sort de l'imagination d'un de ces créateurs, on l'adresse à Johnny. Je vous assure qu'on a entendu des drôles de choses.

Des guitares, il y en a une dans chaque coin : La « toute première » de son enfance, petite caisse de bois encore décorée de décalcomanies, des personnages de Walt Disney, la « solist » professionnelle déjà, qui a fait les campagnes de l'Alhambra et de Wagram, et maintenant la pin-up aux formes étranges, « l'Ohio », rêve de tous les rockers.

Mais Johnny est un faux solitaire, et ne peut vivre seul.

Il quitte le « La Bruyère » pour s'installer chez son secrétaire Hugues Borel. L'appartement est petit mais plus accueillant qu'une chambre d'hôtel, et puis côté « boulot » Johnny a son secrétaire copain sous la main.

La vie privée des deux garçons n'est en rien gênée par leurs mœurs différentes. Ce qui n'empêche pas les médisants d'élucubrer à ce sujet.

De toute façon, cette garçonnière (la bien-nommée) voit défiler une jolie brochette de « p'tites nanas » auxquelles Johnny donne volontiers l'hospitalité dans un grand lit à baldaquin.

Ce lit, un peu trop romantique pour un chanteur de rock, a un sort tragique. Johnny déménage de nouveau pour l'avenue Paul-Doumer, où nous nous installons ensemble en compagnie d'un autre copain Hubert Wayaffe, animateur sur Europe n° 1.

Hugues Borel a une idée incroyable : il fait désosser et broyer l'ancien lit de Johnny. Chaque éclat de bois est monté en médaillon et vendu en souvenir. Un éclat de bois du lit de Johnny Hallyday relique évocatrice, cela vaut bien dans la série une mèche de cheveux de Napoléon ou un morceau de la vrai croix du Christ.

Hugues ramasse pas mal de blé et renouvelle l'opération avec les costumes de scène que Johnny a oubliés chez lui.

Vestes et pantalons sont broyés dans une machine et réduits en poudre. Pour authentifier ce massacre, la présence d'un huissier est requise.

La « peluche » des costumes est à son tour collée sur des photos de leur ancien propriétaire et commercialisée par la société « Publistar ».

⁂

Un cri dans Paris, comme un ordre de ralliement : *King Creole* est sorti ! *King Creole* passe au Paramount ! Le dernier film d'Elvis Presley rassemble devant ce grand cinéma des Boulevards toutes les bandes de Paris, unies dans la grande fraternité du rock.

Notre bande est là aussi et occupe les sièges en bordure de travée. Le son du documentaire et des actualités est couvert par les sifflets des fans. L'entracte est écourté par décision de la direction, il nous faut Elvis, vite !

Quand le « King » embrasse sa partenaire, plein écran, les filles hurlent dans la salle ; quand il se bat, c'est au tour des garçons de manifester. Au moment où il entame *Dixieland rock,* Johnny longues jambes se lève, attrape une fille et danse le rock dans une allée. Le service d'ordre, limité à quelques ouvreuses, se précipite pour l'en empêcher ; trop tard : c'est dix, vingt, trente couples qui dansent maintenant dans tous les coins. Johnny, lui, revient à sa place et se marre. Je ne comprends pas : il donne le ton, les autres dansent, lui alors, s'arrête et les observe. Moi aussi je l'observe Johnny. Il joue à un truc, il a l'air d'être seul et ne fait participer personne à son comportement. Pour l'instant, c'est un jeu innocent : plus tard il soufflera le vent pour récolter la tempête avec un plaisir machiavélique...

Inconsciemment, il apporte les pierres à l'édifice de son drame. En sortant du cinoche, il donne rendez-vous à tous ces jeunes qu'il vient de rencontrer pour le samedi prochain au Golf Drouot. Henry Leproux n'en croit pas ses yeux, une centaine de fans, peut-être le double, font la queue dans l'escalier jusque dans la rue. Johnny est déjà là-haut avec sa guitare et quelques musiciens. Il offre son premier récital de rock n'roll en privé, devant un public uniquement constitué de jeunes, disséminés dans le creux et les bosses du golf miniature.

Par la suite, tout le coin « miniature » sautera. Il y a vraiment trop de monde maintenant au Golf — il faut pousser les murs. Cette partie, réservée à une hypothétique clientèle, amateurs de « club » et de « baballe » sera transformée en salle de danse. Un podium est érigé en plein milieu de ces arènes qui verront les plus beaux combats de rock des dix prochaines années.

Henry Leproux se frotte les mains, il réalise une des plus belles opérations commerciales du moment et me confie la décoration des lieux. Le Golf est vraiment la première « boîte » pour les jeunes.

La vague du rock n'roll déferle sur la France, la moitié du pays connaît Johnny Hallyday, qui s'applique à signer ses premiers autographes. A Paris, il est reconnu à tous les coins de rue.

Il s'est montré en province, à Perpignan, où il a chanté dans le même spectacle que Sacha Distel. A Bordeaux et à Marseille son tour de chant occasionne des émeutes qui n'ont rien à envier au désordre de la salle Wagram. C'est la première fois que les forces de l'ordre interviennent dans un spectacle dit de « variétés ».

A Strasbourg et à Cannes, Johnny est carrément tricard ! Les municipalités lui dénient le droit de se produire. Excellent, c'est excellent peut clamer un imprésario un peu avisé. L'interdiction excite ! Les gens veulent savoir qui est interdit et pourquoi ! Par réaction, ils feront l'impossible pour venir voir et entendre le « banni », le « monstre ».

Celui par qui le scandale arrive, c'est la vieille histoire du fruit défendu.

Les directeurs de salle qui lui refusent l'accès aux planches lui font de ce fait une « pub » extraordinaire. « Johnny, ton art illicite fait rêver. »

⁂

24 février 1961, 20 h 45, Palais des Sports, Porte de Versailles. Une odeur de gladiateur dans les arènes, les groupes se jaugent : Français, Anglais, Américains, Italiens même se dévisagent dans les coulisses. De l'autre côté, une foule immense trépigne. Du 24 au 29 février, une pléiade d'artistes se succèdent. Du placide Bobby Ridell, au dentiste Frankie Jordan largement inspiré par Fats Domino. Notre ami Schmoll et ses Chaussettes Noires (Eh oui, Mme Mar avait raison). Le dernier soir, Johnny est à l'affiche.

Accédant lentement mais sûrement à la pointe du vedettariat, Johnny ne peut plus se permettre de garder sa première tenue noire rayée or, et se doit de renouer avec certaines traditions du music-hall.

Un tailleur parisien crée pour lui un ensemble, veste lamé or et pantalon noir. Le rock étant désormais reconnu dans le monde du spectacle, on peut faire un effort de présentation.

Ainsi, après avoir difficilement imposé son image de rebelle au pourpoint de dentelle, c'est avec une chemise blanche et une cravate noire qu'il affronte le premier festival de rock n' roll. Dans le coin de vestiaire qui lui sert de loge, Johnny semble calme, comme son imprésario Georges Leroux indolent et sûr de tout, qui nous balance dans le nez la fumée de son cigare. On a aménagé pour Johnny une grande glace dans laquelle il se détaille dans son nouvel apparat. Le médiator entre les dents, il a toujours ce geste de bloquer sa guitare sur son ventre, il en assure la courroie, comme un cow-boy vérifie la sangle de son cheval avant un rodéo.

Lee ne change pas, il est toujours parfait dans son rôle d'Américain pressé et débordé. Comme toujours, il court à droite et à gauche ; nerveux, il picore des cigarettes à tout le monde, jette un œil furtif sur la salle toutes les deux secondes, revient vers Johnny : « Alors John ! T'es en forme dis, t'es en forme. » Comme pour se rassurer.

Se rassurer de quoi ? Secrètement, nous savons tous que cette fois c'est gagné d'avance. Les musiciens s'interpellent, accordent leurs instruments, les groupies existent déjà et glandouillent d'un air professionnel.

Stoïque et haut comme une statue, Johnny voit tout ce petit monde graviter autour de lui. Je l'approche :

« Jean-Philippe, tout ça c'est fabuleux ! Je t'admire : comment peux-tu rester calme dans un bordel pareil ?

— Ta gueule ! J'ai un trac de merde ! »

Je n'irrite pas davantage la vedette, je file dans les gradins, là-bas tout au fond, pour avoir une vue d'ensemble. Je ne veux pas manquer l'entrée en scène.

En gravissant lentement les quelques marches qui aboutissent au podium, Johnny sait qu'il ne chante pas devant les trois copains du square de la Trinité, ni devant les trente de l'Alhambra, ni devant les cent de la salle Wagram. Il réfléchit très vite à tout ça. Demain ils seront quelques millions. Un immense grondement se fait entendre, ce sont les pieds, des milliers de pieds frappent en mesure. Le présentateur réclame un peu de silence, fait son baratin, puis en hurlant lâche enfin le nom que tout le monde attend :

« Et maintenant... Jo.» (Le reste est couvert par une grande clameur.) A ce moment précis, je sais que Johnny a embrassé son fétiche, un petit sarcophage en or pendu à son cou, le même que James Dean... IL SAUTE SUR SCENE.

JOHNNY — A LA COUR DU ROI

Dès qu'il apparaît une profonde ovation vous colle le frisson. Le sol tremble, les guitares égrènent un son électrique et saccadé ; du haut des gradins c'est la cavalcade vers la scène. Les fans ont déjà viré des travées entières de fauteuils non pour « casser » comme on l'a souvent dit, mais ils veulent de la place pour danser. Les flics sont débordés, le rock c'est la liberté, monsieur l'agent !

Moi aussi j'ai suivi la foule, ce mouvement de masse me fait peur. La foule est dangereuse, manipulable, c'est elle qui crée les paniques qui couronne ou qui massacre, qui possède le pouvoir, qui le donne, qui l'enlève, mais elle peut se laisser apprivoiser comme une femme sauvage si le maître a la main douce, a la main forte. C'est ce qui arrive ce soir, la foule aspire à l'avènement, elle s'est offerte. Mille voix s'élèvent : « Es-tu celui qui doit venir ? »

J'ai réussi à être face à la scène, juste devant « lui », un képi bleu m'écarte sans douceur, ces gars-là sont débordés. J'observe encore mon copain, tout va aller tellement vite à présent.

Il ne me voit pas, d'ailleurs il ne voit personne. Il est loin, très loin, et professe son art avec méthode. Il se sent gagnant et il n'a pas envie de rire du tout.

Un étrange courant passe, je ne reconnais plus Jean-Philippe. En face de moi c'est Johnny Hallyday.

Sept mois après, le 20 septembre 1961 son nom est en grandes lettres lumineuses au fronton de l'Olympia.

L'Olympe ! Résidence des dieux, selon la légende.

Deuxième partie

En suivant une étoile

Chapitre 3

LA FIÈVRE DU SAMEDI SOIR

« La pirouette prend tout l'homme, depuis le cerveau jusqu'à la plante des pieds. »

VESTRIES

Johnny vient d'acquérir une fulgurante notoriété dans le « vieux monde » du spectacle qui se soumet enfin à son talent dominateur, et l'on vient lentement réchauffer son âme repentante à la chaleur de sa flamme conquérante. Cent ans de traditions sont tourneboulés par les apparitions successives d'un corps électrique qui hurle « je t'aime » en cinq onomatopées et trois coups de bassin. D'un coup de guitare magique il balaie la poussière des vieilles planches encombrées d'ombres d'anciens mimes figés, attristés par de vétustes lumignons diffusant une lamentable lueur jaunâtre et blafarde.

Il réinvente la lumière, l'inculte. Celui que l'on n'a jamais vu ni sur le banc d'une école ni sur celui d'une église, projette des gerbes d'étincelles comme autant de rêves aux yeux d'un public aveuglé par la dégénérescence d'un art statique et décadent.

Le music hall de grand-papa a vécu !

C'est à l'âge où l'on cherche à être le plus fort aux billes que, la guitare en bandoulière, il fait un pied de nez à cette chienne, à cette pute : la chance qui n'appartient qu'à ceux qui la bousculent et la violent.

Savez-vous ce qu'elle fit ce jour-là, cette garce ? Elle ouvrit grand ses bras à Johnny tête blonde et le pressa fort sur sa poitrine généreuse.

Quoi ! quelqu'un parle d'inceste ?

A-t-on déjà vu un tel chahut dans la douce province ? Un artiste a-t-il déjà été obligé, pour ne pas provoquer une émeute, de sortir par les toits ? Par les caves du théâtre où il vient de se produire ?

Pour qui, déjà, a-t-on dérangé les pompiers casqués et bottés, pompes en batterie, arrosant des admirateurs devenus trop entreprenants ?

On le hisse en triomphe celui-là, de l'entrée des artistes aux marches de son hôtel, on veut le toucher, il paraît qu'il porte bonheur ! C'est parce que les gens du Midi sont impulsifs, pense-t-on, parce qu'ils ont le sang chaud, ces noirauds !

Dans une cité où la poussière de charbon colle aux murs, des gamins blonds au teint de lune se précipitent sur lui. Ils l'entourent, le bousculent, l'étouffent. « On veut le voir en vrai. » Le service d'ordre intervient et le dégage avec des gaz lacrymogènes.

Johnny Hallyday est désormais un phénomène national.

Il a, dans sa poche, un contrat plié en quatre, dûment signé entre lui-même et une grosse boîte, débitrice de 45-tours : Philips. Ce qui lui donne un peu d'oxygène, un saxo et... la promesse d'enregistrer un jour aux Etats-Unis.

En attendant, pour partir en croisade dans ce beau pays de France où il faut convaincre le fan le plus timoré reclus au fond de sa chaumière que le rock'n roll est la plus belle musique au monde, il possède son orchestre à lui. Il a gardé son premier accompagnateur, celui qui le suit depuis les galas de misère : Jean-Pierre Martin, dit « le Saint », hier en première ligne, aujourd'hui à l'honneur. Il est toutefois suppléé par un autre guitariste, Claude Horn, un Suisse de

Genève que l'on est allé chercher une nuit chez sa maman parce qu'il savait jouer les « trucs » de Presley à la guitare.

Mais les meilleurs musiciens se trouvent dans le sud de la France, côte Méditerranée, où l'influence jazz prédomine. Trois gars du Midi vont compléter l'orchestre : Louis Belloni, le batteur à la bonne humeur proverbiale ; Antonio Roubio, bassiste efficace au visage grave mais bon blagueur quand même, tous les deux de Marseille. Un saxophoniste niçois, Jean Tosan, le seul vrai saxo rock du moment que Lee a découvert grâce au bassiste de Petula Clark. Cet engagement donne à Jean l'occasion de « monter » à Paris : le rêve de tout musicien méridional...

Pour l'instant, jouer pour Johnny Hallyday dont il n'a jamais entendu parler ou avec quelqu'un d'autre, c'est du pareil au même. Le but est d'atteindre la capitale. Et de trouver l'occasion de se glisser ensuite dans une formation de jazz.

Après quelques galas, Jean Tosan est tellement conquis par l'ouragan Hallyday qu'il n'est plus question de s'enterrer dans un boulot pépère de musicien pour une quelconque boîte de nuit. Jean Tosan signe pour dix ans son rattachement à la cause du rock'n roll. « Tu verras, me dit Johnny, il joue même à genoux et parfois, quand il prend son pied, il se roule par terre comme moi. »

Je deviens vite compère avec Tosan dit « la Toze ». Nous courons ensemble les antiquaires lorsque nous sommes en tournée, à la recherche de soldats de plomb et autres vieux trucs.

Bien encadré par cet excellent orchestre qui « déboulle un max » et guidé par un imprésario de « taille », un véritable fabricant de vedettes, Johnny va sillonner l'étendue du territoire grâce à de nombreuses tournées fort bien montées, ce qui le change des galas isolés où il passe des journées entières sur les routes.

Le nouvel imprésario, Johnny Stark, ressemble à Hoppalong Cassidy, cow-boy vedette des années 50. Stark a les épaules larges au sens propre et au figuré. Il a notamment dirigé les tournées de Tino Rossi, autre symbole d'une génération. Il va savoir utiliser savamment le talent tout neuf de Johnny et le propulser au « summum » du vedettariat.

A la fin de 1961, nouvelle mutation pour moi : d'apprenti décorateur, je deviens apprenti matelot. La « Royale » s'enrichit là d'une recrue indispensable à son prestige. Sur une table de nuit boiteuse, entre deux hamacs, un transistor me serine les tubes de mon copain chanteur, ce qui me file un vieux blues des mers...

De retour à la vie civile, je retrouve un Johnny vedette qui m'ouvre grand les bras. « Que vas-tu faire maintenant ? Tu reprends ton boulot de décorateur ? » Devant ma réponse négative, il m'engage vivement à faire comme lui : « Chante du rock ! »

« Mais, ajoute-t-il très sérieusement, ne te fais plus appeler Elvis, choisis un autre nom. » Ben voyons, élémentaire, mon cher rocker ! Little Richard est à la mode, Little Tony aussi ; avec ma taille, « Long » fait très bien l'affaire et j'ajoute la première moitié de mon prénom, « Chris », pour — c'est indispensable à l'époque — américaniser le tout ! Nanti déjà d'un nom de guerre, ce qui n'est pas mal, et avant de savoir si je sais chanter ou pas, je me trouve des musiciens avec lesquels je passe d'interminables journées, soirées et nuits à répéter dans les locaux les plus divers : garages, patronages, une salle de cinéma. Nous ne refusons ni les caves ni les greniers. Un premier disque est enregistré sous label « Pacific » avec mes copains les Dalton. Cette pièce rare n'a pas, je dois l'avouer, crevé le plafond des hit-parades...

Recommandé chez Philips par Johnny, de nouveaux enregistrements ne me permettent pas davantage de me classer parmi les « grands ».

Rocker oui ! artiste non ! Enfin pas dans la chanson. J'ai sans doute le physique mais pas la vocation, et un sacré problème pour chanter du rock'n roll en français. Avec les « Dalton », nous avons commencé par faire quelques petits galas. Comme ça. A l'œil, pour nous roder. Ce qui fera dire de nous : « C'est un groupe sans gain ».

Nous sommes des pionniers, je n'ai aucune amertume et suis absolument heureux d'avoir vécu cette époque où tout était possible à celui qui « voulait ». Mais voilà, peut-être que « Long Chris » n'a jamais voulu vraiment.

Encore une minuscule anecdote qui me revient : au début, comme nous n'avions pas de véhicule pour déplacer notre groupe et son matériel, nous partions faire nos galas en stop. Un jour, le groupe était divisé entre Paris et Lille et je me souviens, assis dans la voiture du type qui m'avait ramassé, avoir vu, trois kilomètres plus loin, mon batteur avec sa grosse caisse sur le bord de la route agitant le pouce. Les premières gouttes de pluie commençaient à tomber...

Johnny, toujours fidèle en amitié, ne lâche pas le copain des mauvais jours et m'embarque avec lui en tournée où je chante dans la première partie du spectacle. Suicidaires, ces premières parties d'Hallyday : tous les artistes qui s'y sont produits ont encore dans les oreilles les sifflements, les chahuts, les cris d'un public turbulent venu voir **son** dieu et qui n'admet pas qu'on lui impose un quelconque chanteur en hors-d'œuvre.

« Départ de la tournée, 4 heures du matin, c'est la meilleure heure pour rouler tranquille », affirme M. Malleray, régisseur de Johnny Starck. Rendez-vous devant le bureau, avenue de Wagram. Les musiciens ont un car, Johnny suit dans sa voiture particulière, à l'époque une grosse Buick, et emmène Lee, alors directeur artistique, son secrétaire Jean-Pierre Bloch et son copain, Long Chris.

Dans le coffre, la guitare dont Johnny ne se sépare jamais, c'est la grosse « Gibson Accoustic », la même que celle de Presley. De chaque côté de la guitare sont casées nos selles de cow-boy (que nous emportons en tournée). Les jours de relâche, nous nous arrangeons toujours pour monter à cheval quelque part.

Dans le midi de la France, la Camargue nous offre un terrain extraordinaire pour nos fantasmes. Un jour, nous sommes dans la région des Saintes-Maries : l'occasion est bonne.

Avec Johnny, il faut vivre les extrêmes : on ne monte pas à cheval deux heures, c'est toute la journée ou rien. Je ne suis pas contre. Nous avions déjà les fesses sur nos selles depuis le matin et changé plusieurs fois de chevaux quand, vers 6 heures du soir, Johnny se souvient qu'il doit honorer de sa présence un cocktail à Marseille : « 19 heures précises, tenue de soirée exigée », dit le carton d'invitation. Retour précipité en voiture jusqu'à la Canebière, arrêt avec crissement des freins devant l'Hôtel de Noailles. Johnny, qui n'a pas eu le temps de se changer, fait irruption en cow-boy dans le hall.

Le concierge, en smoking, un peu étonné, le reconnaît mais n'ose pas faire de remarques, exécute une courbette et lui montre la direction des salons. J'arrive vingt mètres derrière Johnny, mon chapeau sur la tête, jeans et bottes. Le même concierge me saute dessus : « Monsieur, monsieur, c'est à quel sujet ? C'est une soirée privée. » Johnny se retourne et jette au type habillé en « pingouin » : « Ce monsieur est avec moi » (cela paraissait évident !). « Ah bien ! Excusez-moi, monsieur Hallyday, répond, mielleux, l'employé, toujours généreux en courbettes. Puis, se tournant vers moi : « Monsieur est certainement en sport ! » En « sport » ? Tu l'as dit, bouffi ! en tenue sport pour un cow-boy ! Si jamais il me demande où est mon cheval, je l'envoie sur sa banquise, le pingouin !

Du sport, oui, on en fait toute la journée, les jambes arquées, les reins brisés et courbatus, nous dégageons une bonne odeur de cheval qui rivalise avec les meilleurs parfums parisiens dont ces Messieurs-Dames en « tenue de soirée » se sont aspergés. Et puis, ces deux chapeaux de cow-boy qui dominent tout le monde, c'est drôle.

Dans la foulée, gala à Fréjus. Ce n'est pas très loin. Johnny passe dans un cinéma ou un music-hall, qu'importe... Toujours est-il que cet endroit, qui va recevoir le prince du rock en ses murs, ne peut pas lui offrir de loge. Rompu à toutes les vicissitudes du métier depuis peu, Johnny ne se formalise pas (les loges, il les a toutes connues : des chiottes aux murs gras aux plus luxueux studios avec douche et kitchenette et celles des chapiteaux les jours de pluie où le sol se transforme en gadoue). Ce jour-là, à Fréjus, il revêt donc sa tenue de scène dans sa chambre d'hôtel, son secrétaire Jean-Pierre Bloch lui présente sa chemise de voile et sa cravate noire. On prépare également les différents fonds de teint, les brosses, la bouteille de flotte, des serviettes, etc. Johnny, fin prêt, se regarde une dernière fois dans la grande glace du hall, saute dans sa voiture. Direction : le gala.

Celui-ci se passe de commentaires. On connaît maintenant le succès que Johnny remporte tous les soirs.

A minuit, Johnny sort de scène, sous les dernières ovations du public. Avant que les fans ne lui mettent le grappin dessus, il s'engouffre dans la Buick. Cette fois, direction la ville suivante. L'état-major, est comme toujours, affolé, mais il se regroupe et suit.

A vingt kilomètres de Fréjus, Johnny arrête sa voiture en pleine campagne pour se changer, il a toujours sur le dos sa tenue de scène trempée de sueur qui lui colle à la peau, et les nuits sont souvent fraîches dans le Midi. En plein champ, il se déshabille, balance son pantalon et sa veste humide dans les sillons de terre grasse et appelle son secrétaire. « Jean-Pierre, une chemise sèche, mon jean, mes bottes, vite ! je caille. » Jean-Pierre ouvre de grands yeux, se tient la tête des deux mains et bégaye : « Mais, mais, Johnny, j'ai tout oublié à l'hôtel... »

Je ne répéterai pas ici les termes employés par Johnny à

l'encontre de son secrétaire. Jean-Pierre saute dans une bagnole, démarre sur les chapeaux de roue, direction Fréjus...

Au milieu du champ, Johnny est en slip et couvre de sa voix le démarrage de la voiture : « Jean-Pierre, viré ! » Jean-Pierre ne fut pas viré pour autant.

Il ne faut jamais rire du malheur des autres. Je dois, quelque temps, plus tard reprendre moi-même les nobles fonctions du secrétariat que Jean-Pierre quitte pour prendre en main d'une façon plus sérieuse la gestion et l'administration des affaires de Johnny. Après une représentation, je reçois des mains de l'organisateur le cachet (en argent liquide à l'époque) du spectacle que Johnny vient de donner.

Je paie les musiciens. L'argent qui reste dans cette grosse enveloppe beige est à Johnny. Je n'ai pas encore d'attaché-cas, et le magot honorablement gagné est dissimulé sous ma chemise. Le restaurant qui nous accueille après le spectacle ouvre une arrière-salle spécialement pour nous. La tournée comprend plus de vingt personnes qui se pressent autour des petites tables recouvertes de nappes à carreaux rouge et blanc.

L'enveloppe, cachée sur mon ventre, me gênant pour m'asseoir, je la glisse sous le coussin de ma chaise.

Deux heures du mat ! La troupe se lève de table après avoir épuisé le répertoire des grosses plaisanteries et vidé quelques bonnes bouteilles.

Trois jours après et deux cents kilomètres plus loin, Johnny me demande son argent. En un éclair, l'histoire de Jean-Pierre me saute à l'esprit.

« Merde et merde, j'ai oublié l'oseille sous le coussin de la chaise, au restaurant. » Eclat de rire de l'entourage, les musiciens sont pliés en deux. Johnny ne rit pas. Il a les petits yeux plissés des mauvais jours et la mâchoire crispée laisse passer entre les dents ! « Long Chris, viré ! » Un musicien me prête sa voiture ; deux heures après je suis au restaurant. La grande table de l'arrière-salle a bien sûr été desservie. Mais, par chance, le ménage n'a pas été fait depuis. Je me précipite sur « la » chaise, arrache le coussin. L'enveloppe est là ! il y a un dieu pour les cow-boys-secrétaires étourdis... A mon retour, Johnny est à l'hôtel, il prend son bain et m'interroge du menton : « Alors ? Alors, j'ai retrouvé l'oseille, mais je l'ai donnée à un clochard, j'ai jugé qu'il en avait plus besoin que nous. »

Johnny se souvient de l'anecdote datant de la belle époque, il ne me croit pas et il a raison. Je sors l'enveloppe de dessous ma chemise. Je suis pardonné, après avoir été copieusement arrosé par l'eau savonneuse de la baignoire. J'évite quand même la trajectoire du savon. Johnny, maintenant, éclate de rire.

Nous sommes à Pau. Un nouveau personnage vient nous rejoindre ; c'est Gill Paquet, attaché de presse. Il va être édifié quant à la bande Hallyday.

La troupe, définitivement habituée à dîner après les spectacles, trouve un restaurant ouvert jusqu'à 2 heures du matin. Le gérant, un ancien para d'Indochine, voit d'un mauvais œil s'installer les « artistes ».

Après une heure d'attente, personne ne s'est inquiété de prendre notre commande. Seules quelques bouteilles de vin ont été ouvertes. Les musiciens sont affamés. Johnny se lève, va rouspéter à la cuisine. Une demi-heure après, on lui apporte — à lui seul — un steak absolument froid ! Johnny repart à la cuisine, attrape le chef par le bras et lui colle le steak dans la main, sans délicatesse : « Je viens de chanter pendant deux heures, je veux manger quelque chose de chaud ! Mes musiciens ont faim aussi, ça fait une heure et demie que nous attendons, il fallait nous dire tout de suite que vous ne pourriez pas nous servir ! »

Puis, s'adressant à toute la bande : « Cassons-nous, allons bouffer ailleurs. »

Sans demander l'addition, la troupe se lève en gueulant. Gill Paquet se demande où il est tombé. Aller bouffer ailleurs ? Mais tout est fermé à cette heure ! Nous rentrons à l'hôtel le ventre vide.

Une demi-heure après, on frappe à la porte de ma chambre. C'est Gill Paquet. Il veut me parler :

« C'est toi le secrétaire ?

— Ouais, qu'est-ce que tu veux ?

— Donne-moi quatre cents francs pour payer les bouteilles du restaurant.

— Si je n'ai pas l'accord de Johnny, je ne donne pas un rond. Et Johnny dort.

— Alors, je vais te dire, il y a cinq anciens paras dans le hall de l'hôtel qui vont foutre la merde si on ne paie pas. Réveille Johnny.

— Je ne dérange jamais Johnny quand il dort ! Encore moins quand il est avec une gonzesse.

— Bon. J'imagine que dans ce cas c'est à moi de me démerder ; je vais m'arranger autrement avec les lascars d'en bas. Vous avez de la chance, les mecs ! Je suis aussi un ancien para ! »

Gill arrangea le coup. Il n'avait pas un rond sur lui et il a dû promettre de payer le lendemain : une parole de para, c'est du solide.

L'histoire a plu à Johnny et Gill fut bien accepté dans le « clan ». Inquiet, il se renseigne quand même : « C'est comme ça tous les soirs avec vous ? »

C'est au tour de Jean-Jacques Debout de venir nous rejoindre en tournée. Johnny avait aimé sa chanson *A casquettes et boutons dorés* et lui propose de passer dans sa première partie. Nous sommes toujours dans le Midi. Un jour de relâche où la pluie rend les plages impraticables. Les principaux personnages de la tournée se retrouvent dans la chambre de Johnny pour y taper le carton. Dans un coin, le secrétaire-cow-boy gratouille de la guitare.

On frappe à la porte. Personne ne se dérange pour aller

ouvrir ; les cartes en main, bien calés sur leurs chaises, les joueurs balancent des vannes :

« Non merci, on a déjà donné.

— On ne chante pas aujourd'hui, repassez demain.

— Si c'est Sinatra, dites-lui qu'on n'écrit plus de chansons. »

La porte s'ouvre doucement. Ce n'est pas Sinatra, c'est une grande, très grande et mince femme, la trentaine, peut-être plus, vêtue d'une façon incroyable. Elle est rousse avec des roses dans les cheveux, vêtue d'une robe très large en tulle vert pomme et porte des ballerines jaune citron. Avec des talons hauts, elle ne passe pas sous la porte sans baisser la tête.

Maquillée à outrance, avec des couleurs qui n'existent pas sur la palette d'un peintre, un sac doré sous le bras, elle s'approche lentement :

« Monsieur Johnny Hallyday, excusez-moi de vous déranger...

— Je vous en prie, que puis-je faire pour vous ?

On s'attendait au classique « Je sollicite de votre part un “ orthographe ” ». Eh bien, non !

— Vous êtes un bien bel artiste, vous savez...

— Merci, mais encore ?

— Je désire chanter sur scène avec vous. »

Alors là, la bande a du mal à étouffer une crise de rire, certains se lèvent et vont éclater dans la salle de bains. « Aucun problème » répond Johnny, sérieux, et il présente Jean-Jacques comme un grand imprésario européen. Celui-ci qui a l'esprit vif, voit tout de suite le côté comique qu'il peut tirer de la situation ; la table est vite déblayée et sert de podium. « Voulez-vous faire un essai et monter sur scène ? »

Un musicien aide la jeune femme à grimper sur la table, les autres sont autour et brandissent lampes de chevet, lampadaires et même lampes de poche en guise de projecteurs. Quelqu'un sort dans le couloir et trouve, dans le placard des femmes de chambre, un balai et un plumeau. Le balai servira de micro, quant aux plumes de l'autre accessoire, elles sont attachées au bas des reins de la fille.

« Mademoiselle, voulez-vous chanter, je vous prie.

— Pensez-vous que je sois assez éclairée ?

— Vous êtes la lumière de cette ville, mais chantez-nous une chanson, bon sang ! »

La starlette, dont le chignon effleure le plafond, cherche son équilibre, respire à fond et attaque : « Rien ne va plus à Chicago, rien ne va plus à Chicago ». Elle s'arrête deux secondes — applaudissements — puis reprend avec plus de force « Rien ne va plus à Chicago, rien ne va plus à Chicago », en faisant vibrer les roses qu'elle a dans les cheveux, et s'arrête là. Cette fois, la surprise remplace les applaudissements.

— C'est tout ce que vous savez dire ?

— Je n'ai pas fini les paroles de ma chanson.

— Qu'importe, rassure Johnny, il y a des paroliers ici qui finiront votre chanson, vous pourriez par exemple chanter « Rien ne va plus à Brest, rien ne va plus à Mâcon, rien ne va plus à Trifouilly-les-Oies, etc. »

— J'ai une idée, dit Jean-Jacques, savez-vous chanter sous l'eau ?

— Certainement, je sais tout faire. »

Je le répète : l'imagination ne manque pas à Jean-Jacques. Il explique à notre vedette en herbe (à éléphant) qu'il monte un spectacle aquatique dans un grand music-hall parisien avec Johnny Hallyday et Esther Williams ; tout le monde doit chanter sous l'eau. Pour ce faire, une répétition s'impose ; la baignoire est remplie d'eau à ras bord.

— Voulez-vous faire un essai dans l'eau ?

— Dois-je me déshabiller ?

— Non, non, vous êtes très bien comme ça... »

La femme entre dans la baignoire, s'allonge, fait déborder pas mal de flotte ; ça ne fait rien, les robinets sont grands ouverts, on ne manquera pas d'eau. Elle reprend « Rien ne va plus, blup, blup, blup ! »

— Alors, vous ne pouvez pas chanter sous l'eau ?

— Si, attendez une seconde, je recommence.

Nous n'avons pas attendu une seconde de plus, un phénomène imprévisible se produit à l'instant même : la baignoire, un vieux modèle en fonte, se casse en deux !

Des jets de flotte, des torrents même, dégorgent de la baignoire en morceaux et se répandent dans la salle de bains jusqu'au milieu de la chambre.

On frappe à la porte. Avec tout ce raffût, c'est pas étonnant. Un homme est dans l'entrebâillement, il porte un tablier de boucher maculé de sang autour de la taille et, dans sa grosse pogne, un revolver.

— Ma femme ! Où est ma femme ? Je sais qu'elle est ici, je veux voir ma femme !

— Elle répète, Monsieur, elle répète un numéro. »

Derrière le boucher se hisse sur la pointe des pieds un petit homme, le doigt menaçant. C'est le propriétaire de l'hôtel : « Vous avez cinq minutes pour foutre le camp ! j'appelle la police. »

Cinq minutes, c'est largement suffisant. Johnny a oublié des tas de choses dans cette chambre, y compris une guitare, mais il faut partir vite fait si l'on veut rester en bonne santé. Johnny et Jean-Jacques sautent par la fenêtre du premier étage et atterrissent sur le toit d'une 2 chevaux dont ils crèvent la capote.

Nous nous retrouvons dans la rue sous la pluie battante, trempés à notre tour, nous qui ne voulions pas sortir par un temps pareil.

*
**

Chalon-sur-Saône... ou sur Marne, je crois. Avec Jean Tosan, le saxo, nous « chinons » chez les antiquaires à travers un dédale de vieille rues. Il est 18 h 30.

Une boutique de jouets frappe notre attention. Elle a l'air très ancienne, ses boiseries sont bancales et la dernière couche de peinture a dû être mise en 1871, pour fêter le départ des Prussiens. L'échoppe est extraordinaire et pourrait bien illustrer un conte de Dickens. L'éclairage est rustique, au gaz probablement. En vitrine, des vieux jouets soldés n'intéressant personne, ou pas encore. Des boîtes de soldats de plomb datant du début du siècle nous tapent dans l'œil.

Deux dames âgées, deux sœurs, nous accueillent, un peu inquiètes quand même ; il est tard et nos cheveux longs, nos favoris jusqu'au menton, blousons et jeans ne les rassurent pas.

Nous négocions les petits soldats, Tosan explore les étagères et trouve des tas de petits trucs marrants, recouverts d'une poussière presque centenaire. Il est 19 h 15, nous rentrons en scène à 20 heures précises.

En déposant quelques billets sur un comptoir-caisse fabuleux en bois sculpté, j'aperçois par terre un ensemble : casque et cuirasse d'un cuirassier de la guerre de 1914. « Excusez-moi, madame, vendez-vous cette cuirasse ? »

Les deux sœurs se dévisagent, se dandinent font la moue. « C'est bien la première fois qu'on nous demande un truc pareil ! Nous ne savons même pas ce que ça vaut ! c'est la cuirasse de papa. »

Après quelques palabres, une des deux sœurs téléphone à une amie antiquaire pour savoir le prix du « cuirassier ». L'amie a quitté son magasin et ne sera chez elle qu'à 20 heures.

Aïe ! 20 heures, les copains sortent de leurs loges, déjà habillés. Je les imagine essayant leurs instruments dans les coulisses, l'angoisse, la sueur, il va falloir cavaler, mais je veux la cuirasse et le casque.

Enfin, le prix est annoncé et me convient. Tosan demande,

à 20 h 15, s'il n'y a pas autre chose pour lui. « Dans le grenier, disent les marchandes, il y a plein de vieux trucs comme ça. »

Tosan et moi, on se regarde ; demain, on sera à 200 kilomètres. Que faire ? On court au gala ou on monte au grenier. On culpabilisera plus tard. On grimpe au grenier. Il est 20 h 30 à l'horloge du magasin.

Le grenier, c'est un paradis pour collectionneurs. Après les soldats de plomb, nous voulons « monter » des mannequins militaires avec les coiffures, uniformes, armes et tout ! Des coiffures et des uniformes, on en a jusqu'aux genoux. J'écrase des gibernes ou des shakos. Ça fait un bruit triste. J'en suis malade, il fait trop noir et nous n'avons qu'une petite lampe de poche prêtée par les deux sœurs. Jean ramasse un beau casque de pompier d'époque Louis-Philippe et l'uniforme qui va avec, en marmonnant quand même, avec l'accent du Midi : « Christian, on va être à la bourre, on va se faire engueuler. » Quelques dolmans de hussards sous le bras et deux gibernes autour du cou, je regarde ma montre ; il est 20 h 45 ; les sœurs nous appellent, elles veulent fermer.

Décemment, on ne peut pas aller plus loin ; nous laissons encore quelques billets sur le si joli comptoir, j'attrape le casque et la cuirasse au passage, nous saluons ces gentilles dames qui comptent déjà leurs sous et nous nous précipitons dans la rue. Deux fous, encombrés d'objets hétéroclites, courent dans les petites rues sombres, éclairées par de mauvais réverbères. Là, ce n'est plus Dickens, ça doit se situer entre Courteline et le Sapeur Camembert. Je vois défiler dans ma tête toute la première partie du spectacle sans Long Chris et sans Tosan.

21 h 15, Johnny entre en scène sans saxo. Nous arrivons pour la deuxième chanson ; mon tour est passé, mais Jean se précipite dans sa loge, se jette sur son instrument, nous sommes noirs comme des charbonniers, il ne prend pas le temps de se laver ni de se changer et apparaît sur scène avec un jean noir de poussière.

JOHNNY — A LA COUR DU ROI

La tête de Johnny quand il voit Tosan ! Il m'aperçoit aussi dans les coulisses, j'ai du mal à supporter son regard ; j'encaisse déjà le sermon que me fait M. Malleray, le régisseur.

Après le spectacle, tout l'orchestre est attablé dans un des meilleurs restaurants de la ville ; à cette table il n'y a de place ni pour Long Chris ni pour Tosan. Personne ne se tourne vers nous. Silence absolu.

Ils en sont à l'apéritif les copains et j'entends le bruit des glaçons qui fondent dans les verres. Nous sommes prêts à accuser la terrible sentence : « Tosan, Long Chris, virés ! » Mais Johnny ne dit rien, c'est pire : il nous ignore.

Avec Tosan, nous occupons une petite table à l'écart du groupe. Lui est dans ses petits souliers, moi dans mes petites bottes. Quand la bande a fini de dîner, elle se lève avec un minimum de bruit et part sans nous adresser la parole.

Le lendemain matin, convocation des mauvais élèves dans le bureau du directeur, en l'occurrence la chambre de Johnny : « J' vais vous dire un truc, les gars : il va falloir choisir, ou c'est la musique ou c'est la brocante ! Vous avez failli foutre en l'air un spectacle, c'est grave. » (Silence embarrassé.) Les yeux turquoise deviennent gris et braquent simultanément Chris et Tosan, Tosan et Chris. Je ne sais plus lequel de nous deux a bafouillé : « T'as raison, Johnny, on est des cons, on s'excuse. » Johnny, qui a l'air aussi gêné que nous, conclut : « O.K., n'en parlons plus, mais vous êtes quand même des " enfoirés ". Maintenant, montrez-moi les " zinzins " que vous avez rapportés. »

« Jojo » (nouvelle appellation du rocker depuis qu'il m'appelle « Cricri », gentil diminutif qu'il n'utilise pas ce jour-là), rentre le premier dans la chambre que je partage avec Tosan. Ce n'est plus une chambre, c'est un inextricable bric-à-brac de broc où s'entassent tous les « zinzins », comme dit Johnny, que nous avons récoltés un peu partout depuis le début de la tournée.

Johnny, tel l'inspecteur aux revues, fait quelques pas et commente : « Eh bien, pour vous punir, je prendrai ça, et puis ça aussi, c'est pas mal du tout. » A notre tour, nous faisons une drôle de tête, le seigneur prélève son impôt. Puis, complice, il ajoute : « C'est bien tous vos trucs, ça m'intéresse aussi, la prochaine fois, emmenez-moi et si vous arrivez en retard au gala, personne ne vous dira rien, puisque je serai avec vous ! »

***

La tournée d'été commence dans le centre de la France, avant de descendre vers les villes de vacances. Aujourd'hui c'est relâche, nous ne sommes pas très loin de Grenoble. Johnny nous emmène déjeuner à la campagne. Lee, Jean-Pierre et Chris sont du voyage. Confortablement installés dans la Buick, le Jojo est au volant, il fait beau, la grosse américaine avale goulûment une petite route de campagne, sinueuse. Le coin est désert mais splendide. Il y a des arbres partout.

« Tu nous emmènes où, Jojo ? C'est le bout du monde ici !

« Surprise, les mecs ! C'est la surprise. »

Arrivés en haut d'une colline, nous nous arrêtons à quelques mètres d'une belle maison de pierre blanche. C'est la seule du coin, elle surplombe toute la vallée.

On respire. Tout sent bon par ici. Nous gravissons un petit sentier, les pierres roulent sous nos pieds. Une femme vient à notre rencontre, elle ôte le tablier bleu qui lui ceint la taille, relève une mèche qui lui tombe sur les yeux. Johnny s'avance vers elle : « Bonjour, maman. »

La mère de Johnny ! Bing ! oui c'est une surprise. Le fils prodigue fait les présentations ; je suis très impressionné, je comprends maintenant d'où viennent ces petits yeux d'un bleu si rare... Cette femme a dû être très jolie. Elle embrasse Lee. Ils se connaissent donc ?

Dans le jardin, un portique avec des balançoires. Il y a des enfants. Deux gamins blonds apparaissent, six, sept ans, les copies conformes de Johnny, avec toujours la marque de fabrique : les petits yeux bleus. La mère de Johnny s'est remariée, ce sont ses demi-frères, étonnants de ressemblance. Leur papa, un homme charmant, nous invite à nous mettre à table, le couvert est mis dans le jardin baigné de soleil. Belle journée en famille, loin des foules. Sur le chemin du retour, la digestion se fait lentement. Je romps le silence :

— Bravo pour la surprise, Jojo, c'était chouette ; je ne pouvais pas imaginer, je ne pensais pas que tu connaissais ta mère.

— J' vais t' dire... L'enfant abandonné sous le porche de la « Tour des Dames », c'est la légende. Ma mère, Huguette Smet, pour des raisons professionnelles — elle était mannequin — m'a confié tout petit aux bons soins de la sœur de son mari, Hélène Mar, la mère de Desta... Tu piges ! Mais elle venait me voir quelquefois à la Trinité. J'ai d'ailleurs eu besoin d'elle pour signer des contrats quand j'étais encore mineur. Ma mère habite loin... et je n'ai pas toujours le temps... sinon je la verrais plus souvent.

— Et ton père ?

— Mon père...

Johnny change de vitesse, le moteur grogne, ma question reste sans réponse. Jean-Pierre dort et Lee regarde le paysage.

***

Septembre. La tournée passe si près de Paris que ce n'est pas la peine de dormir à l'hôtel, certains éléments du spectacle préfèrent rejoindre la capitale. Une surprise attend Johnny chez lui.

Arrivé à l'appartement de Neuilly, tout heureux, Johnny

Première photo de « pro » commandée aux frais de l'artiste à un photographe de quartier.

Elvis Presley
MEZZ
MEZZROW

Dans sa chambre de teen-ager, Johnny Hallyday se demande s'il aura l'opportunité de faire un troisième disque.
ci-dessus : **Un rythme et des gestes qui étonneront le monde entier.**

en ht à g. : « C'est dans un deux-pièces du quartier de la Trinité que je me suis retrouvé, au 13, rue de la Tour des Dames. »

en ht à dr. : Le 20 septembre 1961 : son nom claque en lettres lumineuses au fronton de l'Olympia.
en bas : Françoise, Chris, Schmoll et un jeune qui passait par là. Johnny au volant de sa TR3 est radieux.
ci-contre : Jean Tosan, le seul saxo rock du moment.

Il plaçait mes doigts sur les cases et parachevait ainsi mon apprentissage de guitariste.

Long Chris et les Dalton. *En bas :* Eddy Mitchell, Johnny Hallyday, Long Chris, en veste et cravate, au Golf Drouot.

Quelque chose de Presley...

Les nombreux accidents de Johnny se comptabilisent au poids de la tôle froissée... et en quelques gnons quand même.

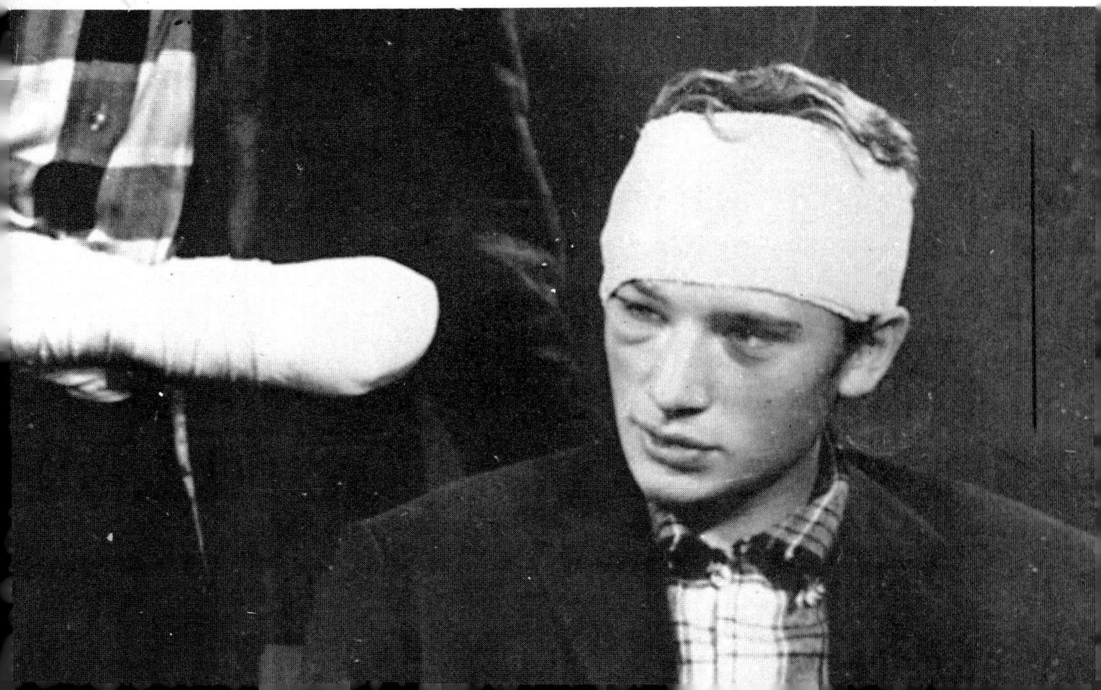

Non, il n'est pas à l'école... c'est le conseil de révision.

Avec Johnny Stark, son imprésario, le jour du départ pour Offenbourg.

Défilé en tenue camouflée : une autre scène, un autre rythme... La Harley aux sacoches de cow boy rouges et blanch

« When Johnny comes marching home ».

ci-contre : « ...Il épluche tout son courrier, écarte les demandes en mariage, mais s'amuse des rêves érotiques qu'il inspire à quelques dingues ». *ci-dessus :* « Maintenant, secrétaire de Johnny, je le suis partout... »

Les « Castors » chahutent : de gauche à droite : Hubert, Chris, Johnny sur les épaules de Carlos.
ci-contre : Wedding day : Les « Castors » ne chahutent plus. De gauche à droite : Johnny Hallyday, Long Chris.

« Maman, j'me marie... » *Page suivante :* Un mariage qui a rendu célèbre une petite localité de l'Oise.

m'entraîne au parking : « Ça y est, je l'ai, elle est rouge et blanc, avec de grosses sacoches de cow-boy de chaque côté. »

C'est une Harley Davidson, une moto grosse comme une deux chevaux, mais qui fait 1200 cm^3, la même que les flics américains et que les voyous de *L'Equipée sauvage,* avec un changement de vitesses prolongé d'un gros dé à jouer. « Grimpe derrière Cricri, on va dîner et dormir à Grosrouvres. Demain on fait du cheval. » Nous ne rejoindrons la tournée qu'après demain.

Voilà un Cricri qui se sent bien minuscule sur une bestiole pareille. C'est plus confortable que le scooter jaune de la belle époque, ça va plus vite aussi quand ça veut bien marcher. « Merde, qu'est-ce que c'est que ces bruits ? »

La mécanique de rêve, toute rouge et blanc, caparaçonnée de chrômes étincelants, s'arrête en toussant. « Ça, c'est les bougies, dit Johnny, les salopes ! Elles sont encrassées. »

Nettoyage des bougies sur le bord du trottoir, en deux minutes. Ah ! ça pète sec au démarrage, c'est reparti, direction autoroute de l'Ouest, par le bois de Boulogne.

Nous longeons le bord de Seine. C'est comme si on s'envolait ! Personne sur la route, excepté peut-être cette ombre sur le côté, là-bas, qui examine la roue de son Solex. Nous passons devant le type, ralentissons pour lui crier. « Achète-toi une Harley, l'oiseau ! tu s'ras moins emmerdé ! » (Rires méchants.) Johnny accélère.

Presque au pont de Saint-Cloud, la Harley nous refait des bruits, le moteur s'arrête de nouveau. Johnny, qui porte un blouson assorti aux couleurs de sa machine, se gare, descend de l'engin et balance un coup de pied dans un pneu, ça ira peut-être mieux après ; bon, maintenant il tire sur un câble, démonte un capuchon... euh... qui va sur un truc... il souffle dedans. Non, c'est pas ça non plus. « Merde, après les bougies, v'là autre chose, je n' sais pas ce que c'est. »

Nous sommes debout, impuissants, incompétents, devant cette belle machine perfectionnée que l'homme a construit pour l'homme. Dans le silence de la presque nuit, le bruit d'un petit moteur qui tourne bien régulièrement nous chatouille les oreilles.

« Johnny ! Ah, non, c'est pas vrai, c'est le type en Solex.

— Quoi ! Cachons-nous derrière la Harley. »

Merdeux ! Ah, ils sont merdeux ces deux-là, au fur et à mesure que le Solex se rapproche, ils se baissent un peu plus derrière la grosse moto ; le type s'arrête à leur hauteur, enlève sa pipe de sa bouche et leur demande très aimablement :

« Vous avez des problèmes, Messieurs, puis-je vous être utile ? »

Ils sont muets, absolument muets ! La tête enfoncée dans les épaules, ils se tassent davantage l'un contre l'autre derrière cette grosse mécanique flamboyante et ridiculement neuve...

Nous vivons l'époque où les autoroutes ne sont qu'un vague projet dessiné sur papier quadrillé par les ingénieurs des Ponts et Chaussées. Toutes les tournées sillonnent le territoire sur les routes nationales et départementales en prenant des risques, c'est certain, mais en revanche, nous profitons encore d'un peu de poésie. Ne sommes-nous pas des baladins ? Il y a la découverte aussi, tous ces petits villages, les églises recouvertes de végétation et les châteaux aux vieilles pierres bavardes. Un petit parfum d'aventure parfois, et puis l'insolite.

Pour traverser le massif de l'Estérel, on emprunte une route bordée de pins et de chênes-lièges, où la lavande sent bon quand le soir tombe. Au milieu de la nuit, la berline 404, avec trois musiciens à bord, ralentit tout à coup. Dans le faisceau des phares qui éclaire cette flore typique des régions du Midi, une longue tache blanche se profile sur le bord de la route.

— On dirait un grand oiseau blanc, souffle Tosan.

— Non, c'est quelqu'un qui a étalé un drap dans les buissons, rectifie le bassiste.

La voiture s'approche lentement et les musiciens vont avoir

la réponse à leur question dans les trois minutes qui vont suivre. Pour des gens habitués à vivre avec Johnny Hallyday et que plus rien ne doit étonner, cette fois ils restent la bouche ouverte et les yeux gelés comme ceux d'un poisson mort.

Arrivée au niveau de la tache blanche, la voiture s'arrête.

Le Christ est sur le bord de la route en robe de lin, il marche péniblement sous le poids d'une immense croix qu'il porte sur son dos.

Revenu de sa surprise, un musicien (pas trop téméraire quand même) ouvre la portière de la voiture et articule timidement : « Pouvons-nous vous aider, monsieur ? » Le Christ s'arrête un instant, dévisage l'importun, reprend son souffle et répond dans un demi-râle : « Non. Personne, personne ne peut m'aider. » Puis il reprend sa route. Un musicien a eu le temps de remarquer qu'une petite roulette est fixée à l'extrémité de la croix qui traîne par terre. Le petit groupe, impressionné, ne traîne pas davantage dans le coin.

Le lendemain matin, au relais-auberge où se sont donné rendez-vous tous les gens de la tournée, les musiciens nous racontent leur « vision » de la nuit et se demandent s'ils n'ont pas rêvé. Mais l'anecdote nous est confirmée par l'aubergiste :

— Ouais, j'ai entendu parler de ce type qui se balade dans la région. Victime d'une maladie grave, il était condamné par les médecins, alors il s'est mis à prier Dieu pour sa guérison. Dieu l'entendit et le guérit... Enfin, c'est ce qu'il raconte. Il a promis, pour remercier le citoyen d'en haut (l'aubergiste lève les yeux au ciel), de faire le « chemin de croix » à pied de Marseille à Jérusalem. Eh ! je lui souhaite un bon voyage à ce fêlé.

Le gros bonhomme vient de terminer d'essuyer ses verres, secoue la tête en riant et disparaît dans la cuisine.

De notre côté, personne n'esquisse même un sourire. Après avoir écouté ce récit, nous avons tous le plus grand respect pour ce type, « fêlé » peut-être, mais courageux et animé d'une grande foi. En fin de matinée, nous reprenons la route dans les deux voitures de la tournée, la Peugeot 404 et la Buick, où sont entassés quelques musiciens, un secrétaire et un garde du corps. Johnny est au volant de la Buick. Nous traversons, à l'heure du marché, la rue principale d'un petit village. Les klaxons sont écrasés pour faire le maximum de bruit et attirer l'attention des gens. Par toutes les fenêtres ouvertes des deux véhicules, nous faisons — grands polissons que nous sommes — dépasser nos culs, nus, bien ronds et tout roses. La tête des villageois ! Je me souviens d'un commerçant devant son étalage, les pommes de terre d'une main, le sac en papier de l'autre, il est pétrifié. Personne, dans ce gentil petit village, n'avait vu un truc pareil, et personne n'a jamais su qui nous étions (jusqu'à aujourd'hui peut-être). Les respectueuses pensées du matin à propos du Christ errant se sont bien vite envolées. Les musiciens sont vraiment des mécréants...

Johnny Hallyday ? Un feu de paille qui dure. Les tournées sont doublées, triplées : hiver, été, le rock'n roll traverse les saisons comme une flèche, fend l'espace, pour atteindre irrémédiablement sa cible.

Les chansons changent. Les musiciens aussi. Seul Tosan, l'ancien, demeure. Les nouveaux sont Américains. Joey Greco et Ralph Di Pietro, respectivement *Lead guitar* et *Bass player,* forment l'orchestre « Joey et les showmen » en 1963 et remplacent les « Golden Strings ». Bobby Clark, Britannique et batteur abandonne Vince Taylor pour Johnny. Un Suisse, Marc Hemmler, est au piano. Pour les gars de chez nous, il y a Claude Djaoui à la guitare, et plus tard, Gérard Pisani, un deuxième saxo qui est lui aussi collectionneur et entraîne Tosan à la recherche de vieilles bandes dessinées. Avec le temps, l'orchestre s'enrichit de choristes, d'un personnel « back stage ». Un électricien est « attaché » à la tournée, il traîne derrière lui un matériel sophistiqué, des projecteurs de toutes les couleurs, une collection de micros, des kilomètres de fil. La tournée Hallyday est une véritable entreprise. Un secrétaire, karateka, Sacha Rhoul, supervise tout ce monde. Sobre et imperturbable, il évite bien des bagarres. Un fan club aussi, très structuré avec un journal mensuel, et bien sûr son personnel suit les tournées, une Présidente : Josette, la première fan du tout tout début.

Le car des musiciens est aménagé avec un maximum de confort, un bar, un lavabo et un lit sont disponibles à l'arrière du véhicule. La nuit, sur la route, le plus fatigué peut s'étendre, à moins que la place ne soit prise par un musicien dragueur et une « groupie » ramassée dans une ville et qu'on laisse dans la suivante avec un ticket de train dans la poche. C'est classique, pratique, tout le monde est content.

Quand plusieurs tournées se rencontrent dans la même ville, c'est l'apocalypse : les boîtes de nuit sont prises d'assaut. Trois tournées, cela doit faire soixante personnes qui, à 4 heures du matin, par exemple, prennent le dernier verre au bar d'un grand hôtel de Bruxelles. Il y a là Jean-Jacques Debout et ses musiciens, Thierry Vincent et son groupe « Les Pingouins », « Long Chris et les Cowden » et enfin l'impressionnante équipe de Johnny. Lee, toujours directeur artistique chez Philips, s'occupe maintenant de plusieurs artistes. Il est venu passer trois jours de vacances avec nous, accompagné de Tony Frank, le copain photographe.

Tout le monde s'amuse, blague, affalé dans les grands fauteuils de cuir largement répartis dans le vaste hall de l'hôtel. Le barman, lui, ne s'amuse pas, il se passe des glaçons sur le crâne et ne peut faire face à tous ces clients turbulents qui ne quitteront les lieux que la dernière bouteille vide. Qu'il ne se plaigne pas, celui-là ! En une heure, il se fait les pourboires d'une année.

Soudain, il manque un rire. Celui de Johnny. Est-il parti se coucher ? A 4 h 30 ? Quelqu'un l'a vu partir en douce avec une fille. Lâcher les copains pour une gonzesse, cela ne se fait pas.

La meute s'élance dans les couloirs du palace, sous le regard effrayé du concierge qui ne veut pas avouer — secret professionnel — le numéro de chambre du client Hallyday. « Cela ne fait rien » dit quelqu'un, nous frapperons à toutes les portes. Certaines s'ouvrent, d'autres pas, nous récoltons injures et grognements, bien justifiés d'ailleurs. Le concierge est assailli de coups de téléphone. Une seule porte s'ouvre d'elle-même : dans cette chambre enfumée, il y a au moins vingt Japonais. Ils font un séminaire à cinq plombes du mat ! Notre expédition les amuse, ils nous suivent à petits pas empressés et expriment leur joie par des sons gutturaux. C'est une véritable armée qui déferle dans les couloirs de l'hôtel. Mais on ne trouve toujours pas Johnny.

Quelqu'un tombe sur la buanderie des femmes de ménage où sont rangés, les uns derrière les autres, de gros paniers d'osier rectangulaires montés sur roulettes et destinés au ramassage du linge sale. On peut y monter à plusieurs, les autres poussent, c'est un train d'enfer. Un wagonnet dévale l'escalier qui, heureusement, est très large. Il y a cinq types dedans, dont Tony Frank, qui s'accroche ferme. Il fait des bonds le panier, à chaque marche, mais ne tombe pas.

Arrivé à l'étage inférieur, il prend de la vitesse dans la trajectoire du couloir, file vers une porte et la défonce. Nos cinq copains se retrouvent les pattes en l'air sur le lit du client, qui n'est autre que... Johnny ! Résultat des courses : la police belge est dans le hall de l'hôtel. Un endroit où nous sommes devenus tricards !

A Lyon, rencontre avec l'équipe de Vince Taylor, toujours dans un hôtel, bagarres pour des filles qui sont obligées de s'enfuir à poil dans les couloirs. Les armes du combat : des extincteurs à neige carbonique. Une demi-heure après, le papier des murs se décolle. Tricards aussi dans cet hôtel.

LA FIÈVRE DU SAMEDI SOIR

Il existait un Club à Genève, avec restaurant et piscine. Johnny invite à dîner quelques membres de son équipe, costumes et cravates pour une fois. Le restaurant est situé à un niveau supérieur à celui de la piscine. Pendant le repas, rencontre avec le chanteur de rock suisse Larry Greco. On se raconte des histoires drôles, des histoires de tournées... Les bouteilles de Fendant circulent. Un type qui a l'air bien allumé aussi, c'est notre voisin de table. Après quelques réflexions désobligeantes à notre égard, il s'en prend à la cravate de Johnny, se met dans la tête d'en refaire le nœud. Au début, Johnny, bon prince, est aimable, mais le type se lève, vacille, tombe sur les genoux de notre idole nationale et l'étrangle avec cette foutue cravate. Alors Johnny se lève à son tour et balance le fâcheux dans la piscine.

Le malheureux est aussitôt bombardé avec des morceaux de pain et des serviettes. Ce n'est pas très méchant. Mais une chaise tombe dans la piscine accompagnée d'une bouteille et d'une assiette pleine... c'est le signal ! Dix minutes après, cinq personnes pataugent dans cette eau turquoise, éclairées par des spots au milieu des feuilles de salade et des chaises.

Il n'y a pas que des franches rigolades en tournées. Il y a aussi le drame qui étend son aile noire sur la caravane des gars du voyage.

Louis Belloni, le premier batteur de Johnny, celui des « Golden Strings », se tue dans un accident de voiture en rentrant chez lui, sur la route de Marseille. Louis, un garçon plein de gentillesse, qui possédait cette gaieté que les gens du Midi ont dans le cœur.

Au Pays Basque, Johnny a un ami restaurateur et entraîneur d'une équipe régionale de foot. Son travail l'absorbant trop, il veut faire un « break » et vient passer trois jours en tournée avec nous. Il se tue aussi au volant de sa Mercedes. Le dernier jour...

Ralph Bernet, auteur, est victime d'un grave accident de la route près de Montélimar. En plein milieu de la nuit, c'est impressionnant. Johnny a été prévenu, nous sommes sur les lieux. Les gens du coin l'ont retiré de son véhicule et hébergé dans une petite maison paysanne sur le bord de la route. Ralph, en costume d'alpaga noir, assis sur une chaise de paille, a du mal à parler, mais fait comprendre à Johnny qu'il lui apporte les paroles de l'*Idole des jeunes.* Vision insolite que cette intrusion d'artistes encore maquillés et en tenue de scène chez ces braves paysans. Ralph s'en tirera.

Accident de la route aussi pour Jean Tosan ; il reste quinze jours à l'hôpital de Tours, une jambe et un bras dans le plâtre, le cou bloqué dans une minerve. Je suis venu le chercher pour le ramener à Paris. Sa chambre était remplie de jouets en plâtre, sa nouvelle marotte. Au moment de partir, tristement il réalise : « Tu vois, Christian, que ce soient les jouets ou mon accident, je suis dans le plâtre jusqu'au cou ! »

Quant aux nombreux accidents que Johnny a eus en tournées, ils se comptabilisent au poids heureusement, ceux-là, de la tôle froissée.

Si les premiers scandales, les premières émeutes ont servi le Johnny des débuts par leur impact publicitaire, quelques incidents sont encore à redouter de la part d'éléments perturbateurs qui n'ont rien à voir avec la frénésie du rock et lui portent un préjudice professionnel.

A Tarbes, c'est un combat entre voyous et forces de l'ordre au Théâtre de verdure où Johnny se produit. Un caillou l'atteint en plein front, le gala est annulé. Johnny apprend qu'un CRS a été également atteint au visage par un boulon lancé à toute volée. C'est grave. Il se rend à l'hôpital où le blessé a été admis, mais la famille l'éconduit en l'insultant. Il ne sait plus que faire. Dans la même saison, plus de dix galas sont annulés pour des raisons similaires. Je ne m'étends pas sur les bagarres en ville, restaurants, ou boîtes de nuit. Elles sont nombreuses, on le sait. Les journaux se sont délectés des « coups de poing » de Johnny. On le provoque un peu trop souvent, on l'insulte. La jalousie n'est pas étrangère à ces voies de fait. Il se défend, se fait respecter, c'est tout. On lui accole une image de « casseur », mais il est doué d'une grande sensibilité qu'il manifeste toujours, c'est un de ses aspects dont on parle rarement, c'est curieux ! Il adore les enfants, les reçoit toujours quand la démarche est spontanée, vraie, pure. Mais il déteste le « forcing » et le fait bien remarquer. Une femme lui présente son jeune enfant, qu'elle porte dans ses bras : « Allez voyons, embrasse Johnny, si, si, embrasse-le ! »

Le bambin — qui, lui, n'a rien demandé — ne sait pas qui est Johnny. Il se met à hurler, s'accroche au cou de sa mère qui insiste et se met en colère : « Ça suffit maintenant, embrasse Johnny, tu entends ! » Navré, Johnny écourte ce drame.

« Laissez-nous tranquilles, madame, vous agacez votre enfant. Il n'a pas envie de m'embrasser. Et moi non plus. »

A Toulon, après le spectacle, Johnny rencontre en ville le père d'une petite fille. « Ma petite est très malade, elle vous adore ; oh ! si seulement elle avait pu vous voir, cela lui aurait fait beaucoup de bien. »

Johnny se rend au chevet de l'enfant, la prend dans ses bras et l'embrasse ; le père a les larmes aux yeux, un grand sourire éclaire le petit visage pâle. L'enfant guérira.

Dans le Nord, tout l'état-major est groupé dans la loge de Johnny qui, torse nu devant sa glace, se démaquille en écoutant les éloges dus à un spectacle particulièrement réussi. On rit, on plaisante. La porte de la loge est grande ouverte, il reçoit des fans, serre des mains, embrasse des joues.

Après avoir signé son plein d'autographes, on lui présente un jeune garçon cloué dans une chaise roulante poussée par sa mère. Le gamin a la tête légèrement penchée sur le côté et il fixe Johnny avec des yeux admiratifs. Un silence respectueux s'impose. La « cour » s'efface, l'enfant parle en traînant sur les phrases.

« Ce que tu danses bien, Johnny... J'aimerais tellement danser comme toi, mais tu vois, je ne peux pas, je n'ai que mes mains... je pourrais jouer de la guitare, mais maman me dit toujours qu'elle m'en achètera une “ plus tard ”, parce que c'est trop cher. »

On en prend plein la poire. Le pauvre gosse ! Johnny lui offre un disque et s'informe discrètement de l'adresse de l'enfant. Le lendemain, le secrétaire passe chez un marchand d'instruments de musique et fait livrer l'objet de ses rêves au petit handicapé.

A l'autre bout de la France, Johnny fait encore un heureux. Un jeune rocker n'a pas les fonds nécessaires pour s'offrir l'instrument indispensable à son bonheur. C'est l'Ohio, la « pin-up », la guitare des débuts que l'on voit sur les pochettes des disques Vogue, que Johnny lui donne, tout simplement.

Retour à Grenoble. En hiver. Johnny dîne dans un restaurant chic, il neige. Quelques très jeunes fans ont le nez collé à la fenêtre ; ils sont gelés mais ne veulent pas manquer le moindre geste de leur idole. Ils frappent aux carreaux.

Le maître d'hôtel les chasse plusieurs fois, ils reviennent toujours, petites têtes rondes avec un nez rouge, les cheveux en broussaille, Johnny les remarque :

« Maître d'hôtel, faites entrer ces gamins, la table est libre à côté, et apportez des gâteaux et du coca-cola. »

Les gamins s'installent. Ils n'en reviennent pas. Nous sommes le 20 décembre. C'est peut-être cela, pour eux, un conte de Noël.

Deux représentations sont prévues dans la région de Thionville, l'une en matinée, l'autre en soirée. Entre ces deux spectacles, les musiciens se reposent à l'hôtel, quand une délégation de mineurs en grève, venant de Longwy, demande à être reçue par Johnny.

Ce petit groupe en vêtements de travail espère associer Johnny Hallyday à leurs revendications vis-à-vis du patronat : « Cela nous donnera plus de poids, Johnny, si vous êtes avec nous » affirment-ils. Mais Johnny, en tant qu'artiste, ne peut pas se permettre de prendre position dans un litige qu'il ne connaît pas, surtout de cette importance. Il est parfaitement conscient, toutefois, que les salaires des mineurs sont relativement bas, par rapport au travail demandé, un boulot extrêmement dur.

Il appelle son secrétaire, Jean-Pierre Bloch et prie le chef des grévistes de monter dans sa chambre. Johnny s'explique en ces termes : « Si je ne peux pas vous aider dans votre démarche, monsieur, je vais le faire d'une autre manière, mon secrétaire va vous faire un chèque du montant de mon cachet du gala de cet après-midi et vous répartirez cette somme entre les mineurs qui en ont besoin. »

A la fin de son second spectacle, Johnny reprend la route, éternel passager de la nuit. Mais il se passe un phénomène étrange, impressionnant, émouvant au possible : les « gueules noires », toujours dans leur tenue de travail, le casque sur la tête et leur lampe à la main, font une escorte d'honneur à Johnny sur plusieurs kilomètres de chaque côté de la route.

Une autre année, la tournée s'achève dans la ville du Mans. Johnny y reste vingt-quatre heures selon la coutume. Le temps d'arriver, de répéter, de se produire sur scène, de tout remballer, dîner à 2 heures du matin, etc.

Au cours de ses tribulations, Johnny remarque un jeune

garçon qui le suit comme une ombre. Il n'a pas de moyen de locomotion mais se débrouille pour être devant l'hôtel. On le trouve aussi devant le restaurant. Il fait tous ces trajets avec ses petites pattes. Le gamin ne prend pas de photos, ne cherche pas à communiquer avec Johnny. Il veut être là, c'est tout, à contempler silencieusement son idole.

Il est encore là, derrière le théâtre, collé à la porte de l'entrée des artistes pendant la répétition. Il savoure le peu de musique qui filtre à travers murs et fenêtres.

Le soir, quand Johnny arrive au gala, le jeune fan est déjà planté devant la lourde porte de fer qui conduit aux coulisses.

« T'es encore là, toi ? lui dit Johnny en souriant. Tu n'es pas au spectacle ? »

Le gamin, gêné, évite le regard de Johnny.

« Je n'ai pas de sous pour rentrer. »

Le concierge intervient et, brutalement, chasse le jeune garçon.

« Foutez-lui la paix », grogne Johnny. Puis, se tournant vers son secrétaire :

« Démerde-toi pour lui trouver une place... au premier rang. »

Mais le premier rang est complet, toutes les places ont été retenues longtemps à l'avance. C'est assis sur une chaise, dans les coulisses, que ce jeune fan toujours silencieux assiste au spectacle, à quelques mètres seulement de Johnny.

Le lendemain matin, c'est le départ pour la capitale. Le jeune admirateur, qui n'a pas douze ans attend depuis l'aube devant la porte de l'hôtel. C'est l'hiver, une nappe de brouillard s'étend le long du trottoir. Quand Johnny sort, entouré de son état-major, il se précipite sur lui pour le remercier, un garde du corps intervient. « Non, laisse » ordonne Johnny.

« Salut, toi ! Mais tu n'as pas froid, habillé comme ça ? demande Johnny.

— Bah, de toute façon, je n'ai que ça ! Alors !... », répond le gavroche en haussant les épaules d'un air résigné. Johnny appelle son secrétaire. Dans la matinée, le gamin est habillé de neuf des pieds à la tête.

On peut citer encore de nombreux exemples, semblables à ceux que j'ai essayé de faire revivre dans ce chapitre. D'une façon plus générale, combien de galas, de représentations, Johnny a-t-il donnés pour des œuvres de bienfaisance... ne serait-ce qu'à la Noël 1962, à l'Olympia, où il chante pour les enfants nécessiteux.

Il change de décor et se produit dans des pénitenciers et échange toujours un courrier fidèle avec certains détenus.

Il défend toujours le plus faible, se bat contre l'autorité arbitraire, même si cela étonne certains.

Le chevalier Hallyday a un défaut à sa cuirasse : il ne supporte pas la misère humaine.

Chapitre 4

L'IDOLE EN CHANSONS

> « *Folle voyelle*
> *Qui t'a permis de porter un visage !* »
> Alain BOSQUET

> « *Awopbopaloobop*
> *alopbamboom* »
> R. PENNMAN — D. LABOSTRIE
> « Tutti Frutti ! »

Ses premiers paroliers, Jil et Jan, suivent désormais Johnny jusqu'à ses débuts chez Philips. Pour peu de temps d'ailleurs. Ils terminent toutefois leur bail avec de bons titres : *Nous quand on s'embrasse comme ça* (High School Confidential), interprété en anglais par le très grand et très fou Jerry Lee Lewis, et surtout *Elle est terrible* (Somethin'else) créé par Eddie Cochran, ce rocker tué dans un accident de voiture et qui expire, aux portes de Londres, le 17 avril 1960, dans les bras de son ami Gene Vincent. Cochran est arrivé à tirer de sa guitare un son gras et métallique très impressionnant. Pour l'introduction de cette chanson, il a imité le bruit d'une mitrailleuse en action.

De cette adaptation, Johnny fait un gros succès. C'est son premier rock « dur ». Il l'interprète toujours à la fin de son récital quand la salle est bien chauffée provoquant ainsi l'étincelle qui met le feu aux poudres.

Le début de la période Philips est marquée par l'arrivée d'un style musical nouveau, le « twist », dérivé commercial du rock, phénomène bâtard et impur. Johnny tombe dans le panneau et suit le mouvement. Les rockers se posent une fois de plus la question : Johnny est-il un chanteur de variétés ou un des leurs ?

Il le fait pourtant bien son twist, Jojo, et il vend des milliers de disques (la mode a un pouvoir d'achat étonnant), mais je ne l'admets pas en « twisteur » ni d'ailleurs en « madisoneur ».

Heureusement, la vogue du « Mashed potatoes » et autres fantaisies sont éphémères. Je passe sur le sujet. Le rock est une institution, pas une mode.

A quatorze ans, j'apprends à monter à cheval avec un vieux cow-boy qui habite depuis longtemps à Paris : Joë Hamman, romancier et peintre. Décédé il y a quelques années, presque centenaire, il a connu Buffalo Bill et les Indiens quand ils avaient encore le tomahawk vindicatif.

Ma prairie se limite alors au bois de Boulogne. Cet horizon va s'agrandir jusqu'aux plaines de la Beauce, le jour où Johnny m'emmène faire du cheval chez Charles Aznavour.

Maintenant propriétaire d'une jolie gentilhommière à Grosrouvres, près de Montfort-l'Amaury, Johnny a pour voisin Charles Aznavour, un des plus grands noms de la chanson française. Ce qui tisse des liens d'amitié entre les deux chanteurs.

Aznavour croit en Johnny. Il lui donne quelques conseils et compose pour lui, avec le concours de son beau-frère Georges Garvarentz, des chansons sur mesure. On aime le rock, c'est vrai, mais de bonnes chansons françaises originales sont appréciables.

On ne peut pas refuser des titres comme *Douce violence* ou

Retiens la nuit, construits dans toutes les règles de l'art. Si ces deux chansons semblent tombées en désuétude aujourd'hui, pour l'époque c'était formidable.

Des chansons rapides, *Si tu me téléphones, Samedi soir,* et la très symbolique *Il faut saisir sa chance,* donnent à Johnny la possibilité de couvrir un très vaste public.

Par l'intermédiaire de ces titres originaux, il s'échappe du « couloir américain » et devient une vedette française à part entière, grâce à cette excellente production « Aznavour — Garvarentz », trop courte bien sûr. Mais Johnny, tel le vampire, cherche toujours du sang neuf. Il change plusieurs fois d'auteurs-compositeurs durant sa carrière, selon les besoins et les tendances.

Et cette carrière justement qui se doit de prendre un virage, redémarre sur les chapeaux de roue et les dernières portes fermées vont enfin s'ouvrir devant Johnny.

Chassez le naturel, il revient au triple galop ! Philips donne la possibilité à Johnny d'enregistrer douze titres de rock'n roll à Nashville. Il ne tient plus ! c'est le retour aux sources — un vieux rêve.

« Johnny Hallyday sings american's greatest rockin's hits » sort brûlant du moule américain, plus *Retiens la nuit* (Hold back the sun) en anglais, histoire de tâter le marché à l'étranger.

A Nashville, Shelby Singleton prend la direction des opérations. Il connaît la musique (si je peux me permettre ce vilain jeu de mots) puisque, quelques années auparavant, il a eu Elvis Presley lui-même devant ses micros et c'est sa propre firme, *Sun,* qui fit la gravure du premier disque de ce jeune débutant avant qu'il ne signe chez *RCA*.

Parmi toutes les chansons méritant le label « rock », il fallait s'en tenir aux classiques. Le choix est difficile. On s'arrête aux morceaux les plus connus en France : *I got a woman,* immortalisé par Ray Charles ; *Be bop a lula* du très marginal Gene Vincent ; *Maybelline* de Chuck Berry, etc. et surtout *Whole lotta shakin' goin' on,* qui n'est plus un classique mais le véritable « hymne » des rockers. La grande majorité des chanteurs se fait un devoir de l'interpréter. Réenregistré en « public » par Johnny, ce morceau plafonna longtemps à mon hit-parade personnel, cette nouvelle version se classant parmi les trois meilleures (Duffy Power l'interprète dès 1959, puis Conway Twitty qui termine sa carrière en chanteur country). Les autres traînent loin derrière Johnny.

Dans les années 1962-1963, quatre bonnes chansons, dont une adaptation qui va offrir un nouveau qualificatif à Johnny et lui colle à la peau à jamais : *L'idole des jeunes.* Les paroles françaises sont dues à la plume talentueuse de Ralph Bernet à qui on doit déjà *Pas cette chanson.* Il faut être gonflé pour se risquer sur les planches avec un titre pareil, cette interprétation peut paraître prétentieuse et ne pas plaire au public. Johnny a osé. Il a gagné. Encore un virage réussi. Ralph, qui est à son apogée en cette période, cartonne encore avec *Mes tendres années,* au goût légèrement country et enfin le gros morceau *Excuse-moi partenaire.* Après ce succès, Johnny peut se permettre de se faire un grand plaisir, penser une fois encore au rock'n roll.

Pourquoi, cette fois, ne pas adapter en français les grands classiques ? Des choses comme *Johnny B. Good* ou *Thirty days,* toujours tirés du catalogue Chuck Berry, créateur génial qui inonda de tubes l'hémicycle du rock'n roll : *Rip it up, Long tall Sally, Ready Teddy* enfin *Tutti Frutti* à la sauce Little Richard.

Aïe ! là, les auteurs revissent le capuchon de leur stylo, le remettent dans la poche de leur veston et attendent des jours meilleurs. Faire une adaptation sur des chansons comme *Ready Teddy* ou *Tutti Frutti* est un travail de dingue. C'est Manou Roblin qui travaille sur les « rocks les plus terribles ». Manou, c'est une p'tite nana brune qui parle rarement, mais qui écrit beaucoup et bien. Ce qui étonne pas mal de gens autour de nous. Une vague de misogynie s'installe, injustifiée d'ailleurs. Ne devons-nous pas à une autre dame, Vline Buggy, les adaptations de *La bagarre* en 1962, du *Pénitencier* en 1964, puis *Mon fils* en 1967, cette dernière chanson en collaboration avec Ralph Bernet et Jacques Revaux ?

Au fur et à mesure que Manou Roblin propose ses textes à Johnny, je l'attends au virage avec *Tutti Frutti,* mais elle n'ose pas. Celui, ou celle en l'occurrence, qui en fera une adaptation décente sera vraiment très fort.

Les rocks les plus terribles sont très bien accueillis par un public français qui, pour la plupart, « découvrent » le vrai rock'n roll. Johnny popularise ces chansons en les faisant sortir des discothèques occultes réservées jusqu'alors aux spécialistes.

Après cette vague de rock, Johnny cherche de nouveau de bons titres originaux ; mais pour les compositeurs français, comment rivaliser avec leurs homologues américains sur des morceaux comme *In the midnight hour* de Wilson Pickett ou *Respect* d'Otis Redding ? On ne peut pas les laisser passer et Johnny demande à Georges Aber d'en faire les adaptations.

Il fut un temps où Johnny, en tournée, s'enfermait dans sa chambre d'hôtel pour écrire des musiques. Il se faisait monter une « petite bouffe ». On ne devait pas le déranger. Personne ne le voyait plus en dehors des spectacles. Un soir, il donne de ses nouvelles et me fait appeler.

Je le surprends, assis sur le coin de son lit, la guitare sur les genoux, un petit magnétophone à côté de lui. Sur une table, des restes de victuailles qu'un garçon en veste blanche débarrasse.

Johnny a demandé une excellente bouteille de Bordeaux et deux verres. Du menton, il me désigne un fauteuil.

« — Pose ton cul là-dedans ; j' vais t' dire un truc. Voilà, mes paroliers me font de bons textes, sur des slows, des rocks, des chansons d'amour, etc. Maintenant, j'aimerais avoir dans mon répertoire des chansons qui racontent mon histoire, ton histoire, celle de tous les jeunes. Je veux qu'ils se sentent concernés, qu'ils se reconnaissent dans le texte... tu comprends c' que j' veux dire ?

— Bien sûr, Jean-Philippe, tu as sans doute raison, c'est une évolution. Je connais tes paroliers, ils peuvent le faire.

— Non, ils ne peuvent pas le faire... Tu veux un coup de pinard ? (Johnny remplit les deux verres.) Ils ne peuvent pas le faire parce qu'ils n'ont pas notre âge, ils n'ont pas vécu comme nous. Ils n'étaient pas à la patinoire ni au Golf. Ils ne se sont pas battus pour avoir un blouson noir. Seul quelqu'un qui a vécu tout ça peut écrire un texte là-dessus : c'est à toi de le faire !

— Mais, Jojo, je n'ai jamais rien écrit de ma vie ! C'est un métier d'écrire.

— Je m'en fous ! Ecoute-moi : je veux quelque chose sur le conflit des générations. Je viens de faire une musique (il prend la guitare et joue un morceau plaintif, légèrement rythmé). Voilà ! démerde-toi ! Fais comme moi ; tu t'enfermes dans ta chambre, montre-moi un texte demain, tu connais le sujet. »

« Le conflit des générations », la bagarre avec les parents, avec mon père (que je n'ai jamais traité de « vieux con », comme le prétend Eddy Mitchell dans son bouquin)...

Mon père vivait dans son monde. Moi dans le mien. Il n'y avait pas une génération entre nous, mais dix ! Bien sûr, on n'avait pas grand chose à se dire, tous les deux, tout spécialement quand je le rencontrais à 5 heures du matin dans l'ascenseur, lui partait travailler, moi je rentrais des boîtes de nuit et j'allais me coucher.

J'ai « découvert » mon père beaucoup plus tard. Quinze jours avant sa mort. Nous commencions seulement à communiquer. Nous étions semblables. On ne le savait pas... Trop tard. Dommage.

Ce fameux conflit, je l'ai bien connu, comme la plupart des

types de mon âge et de mon milieu. J'avais, c'est vrai, tous les éléments pour composer le texte de *La génération perdue.* Le lendemain, Johnny avait les paroles qui collaient à sa musique.

La génération perdue sort sur le même disque que *Noir c'est noir* dont l'adaptation est signée Georges Aber. Noire est bien cette période où Johnny a réellement voulu se suicider. Même la pochette du disque ne rayonne pas de bonheur. La photo en noir et blanc propose un Johnny craintif, apeuré. Il faut sortir un disque, vite, mais Johnny n'a plus le feu sacré. Deux instrumentaux sont créés pour pallier le manque évident de matériel : *Ballade dans les forêts de Brabant,* dont le thème et la phrase unique sont empruntés à une vieille légende belge ; le second, *Absolument Hyde Park* a été commencé à Londres, au Hyde Park Towers Hotel, et terminé à Paris.

Pour cet autre instrumental, les musiciens ont trouvé un leitmotiv de circonstance que confirme bien la déprime de Johnny. La phrase plusieurs fois répétée par les chœurs donne à l'origine : *T'as qu'à quitter ta Sylvie !,* puis jugé d'un humour douteux Sylvie fut remplacé par Cathy, ce qui phonétiquement donne « Ta-Ka-Ki-Te-Ta-Ka-Ti » et ne veut plus rien dire. Cette Cathy étant, pour l'instant, inconnue au bataillon, on ne risquait plus rien.

Ecrire une chanson avec Johnny est pour moi un événement. J'éprouve de nobles sentiments, de la fierté, le sens de la responsabilité. Johnny me fait confiance et m'associe à son métier. Comme d'autres l'ont fait pour lui, il me donne une chance.

En tant qu'auteur, participer à un enregistrement est tellement plus extraordinaire que d'être seulement le copain qui donne son avis sur une chanson. Etre là avec son papier, son crayon, « sucrer » un mot pour un autre — car il y a des mots qui sont forts sur le papier mais qui ne « passent » pas au micro — et tellement d'autres subtilités, je découvre et apprends un métier.

Dans la cabine du preneur de son, pendant l'écoute de la meilleure prise, j'entends la voix de Johnny sur mon texte « Whaou ! Tu entends ça, Johnny ? » C'est super ! C'est super Johnny, t'entends ? Assis à côté de moi sur la banquette, Johnny n'entend plus rien, la tête penchée en avant, il « encaisse » son suicide raté.

Le rock vient d'ébranler la vieille Angleterre au plus profond de ses racines. Beatles et Rolling Stones, Animals et Kinks créent un style, une musique qui n'a plus rien à envier au genre américain qui s'essouffle. Désormais, tout se passe à Londres. Il règne, outre-Manche, un climat, une essence, un ton qui ne peuvent qu'influencer un chanteur comme Johnny, toujours avide de nouveauté. Inspiré, il s'est déjà attaché deux musiciens anglais : Micky Jones et Tommy Brown. Nous sommes en 1966 et il est de bon goût d'enregistrer dans les studios de la capitale britannique. L'équipe a planté son quartier général au Westbury Hotel, magnifique établissement dans le plus pur style victorien, dont tous les tableaux et meubles sont d'époque.

Nous sommes au restaurant de cet hôtel où un personnel stylé nous place. Il y a Micky et Tommy d'un côté, Johnny et moi de l'autre, Georges Aber et Lee en bout de table. Nous échangeons quelques idées sur les nouvelles chansons. Johnny se penche sur son parolier Georges Aber et, par inadvertance, lui envoie une giclée de Ketchup sur sa chemise blanche, juste à l'endroit du cœur. Celui-ci pousse un hurlement, tombe à la renverse, et est étalé de tout son long sur la moquette. Johnny ne peut s'en empêcher : il lui saute dessus et fait semblant de le poignarder.

Dix minutes après, deux « bobbies » sont à l'hôtel. La direction nous prie, très courtoisement d'ailleurs, d'aller offrir notre clientèle à un établissement autre que le leur. L'humour anglais était en grève ce jour-là...

C'est au Hyde Park Towers Hotel que nous échouons, moins chic mais plus cool. Il y a déjà un groupe de musiciens anglais avec lesquels nous sympathisons. Le lendemain, Johnny est en studio. Je pars avec Lee pour une virée chez les disquaires et fais mon plein de vieux disques genre Tommy Steele ou Cliff Richard, plus quelques rockers anglais tout à fait démodés (pour moi, le rock s'arrête en 1962). J'écoute déjà avec nostalgie les pionniers, j'écouterai les nouveaux pour des raisons professionnelles : maintenant, je suis parolier.

Lee découvre le dernier Beatles *(Got to get you into my life)*. « C'est un truc pour Johnny », dit-il en claquant des doigts. C'est effectivement un bon morceau. Lee est emballé et fonce au studio le faire écouter à Johnny. Je rentre à l'hôtel avec des tas de paquets sous les bras. « A tout de suite, Chris, si ça lui plaît, tu feras les paroles. »

Très peu de temps après, Lee m'appelle au téléphone : « Johnny trouve ça terrible, il veut l'enregistrer, il lui faut les paroles dans une demi-heure. »

Une demi-heure, c'est court. Je marchande et obtiens trente minutes de plus. Lee me dicte les paroles anglaises à travers le bigophone ; quant à la musique, je l'avais déjà en tête.

Il fait beau — à Londres c'est rare —, et j'entreprends d'aller au studio à pied tout en écrivant mon texte. Les Londoniens me voient ainsi m'arrêter toutes les dix minutes et griffonner quelques phrases sur un morceau de papier, appuyé sur mon genou ou contre un mur.

Je suis néanmoins un peu inquiet. Maintenant Johnny est plus exigeant sur les textes et demande à ses auteurs plusieurs versions parmi lesquelles il choisit la meilleure. Si je me plante, je sais qu'il y a les anciens pour prendre le relais, ce que je ne veux en aucun cas. Georges Aber est au studio et

Ralph Bernet doit rappliquer bientôt. C'est ma deuxième chanson. Bien que très copain avec Johnny, je sais également qu'il m'enverra balader s'il juge le texte nul. Avec lui, il n'y a pas de favoritisme dans le boulot et c'est tout à son honneur.

Heureusement, les paroles françaises collent. Ce n'est pas du Verlaine, mais le titre *Je veux te graver dans ma vie* lui plaît. Il lui trouve même un certain impact. Une demi-heure après, le titre est en boîte.

Le soir, les musiciens anglais de l'hôtel donnent une « party » à laquelle nous sommes priés. Après le restaurant hindou, que nous ne pouvions éviter (un restaurant à vous « emporter la gueule », comme les affectionne particulièrement Jojo), il nous est agréable d'aller prendre un verre avec eux, histoire d'éteindre l'incendie qui couve au creux de nos estomacs.

Dans la « suite » des Anglais, il y a une foule de chevelus, parmi lesquels on reconnaît Donovan, le Dylan local, et un musicien des Stones.

Pas de disque sur le pick-up, mais deux guitaristes s'excitent sur un blues de Chuck Berry. Peu de filles. Personne ne danse. Les conversations grésillent de tous côtés et, à travers l'accent cockney, sort de temps en temps le nom des grands chanteurs de rock.

« C'est pas possible, ils ont dû planquer leurs gonzesses », soupire Johnny.

Aimable, une délégation vient vers nous, et nous propose quelques verres.

Quelqu'un remarque Johnny et l'interroge :

« Etes-vous vraiment un chanteur de rock français ?

— Ben voyons, ça se voit pas ?

— My God ! les Frenchies sont capables de tout ! »

Lee me donne un coup de coude à faire tomber le verre que l'on vient de m'offrir.

« Regarde, ces gars-là n'ont pas assez d'argent pour s'acheter un paquet de cigarettes, ils n'en ont qu'une et se la repassent. » En effet, mais la cigarette en question est de taille, grosse comme un cigare, elle fait beaucoup de fumée et sent très fort. « C'est un " joint ", me dit Lee, du " hasch ". »

Pour ne pas être ridicule en cette société, il accepte la cigarette que quelqu'un lui offre, il tire dessus, crache de la fumée comme une locomotive, se plie en deux et tousse. Lee me repasse la cigarette en me fixant avec des yeux tout rouges. Je ne fais pas mieux que lui. Un rouquin bilingue passe près de nous, veut faire étalage de ses connaissances en français, il a lu Baudelaire :

« Alors, les Français, c'est l'initiation aux paradis artificiels ?

Je tousse davantage : — T'appelles ça le paradis, toi ? »

Johnny est en prise avec un musicien des Stones qui lui explique que, pour bien chanter le blues, il faut une voix brisée et pour cela fumer du tabac brun pour se « placer » la voix.

Celui-là aurait mieux fait de se taire : à partir de ce jour-là, Jojo s'est mis à fumer cigarette sur cigarette. C'est pas meilleur que le hasch.

L'appartement est si enfumé que quelqu'un ouvre les fenêtres qui donnent sur un toit plat. Tels des fantômes légèrement surélevés du sol, les invités se dirigent lentement vers le grand air, par couples, toujours en parlant, faisant des signes très élégants de la main pour ponctuer les meilleurs mots de leur conversation.

Lee s'installe confortablement. Assis contre une cheminée de brique rouge, il parle avec une Américaine venue suivre un stage en Europe. Elle s'intéresse à l'hôtellerie et à la cuisine française ! Lee, l'Américain, lui donne des recettes... Johnny est parti dans des explications à n'en plus finir sur les différences qui peuvent exister entre le rock anglais, américain et français. Les autres l'écoutent attentivement et il repart dans des trucs et des machins de dingue et se demande pourquoi James Dean n'a jamais chanté du rock.

Assis en tailleur sur une dalle de béton, je suis fasciné par une lumière, juste en face de moi. Il y a un immeuble assez proche pour que je puisse apercevoir toutes les fenêtres distinctement. L'une d'elles est encore éclairée. Cette fenêtre donne sur une chambre à coucher où dort un couple âgé que je distingue parfaitement. L'homme et la femme ont les cheveux blancs et, dans leur sommeil, sont amoureusement enlacés comme des gosses de vingt ans ! Quelle image !

Le hasch donne faim... et soif. Je rentre dans l'appartement et j'avale un drôle de truc avec du jus d'orange. Au bar, devant moi, il y a Donovan, il a l'air très gentil. C'est un Ecossais avec un petit anneau à l'oreille. Je remarque qu'il boite légèrement. Je ne savais pas que j'allais devenir un de ses très grands fans. Un des guitaristes gerbe des notes de musique dans un coin. Il est vert. L'autre nous colle un grand frisson en interprétant *Georgia*.

Johnny m'appelle. Il est toujours sur le toit. Je le rejoins. Il me prend par le bras, respire un grand coup d'air et se confesse.

— Merde ! j'ai le blues maintenant, regarde le ciel, regarde la nuit, si j'étais un loup, je hurlerais à la lune, mais je suis un homme, j'ai envie de crier à la nuit !

Et Johnny pousse un long cri qui fait sursauter tous les « raidards ». J'éclate de rire :

— Dis donc, c'est le hasch ou quoi ? En tout cas, ce que tu viens de dire, c'est joli. Je vais crier à la nuit : je le note, on en fera une chanson plus tard.

Je n'ai pas eu besoin de somnifères pour dormir. Couchés à 4 heures du matin, nous émergeons vers 15 heures. Un breakfast nous requinque les molécules.

La deuxième équipe vient nous rejoindre : Pisani, un saxo, et Raymond Donnez, pianiste. Nous travaillons pendant deux heures, les Anglais nous ont laissé une boulette de hasch. Nous essayons de tuer le temps avant de rentrer au studio.

Pisani invente un jeu à la con. On place un tabouret devant un lit, quelqu'un monte dessus, ferme les yeux, les autres font semblant d'enlever le lit et persuadent celui qui est perché qu'il n'y a plus rien derrière lui, que c'est le vide, qu'il est en haut d'un building et doit se laisser tomber sur le dos.

Johnny est sur le tabouret, se concentre, se persuade qu'il est au dixième étage. Quelqu'un frappe à la porte, c'est foutu, Johnny ouvre les yeux ! C'est Ralph Bernet et Jacques Revaux qui viennent proposer une chanson (pourquoi étaient-ils en smoking ce jour-là ?).

« Attendez, dit Johnny qui reprend sa concentration, si j'en réchappe, je fais la chanson, sinon ça sera fini pour un bout de temps... »

Les auteurs attendent. Ils sont tombés chez les dingues ! Pisani est près du tabouret et murmure : « C'est le vide, Johnny, c'est le vide derrière toi », mais le candidat au suicide ne se décide pas à tomber, les auteurs s'impatientent et s'en vont.

Deux minutes après, Johnny les rappelle dans le couloir :

« Je ne suis pas mort, je fais la chanson. »

Le soir même, il enregistre *La fille à qui je pense*.

Le lendemain, dans une autre chambre, des musiciens ont essayé du LSD, paraît-il. Nous arrivons sur les lieux, où seule la salle de bains est éclairée. Quatre d'entre eux sont assis dans la baignoire. Ils rament. La côte est loin. Deux autres se pendent au rebord du lavabo, c'est le radeau de la Méduse. Sur le pick-up, ils ont mis la musique du film *2001 Odyssée de l'espace*. C'est pathétique, grandiose. Sauf pour ceux qui ne participent pas.

Pour les dessoûler, nous ouvrons les robinets de la baignoire à fond. C'est la fin du voyage.

« Le canot coule, le canot coule » hurlent-ils.

« Vous vous démerdez les gars, prévient Johnny, vous venez en canot, en baignoire ou en bagnole, mais la séance est à 10 heures. »

« Méfiez-vous du cri du papillon ! » hurle un musicien dont la petite taille lui a permis de se percher sur une armoire.

Rigolades et facéties sont suspendues. Nous rentrons en studio. Les séances se succèdent et se terminent parfois très tôt le matin. La construction du « play back » finie, Johnny place sa voix. Le mixage est la partie la plus délicate. Rien n'est définitif, tout est remis en question à chaque écoute. On « charcute » le couplet d'un texte, le « grain » de la voix de Johnny est plus intéressant la nuit que le jour, alors on recommence ce qui a été fait l'après-midi. Nous sortons des studios la tête grosse comme un ampli, mais avec une grande satisfaction : une vingtaine de chansons sont mises en « boîte » sans aucune faille.

Nous pouvons rentrer chez nous. La boulette de hasch est protégée par un papier de chocolat et enterrée dans un pot de fleurs sur le balcon. Il n'est pas question de la rapporter en France.

La nuque appuyée sur le siège de la Caravelle qui survole la Manche, Johnny, silencieux, construit déjà sans sa tête son programme de la tournée d'été.

*
**

Pour une somme dérisoire, tout l'orchestre vient de se payer une bouffe pantagruélique dans une ferme-auberge en plein milieu des champs, sur la route de Brive. Ce buffet campagnard, arrosé de la cuvée du patron, réclame une digestion que l'horaire peut permettre.

Tous ces morfales roupillent maintenant, étalés les uns à côté des autres dans la luzerne, le ceinturon débouclé et les bottes jetées à la volée. Il faudrait quelques journées comme celle-ci pour « retaper » nos copains des excès londoniens. De voir ainsi des musiciens dans un décor qui n'est pas le leur, en plein après-midi, sous un soleil tout blanc, est un spectacle toujours étonnant. On dirait des albinos qui ont la trouille du grand jour. D'autres s'étonnent des choses les plus élémentaires de la nature. Car les musiciens vivent en autarcie, dans un monde parallèle où les limites temporelles se situent entre la tombée du jour et le petit matin (les bêtes maigres de la nuit sont plus à l'aise dans les souterrains miauleurs et enfumés que le nez sur les coquelicots). Sur le bord de la petite route sont alignés les véhicules, la blanche Mustang décapotable de Johnny, le car de la tournée dont le chauffeur lave les vitres en sifflant *L'Idole des jeunes*. Jojo m'attrape par le bras :

« Laissons-les se refaire une santé, nous avons du boulot, j'ai des disques à te faire écouter. »

La Mustang avale son litre d'essence au démarrage et file sur la nationale. Johnny a emporté avec lui du matériel neuf, c'est-à-dire une pile de 45 tours des derniers titres anglais et américains que les éditeurs lui soumettent régulièrement. (Le lecteur de cassettes n'est encore qu'une idée lumineuse qui germe petit à petit dans le cerveau des grands savants.)

Nous avons dans la Mustang un « mange-disques » que l'on nourrit de 45 tours tout au long des kilomètres.

Johnny repasse plusieurs fois une chanson interprétée par Bobby Daring, *If I were a carpenter,* que Tim Hardin a créée.

« Voilà un bon truc. Si tu fais les paroles maintenant, je la chante demain sur scène. »

Pas de feuille de papier à bord, je commence le texte sur une page de *Salut les copains,* entre les photos de Françoise Hardy et de Sylvie Vartan (c'est d'ailleurs le temps des disputes graves entre Sylvie et Johnny, le sujet est tabou, mais je me hasarde quand même).

« Si je te propose ceci, que vas-tu me dire :

" Si j'étais un charpentier
Si tu t'appelais Sylvie
Voudrais-tu alors me pardonner
Et tout recommencer... "

" C'est une façon de se réconcilier avec elle en faisant le premier pas... à travers une chanson. " La réponse arrive. Cinglante :

— Je ne veux pas que le nom de ma femme figure dans mes chansons. »

Sur une centaine de kilomètres, le texte du « charpentier » prend forme. Le climat « biblique » de la chanson ne peut qu'attirer les symboles : Marie, le désert, les hommes en colère qui viennent la nuit pour tuer...

Johnny donne le feu vert. Il aime tellement cette chanson qu'il la crée sur scène comme il la promis, bien avant de l'enregistrer.

De toute façon, cette chanson lui fait penser à Sylvie et à David, son fils, qui est tout petit.

Sort également de la pile aux nouveautés : *I washed my hands in muddy water* qui, adapté, devient inévitablement « Je me suis lavé les mains dans une eau sale ». Pas un tube, mais une bonne chanson de scène.

Lorsque nous étions à Paris, un de mes amis, Eric de Marsan, compositeur de musique de films, me fit écouter une très belle chose, sur laquelle j'écrivis *La petite fille de l'hiver*. J'étais à mille lieues d'imaginer que cette chanson pouvait plaire à Johnny. Je l'enregistrai pour mon compte. En l'écoutant, le copain Jojo fut emballé et en créa une version différente. Le jour de l'enregistrement, il y avait un orchestre à cordes complet au studio. Un violoniste se présenta, l'étui de son instrument relié à la main par une paire de menottes... J'ai pensé à un Stradivarius !

Quelques mois plus tard, une séance d'enregistrement fut envisagée, toujours à Londres, à l'Olympic Studio, sous la direction artistique de Lee Hallyday. Un matériel copieux a été sélectionné, des adaptations enrichies d'originaux.

Retour, donc, au Hyde Park Tower Hotel, par le plus grand des hasards, nous réoccupons la même suite que l'an dernier.

La curiosité, plutôt que le besoin, nous conduit sur le balcon où nous avions enterré la boulette de hasch. Le papier d'argent et son contenu sont toujours là, un peu moisi mais consommable.

Une première visite aux studios nous fait rencontrer Mick Jagger et Alain Price musicien des Animals. Ce dernier nous entraîne en « boîte » pour écouter un chanteur absolument inconnu : Jimmy Hendrix. Pour nous tous, c'est le grand flash ! Il y a longtemps qu'un chanteur ne nous a pas fait décoller les fesses d'un fauteuil. Ce grand Noir est un magicien de la « six-cordes », un genre de Chuck Berry en plus « hard ». Il balance son instrument dans tous les sens, le passe derrière la tête et joue à l'envers. Son grand truc, c'est de se taper des solos en « grattant » de la guitare avec les dents ! Quand il balance *Hey Joe*, c'est le frisson. Johnny sursaute :

— Il faut que j'enregistre ce truc-là tout de suite pendant que nous sommes à Londres ; c'est terrible !

Le contact est pris avec Jimmy Hendrix qui est d'une grande amabilité. Johnny vient de se faire un copain et lui propose la première partie de sa prochaine tournée !

Pendant nos séjours à Londres, Johnny a souvent des crises de blues ; je le surprends un soir à l'hôtel, appuyé à la rambarde du balcon, les yeux dans le vague.

« Tel que je te vois, tu as envie de crier à la nuit !

— Ah ! tu te souviens de cette phrase de l'an dernier ?

répond-il d'une voix grave en regardant le sol. Tu vois, c'est étrange, il y a toujours des tas de gens autour de moi, et je me sens seul comme dans un désert.

— C'est sympa pour moi !

— Non, je ne parle pas pour toi. D'ailleurs j'ai besoin de toi. Nous allons faire une chanson. »

Ça y est, ça va mieux ! Il s'arrache du balcon et me balance un coup de poing sur l'épaule. Le ciel de Londres devait inspirer Johnny. Le cœur bien rétréci et l'âme à la dérive, il se « cherche » à la guitare. A 4 heures du matin, nous avons pondu *J'ai crié à la nuit.*

Autre chose : la mode. Les jeunes Londoniens s'habillent avec n'importe quoi et provoquent un contraste étonnant avec les « Major Thomson » en chapeau melon et jaquette qui, imperturbables, jettent un œil indifférent sur cette jeunesse tapageuse qui les entoure. La mode, nous n'y coupons pas. Une virée à Carnaby street, haut lieu de la fringue, nous équipe du cheveu à l'orteil : casquettes, tuniques rouges des Guards galonnées dans tous les sens, pantalons rayés rose et violet, vert et noir. L'habit militaire est de bon ton. Johnny porte un uniforme d'officier du 67e de ligne, bleu marine à col cramoisi, une pochette de disque en témoigne, il a même une pipe au bec. (J'oubliais : tout le monde s'est mis à fumer la pipe...) Georges Aber porte une cape, et Micky Jones une veste de tambour-major. Avec Jojo, nous optons pour des bottines à élastique sur le côté, mais avec le bout pointu, pointu, pointu ! On va être mignons, arrivés à Paris.

Ça vole bas dans l'équipe. Johnny n'a toujours pas le moral. Après *J'ai crié à la nuit,* qui n'engendre pas la joie de vivre, j'adapte, pour rester dans l'ambiance, *My way of giving* (Je n'ai jamais rien demandé). Johnny clame au monde son « creux d'amour » :

« Tant mieux si je ne dois jamais aimer
« Je n'aurais pas à en pleurer »

Pour couronner le tout, Georges Aber propose *Je suis seul,* adaptation de *What is soul :*

« Cet amour-là, je ne le connaîtrai pas
« Je suis seul presque toujours »

Les grandes « éclateries » de l'an dernier ne se manifestent pas : gaieté et humour niveau zéro. Johnny est contagieux. Il faut se remonter la caisse vite fait.

Dès son retour à Paris, Johnny travaille sur son « Olympia 67 ». Un spectacle comme celui-là demande une concentration et une dépense physique telles qu'il n'a pas le temps de trop gamberger sur ses idées noires. Ce gros succès à l'Olympia s'associe à celui du Palais des Sports en novembre. Les problèmes avec Sylvie s'arrangent, l'amour est au beau fixe. De son voyage au pays des aveugles Johnny émerge et revient à celui des vivants.

En 1968, une troisième virée à Londres est décidée. Nous occuperons des lieux différents dont un nouvel hôtel que tous les musiciens de passage à Londres recherchent : Inverness Terrace. Rencontre avec Otis Redding, John Lennon, David Bowie, très peu connu alors. Encore une fois, les tâches de chacun sont définies. J'ai quatre textes à faire, deux jours et deux nuits doivent me suffire ! Les trois premiers viennent facilement. Je « cale » sur le dernier, un morceau que je connais pourtant depuis des années : *Cut across shorty* d'Eddie Cochran.

Malgré les flots de café noir, et devant un cendrier disparu depuis longtemps sous les clopes, la feuille de papier reste blanche. Comme la nuit que je passe.

L'enregistrement est à 10 heures ce matin, il faut absolument que Johnny commence par les titres que j'ai terminés, ou par ceux des confrères, comptant bien sur l'après-midi pour arriver à bout de l'inéluctable *Cut across shorty*.

Toute l'équipe est au studio, les « play-back » sont terminés.

Les auteurs présentent leurs textes. Johnny est long à la lecture. Il « épluche ». Fait changer des mots, des rimes.

En proposant les miens, une jeune angoisse m'envahit les molécules ; je pense à *Cut across shorty* car le patron est dur quand il s'agit du travail. Même s'il n'enregistre qu'une seule chanson, il veut que tous les textes soient disponibles en « dossier ».

Tiens ! aujourd'hui il ne contrôle pas ! Je suis peut-être sauvé. Johnny a l'air de bonne humeur, il allume une gitane et se place devant le micro :

« Bien ! Honneur aux vieux rockers, je commencerai par la chanson d'Eddie Cochran, Chris, donne-moi le texte de *Cut across shorty !*

— Non, c'est pas vrai ! c'est pas vrai ! Commence par autre chose, j'ai fait le texte des trois autres, mais pas celle-là.

— Tu as cinq minutes pour faire le texte, j'attends ! »

La jeune angoisse vieillit vite ! Je m'enferme dans les toilettes, le seul endroit où je peux avoir un silence (presque) absolu. Comment faire un texte en cinq minutes alors qu'une journée et une nuit n'ont pas suffi à m'en faire écrire le premier mot ! L'esprit du défunt Cochran me donne un coup de pouce. Dix minutes après j'émerge des lieux. Sans être sûr que l'idée plaise au copain despote.

— OK, ça colle, tu as mis dix minutes, tu aurais pu en faire deux versions, mais j'ai changé d'avis, je commence avec un titre de Gilles Thibault.

Cut across shorty devenue *Cours plus vite Charlie* fut enregistrée en dernier…

L'IDOLE EN CHANSONS

*
**

Si Presley nous a influencés pour la musique, Bob Dylan éveille notre esprit par ses textes. Ce climat fantastique panaché de surréalisme nous captive et nous fait reconsidérer la chanson. Comme pour le rock, je remonte aux sources de cette nouvelle tendance. J'apprends que M. Robert Zimmermann a emprunté son nom d'artiste à un poète du pays de Galles, Dylan Thomas, pour lequel il a beaucoup d'admiration. Toujours en tirant le fil, j'arrive tout droit sur la « Beat generation », dont les grands prêtres sont les poètes et écrivains américains Allan Ginsberg, Ferlinghitti, Jack Kerouac. Authentiques beatnicks révoltés contre l'essence même de la vie, illuminés, habiles magiciens des mots.

Je double ces lectures anglo-saxonnes par celles de nos classiques français dans ce domaine, en découvrant le précurseur en matière surréaliste : Isidore Ducasse, comte de Lautréamont. Son *Maldoror* est vite devenu mon livre de chevet. Je poursuis mon voyage dans l'étrange avec André Breton, Jean Bosquet, Antonin Artaud, etc. Johnny est intéressé par cette façon de s'exprimer, les mots fous, curieux, rares, durs aussi, habilement choisis, puis placés les uns derrière les autres, donnent un rythme au texte en plus de la musique.

Ces définitions qui n'appartiennent pas à l'ordinaire satisfont le côté sybillin de Johnny Hallyday.

Par ce climat insolite donné à de nouvelles chansons, Johnny gagne une partie du public qu'il n'a jamais touché auparavant, une minorité, je veux bien le croire : ceux qui ne dansent pas, mais tendent l'oreille.

Un premier essai est tenté sur une musique de Tommy Brown : « Les doigts de la peur m'étranglent et m'entraînent sous la terre jusqu'au pays des aveugles ». Ces mots inhabituels pour une chanson de Johnny Hallyday surprennent et sont critiqués : nous sommes loin du *Petit bikini* et *Da dou ron ron.* Mais chaque fois qu'il s'agit de choquer, Johnny est ravi.

Il va enregistrer quelques titres de ce genre, beaucoup plus par goût, j'en suis sûr, que par malice.

Jean-Philippe avait un fétiche, Johnny l'a perdu : c'était un petit sarcophage en or, pendu à son cou par une chaînette.

Un samedi matin, je trouve chez un marchand des Puces un bijou fantaisie curieux, un vrai scarabée serti dans un petit cadre en or ; au dos, une date « 15 juin 1943 », le jour même de la naissance de Johnny ! Un cadeau idéal pour remplacer le sarcophage.

Micky Jones et Tommy Brown ont toujours des musiques disponibles et je commence un texte avec cette phrase étonnante :

« Le jour de ma naissance, un scarabée est mort,
« je le porte autour de mon cou. »

Un musicien s'est fabriqué un narguilé avec ces fleurs de porcelaine que l'on met sur les tombes, je continue :

« Fleurs de porcelaine aux parfums interdits,
« je n'accepterai que les fous. »

A la campagne, un jour, une femme me montre la chambre de son fils tué en Indochine ; j'étais très ému :

« Jouets de soldats morts, poursuivant des enfants,
« ils viennent dans ma direction. »

A partir de ces trois phrases « vécues » je donne libre cours à mon imagination et construis le reste du texte.

Toujours en collaboration avec nos deux compositeurs anglais, le texte de *Je te veux* est largement inspiré de Lautréamont : « Je suis le fils de l'homme et de la femme, ça m'étonne, je croyais être davantage. » Cette phrase colle parfaitement avec le folklore « hallydéen » à une époque où, à force de lui répéter qu'il est une idole, un dieu, il commence à le croire.

Encouragé donc par Dieu lui-même à créer des textes insolites, je termine la chanson avec « Mes mains s'accrochent à une branche d'hiver, des fleurs de neige me tombent sur les nerfs, un fer de lance planté dans le cœur, je fais semblant de mourir, mais je t'attends. »

Comme toutes les époques et les styles que Johnny a vécus, interprétés, pleurés ou hurlés, cette période du « merveilleux » s'éteint en l'année 1969 avec un retour aux textes biographiques dans la lignée de *Génération perdue.* Du sur mesure que seul Johnny peut imposer :

« Je suis né dans la ville, où les murs sont toujours gris
Derrière un terrain vague où se trouvent les taudis
Dans un berceau de fer, je devais grandir
Ne vous étonnez pas si je ne sais pas sourire. »

Je suis né dans la rue relate la vie du chanteur en peu de phrases, dont la dernière est peut-être dangereusement prémonitoire « On voudrait me faire changer, c'est une cause perdue, je reviendrai à la rue. »

Je suis fier que ce titre porte ma signature et absolument satisfait de l'interprétation de Johnny. C'est une œuvre pure.

On pense se servir des différentes étapes de sa vie, des multiples facettes de sa personnalité pour lui écrire des chansons sur mesure que l'on habillera du qualificatif « biographique » ; cela est une chose ; mais arrivé à un certain point, ces textes créés antérieurement n'ont-ils pas une influence sur son esprit, sur sa vie actuelle au point qu'il se sente maintenant obligé de les vivre ? Prisonnier d'un système, porté par sa légende, il doit lui obéir.

⁂

JOHNNY — A LA COUR DU ROI

Johnny possède maintenant un répertoire en « béton ». Sur scène il explose littéralement, prend à partie un spectacle du premier rang, le menace du doigt : « Hey Joe, en naissant t'as marché dans quoi ?

Violent, il brise sa guitare électrique sur le podium. Il pleure. Il rit. Les genoux à terre, les bras en croix, il adresse une supplique au micro, lui fout un coup de pompe, puis le caresse avec une dextérité érotique choquante : « Que je t'aime, que je t'aime ! »

Ce diable au casque d'or, bien d'aplomb sur ses deux jambes, montre le poing à un projecteur qui l'éblouit, c'est le combat des yeux bleus contre la lumière incandescente. Le projecteur, vaincu, baisse d'intensité.

« Johnny reviens. » Par une intro aux accords déchiquetés, il attrape un musicien par le col : « plus fort ! plus fort ! ». Celui-là augmente le son de l'ampli et fait des bonds de pantin électrocuté. Les ondes sont broyées, décolorées par les sons rageusement vomis des guitares électriques. La jouissance sur le visage, toutes tripes dehors, Johnny crache le feu. *Les coups, Long Tall Sally, Elle est terrible, Je veux te graver dans ma vie ;* puis, il prêche son drame : « Je suis seul. » Et toutes les voix compatissantes lui hurlent « Non ! Non ! tu n'es pas seul ! on t'aime. » Le voilà rassuré. Il cherche dans la salle celle avec qui il voudrait faire l'amûr.

Au parterre, des bras sans manches se tendent, des doigts arrachent des lèvres, des sanglots se précipitent sur la scène, au fond dans l'obscurité, le balcon se gondole et bave des membres.

Le seigneur enfant se déhanche sur la pointe des pieds : « She rocks to the east, she rocks to the west, she's the girl that I love the best… » Il pousse un cri et s'effondre contre la batterie, le batteur se lève, pris de folie il jette ses baguettes en l'air, les guitaristes sautent sur leurs amplis, ça y est, nous sommes à l'épicentre de l'explosion, au cœur même de l'incendie, la scène est prise d'assaut par les êtres humains, alors, c'est maintenant... maintenant que son esprit abandonne son corps et s'envole là-haut, au-dessus de la salle. Calme et serein, il contemple ce qu'il a créé avec ravissement. Il a engendré la tempête. Machiavélique, il sourit.

Puis c'est le silence. Lourd comme une montagne. Johnny est dans la salle, agenouillé devant une spectatrice ébahie : « Reste avec moi cette nuit, nous avons la même envie. » Le fiancé, assis à côté, n'a pas l'air d'un con ! Hardie, la demande en amour.

A la fin de la chanson, profitant des hurlements, il grimpe sur la scène, saisit sa Gibson et murmure, pour la salle entière cette fois, un *Loving you* d'une voix aussi chaude que le son de la guitare est grave. Dans les gradins, on entend les gémissements des femmes entamées et les cris stridents et pucelins des fillettes.

Des gouttes de sueur glissent sur son visage et tombent une à une sur le vernis de son instrument, sa bouche charnue est humide et provoque de petites étincelles bleues quand elle effleure le métal du micro. Il termine... « Je passerai ma vie entière à t'aimer » (hurlements), il pose la guitare par terre (hurlements), enlève sa chemise (hurlements) et recouvre l'instrument comme pour le protéger des ondes néfastes des calomniateurs.

Maintenant, Johnny est torse nu, les muscles tordus comme à vif, il balance un *Whole Lotta of shakin' and goin' on* qu'il fait durer une éternité. Johnny n'est pas un fan du rock... IL EST LE ROCK ! Puis il s'arrête net, lêve les bras toutes veines dehors, écarte les doigts en signe de victoire et disparaît lentement en coulisse, où, accroché au lourd rideau de velours rouge, haletant, il n'entend déjà plus les ovations du public. Il est sourd, aveugle, il a tout donné. Ce n'est plus de la chanson, c'est du théâtre, un théâtre violent, passionné, tendre... Il ne chante plus ses chansons, il les joue, les sue par chaque pore de sa peau, il les éjacule !

Soudain dans la salle, la clarté se brise, c'est les mille et une nuits qui s'éteignent, la fin d'un rêve illuminé. Une vague immense a effacé les images phosphorescentes, ne laissant qu'une odeur de sueur et d'électricité accrochée aux nuages de poussière. Les fauteuils sont cassés selon la tradition, les fidèles en « manque » se vengent sur tout ce qui n'est pas encore tombé. Dehors, sous la pluie, quelques morceaux d'affiches du chanteur déchirées par les fans, se tordent sur les murs.

Johnny a le goût du drame tellement inné en lui que l'on se pose la question : s'applique-t-il à « jouer » le drame ou est-il drame lui-même ?

Plus tard, il se métamorphose dans la peau d'Hamlet et ça lui va bien. Shakespeare est mis en chansons, Gilles Thibault est dans le coup. Nous revenons à la période des « textes ».

Hamlet me donne l'idée de travailler sur douze chansons d'après *Les chants de Maldoror,* un personnage encore qui colle à Johnny. Je l'imagine bien hurlant sur scène « Je te salue, vieil océan ! » sur un rock déchaîné puis, sur une musique plus secrète, murmurer l'histoire de « l'hermaphrodite » qui dort dans un bosquet mouillé de ses pleurs.

Quelqu'un qui interprète sur scène *Poème sur la septième* peut tout se permettre, chanter la Bible en rock sans être ridicule. Avec Johnny tout est possible, il a le talent pour tout, mais « Hamlet » est timidement accueilli et *Maldoror* est resté dans le tiroir.

Le premier 45 tours simple qui sort début 1970 propose *Si tu pars.* La musique n'est pas fameuse. Mon texte non plus. C'est un titre de face B : je n'ai plus le feu sacré, Maldoror me pèse sur le cœur ! Sur l'autre face du microsillon, une excellente chanson *Ceux que l'amour a blessés* dont les paroles portent la griffe de Philippe Labro, un nouveau venu dans la bande, mais pas un inconnu du public car il est journaliste, romancier et cinéaste. Il attaque dur et signe neuf titres sur un 30 cm. Son nom figurera sur les pochettes de disques pendant deux ans.

Long Chris, auteur, pose la plume. La profession d'antiquaire me fait rêver depuis longtemps. La recherche d'un objet rare est une aventure excitante. Le manipuler avec respect, retrouver son histoire, le sortir de l'anonymat, savoir l'acheter, savoir le vendre... Je m'y applique avec passion. Seulement, il y a un pas à franchir, rompre avec les êtres au profit du fétichisme.

Je perds Johnny de vue pendant presque quatre ans. La cour florentine dont il s'est entouré me met mal à l'aise. L'habit de courtisan ne figure pas dans ma garde-robe. Ce n'est pas Sylvie non plus qui me demande de rester...

***

Un soir de septembre 1974, ce sont les retrouvailles. Comme sur un signe du destin, je rencontre Johnny dans un embouteillage. Nos deux bagnoles se rangent en double file. Mon vieux copain sort d'une Bentley. Il est accompagné de Guy Marcos, un « cuivre ». J'avais presque oublié sa silhouette de félin. Il est en costume-cravate. Quelque chose a changé au royaume du rock. Il me secoue par les épaules et m'embrasse.

« Cricri, ça alors ! Qu'est-ce que tu as foutu pendant tout ce temps ? Gare-toi, on va bouffer au “ King ”, tu viens avec nous. » Guy m'accueille d'un « salut Coco » (c'est l'époque des cocos et des cocottes, et tout le monde s'embrasse comme du bon pain). Dans la spacieuse voiture, les souvenirs rappliquent à la vitesse d'un cheval au galop, nous chantons en duo l'éternel refrain cow-boy *Home on the range,* c'est une chanson fétiche de l'époque des galères.

Au restaurant du « King Club » à Saint-Germain, les hanaps d'étain se remplissent, se vident, se remplissent encore. Johnny me débite à vive allure tout ce qu'il a fait ces derniers temps, en grillant gitane sur gitane. Il n'a pas de briquet et les allume les unes après les autres, avec le mégot de la précédente. Il me parle musique, me cite des chansons actuelles dont les noms me sont totalement inconnus.

« Et toi, dis-moi ce que tu écoutes comme musique maintenant ?

— Peu de rock, mais le vieux rock, rien après 1962. Je l'écoute en collectionneur. J'écoute aussi du classique : Karl Hoff, Mozart, Bach, la musique du Moyen Age et de la Renaissance m'intéresse également, ainsi que les marches militaires.

— Mais que vient faire la musique militaire avec le rock ?

— C'est la même chose, c'est comme le classique. Ce sont des musiques puissantes qui " transportent ". Il y a de très bonnes choses dans les marches de la Légion étrangère... l'armée d'Afrique aussi... le *Chant des Tabors* par exemple. »

Johnny et Guy se regardent, froncent les sourcils : « Long Chris est dingue. »

« Explique-nous, on ne sent pas très bien le message...

— Pendant que vous suiviez le rock dans sa décadence bâtarde, j'ai voulu chercher autre part des musiques pures qui n'ont pas subi d'influences commerciales. Autre chose, imagine que je sois metteur en scène, et que je doive diriger la charge des cuirassiers à Waterloo. C'est pathétique. J'utiliserais comme fond sonore un morceau comme *Carmina Burana* ou un vieux rock primitif. Les cuirassiers chargeant sur un rock, vous vous rendez compte ?

— Pas très bien mais tu nous étonneras toujours. A propos de rock, je prépare un 30 cm ; j'ai besoin d'un parolier, ça t'intéresse ? »

Avec l'impression d'être un éternel incompris, je reprends du service pour un Johnny en pleine forme, beau, bronzé, légèrement vieilli, ce qui ne lui va pas mal : physiquement, il vire au Clint Eastwood. Pour les chansons, il a encore

« tapé » dans les vieux classiques (ça prouve quelque chose). *Nadine,* de l'éternel Chuck Berry, me rappelle des moments vécus : « J'ai dormi sur un banc avec des frissons dans le dos. »

De Cochran, Johnny recrée une version de *C' mon everybody.*

Au studio, la séance est terminée, tous les titres sont en boîte, il décrète soudain qu'il veut ajouter à son tour de chant. *Heart break hotel,* ce vieux truc de Presley, immortel d'ailleurs que Johnny interprète souvent en « privé ». C'est aussi le morceau qu'il a chanté au square de la Trinité, il y a vingt ans, le lendemain où il m'a juré de ne jamais chanter de rock en français. Oh, le parjure ! mais c'est à moi aujourd'hui d'écrire ce texte dans la langue de ma mère. Comme c'est étrange ! On rappelle les musiciens qui sont au café d'en face. « Pour Johnny on veut bien remettre ça. » A la dernière minute, je fais le texte dans la cabine téléphonique du studio 92 à Boulogne. J'en profite pour conclure cette nouvelle production, pour adapter un titre des Rolling Stones : *Honky Tonk woman.*

Les « Honky tonk » sont des bars dans le sud des Etats-Unis accrochés sur le bord de ces grandes routes rectilignes où le paysage se limite à trois cactus sur une étendue de sable blanc. Mais où vient quand même traîner pas mal de monde.

Il suffit de jeter un œil sur le parking. C'est rempli de ces grosses bagnoles des années soixante aux couleurs de glace à la crème et de ces étranges motos au profil de gros insectes.

Au bar, un grand cow-boy voûté devant son hamburger s'enroule les jambes autour de son tabouret, son jean retroussé laisse apparaître des bottes poussiéreuses. Le routier (red neck) fait une pause, perdu dans ses « comics » avant de grimper dans la cabine de son immense « Mack ». Flics et prostituées se font la gueule d'un bout à l'autre de la salle, et puis quelques paysans et folksingers barbus aux airs de mauvais garçons se masturbent le cerveau en suivant des yeux le cul de la serveuse qui se tortille entre les tables. Mais tous ces paumés ne l'intéressent pas. Elle rêve au prince charmant qui viendra la sortir de ce trou à rat, pour l'emmener vers le soleil doré de Californie. Dans ces « Honky tonk », on y boit une bière légère et un fond de musique country arrive à vous coller un blues de merde toute la soirée.

Ces saloons modernes, nous allons les connaître bientôt à la prochaine étape : Memphis, Tennessee.

Chapitre 5

IL NEIGE SUR NASHVILLE

« I'm (not) a poor lonesome rocker, and a long way from home... »

(D'après LUCKY LUKE.)

Memphis d'abord, cité du rock dont le roi s'appelle Elvis. Ça a l'air d'un pèlerinage. Dire que tout a commencé ici en 1954, et c'est dans les studios mêmes où le « King » a fait ses débuts que Johnny doit enregistrer.

Le chauffeur qui nous prend à l'aéroport fait un détour obligé pour nous montrer « Graceland », la maison d'Elvis, belle bâtisse à colonnes blanches, grand style sudiste. Pour ma part, je ne suis pas impressionné. Le culte de Presley, si vivace naguère, m'est passé. J'ai idée que ça n'émeut pas beaucoup Johnny non plus. Cela arrive trop tard.

Nous empruntons le boulevard Elvis Presley pour nous rendre à l'hôtel. Dans le hall du Holiday Inn, Lee devient subitement volubile. Jusqu'à présent, il s'était abstenu de parler, savourant secrètement le plaisir de fouler la terre de ses ancêtres.

« Tu verras, me dit Johnny. Quand Lee est en Amérique, il est comme un poisson dans l'eau. Il parle avec tout le monde, il se défoule. » « Chaque fois qu'il va en Amérique, Johnny se fait couper les cheveux », me confie Lee, de son côté.

Je suis maintenant fixé sur les habitudes des deux frères lorsqu'ils traversent l'Atlantique.

De la fenêtre de ma chambre, j'aperçois le Rock Island Line, la plus ancienne ligne de chemin de fer des Etats-Unis, qui inspira bien des chanteurs : Leadbelly, Johnny Cash, Lonnie Donegan. Sur le bureau, une main charitable a posé une machine à écrire et du papier à l'intention du scribouillard.

Malgré le décalage horaire qui nous alourdit les jambes, notre premier objectif, en sortant de l'hôtel, est de courir comme des gosses vers les « Western Stores », où nous trouvons chapeaux, chemises, ceintures et bottes selon notre goût et notre taille. Je ne peux m'empêcher de sourire en nous voyant dans la rue. Je pense aux Dupont-Dupond dans *le Lotus bleu.* Sans être novices, nous sentons un peu trop le cuir neuf.

Le soir, nous envisageons une bouffe au « Friday's » où, avec nos chapeaux, le patron nous prend pour des Texans en balade et nous refuse l'entrée.

« Where you from ?

— Paris, répond Lee.

— Paris ! Texas ? interroge l'Américain en remplissant ses verres de bière.

— No ! Paris, France », insista Lee.

Le taulier entame une conversation avec Lee à laquelle nous ne comprenons rien. Vu la tournure des événements, nous sommes quand même quelque peu inquiets.

— Que se passe-t-il, Lee ?

Lee ne répond pas tout de suite. Il continue de s'expliquer puis, perdant patience devant nos questions, se tourne vers nous et nous lâche en colère :

— Ah ! Ecoutez les mecs (son accent américain est très prononcé), je ne vais pas servir d'intermédiaire pendant un mois aux quatre cow-boys les plus ringards du monde ! Vous savez tous parler anglais, alors démerdez-vous !

Ça, on le prend dans le pif ! Il va falloir se « démerder », comme dit Lee, avec l'anglais qu'on a appris à travers les chansons. Ça ne fait rien. A Memphis, les gens s'expriment comme dans les chansons et cela va très bien se passer.

Finalement, Lee nous éclaire sur un ton plus fraternel. Ici, le patron n'accepte plus les gars du Texas qui, le vendredi soir, d'un coup d'avion, viennent se saouler la gueule et foutre la merde. Nous découvrons ainsi qu'une ville célèbre du Texas, — Paris — s'orthographie exactement comme notre capitale. Cela remonte au temps où les soldats de Napoléon, fuyant la Terreur blanche, vinrent se réfugier dans la région en 1815. Notre nationalité reconnue, on nous apporte enfin des hamburgers à plusieurs étages et quelques boîtes de Budweiser, une bière légère qui se boit comme du petit lait (mais bonjour les dégâts une heure après !). Un air de country nous rentre dans la tête et n'en sortira pas avant longtemps.

Le lendemain matin, une expédition en ville est projetée. Nous rentrons dans la chambre de Johnny sur la pointe des pieds. Il dort à poings fermés. Nous savons par expérience qu'il ne faut pas le réveiller. Pour lui, le sommeil est sacré. Quelqu'un griffonne un petit mot qu'on laisse sur sa table de nuit. « Sommes partis en ville acheter des disques. Retour vers 14 heures pour le lunch. » Devant la porte de l'hôtel ; le chauffeur nous attend. Nous nous apprêtons à pénétrer dans la Pontiac lorsqu'un cri se fait entendre de la fenêtre du dixième étage. Apparemment, c'est quelqu'un qui a de la voix : « Salopards, attendez-moi ! »

Notre Jojo vient d'émerger. « Bande de cow-boys bidons ! Vous vouliez acheter des disques sans moi ? »

L'après-midi, travail, contact avec le studio. Je commence les adaptations de deux titres d'Eddie Cochran, *Twenty flight rock* et *Summertime blues,* qui deviennent respectivement *37e étage* et *La fille de l'été dernier*.

La « Casbah » est la boîte à la mode. Nous continuons

notre cure de hamburgers en y allant dîner. A la table voisine, une tête connue. Jerry Lee Lewis en personne. Lee, très civilement, lui présente Johnny. A son tour, Jerry fait les présentations et s'adresse à ses amis : « C'est Johnny Hallyday, un chanteur de rock. Il est aussi populaire en France que moi aux Etats-Unis. » Les deux tables n'en font plus qu'une et les bouteilles de Jack Daniels changent souvent de mains Johnny s'aperçoit que le chanteur américain a le nez cassé. Il ne se souvient pas l'avoir remarqué sur les photos. Un des amis de Jerry nous en donne l'explication : « La semaine dernière, Jerry est venu dans cette boîte. C'était une soirée privée, mais on l'a quand même accepté. Ça les amusait d'avoir le “ Killer ” parmi eux. Jerry discutait au bar avec des types leur racontant des tas de conneries sur les flics. Malheureusement pour Jerry Lee (là, le copain se marre), c'était une soirée réservée à l'amicale des policiers de Memphis. Vous devinez la suite ! »

Il est 3 heures du matin. Passé une certaine heure, le disc-jockey remplace le rock par du country, peut-être pour calmer les esprits. Avant de partir, Jerry Lee promet à Johnny de venir le voir le lendemain matin au studio. « Attention, dit Johnny qui n'y croit pas. La séance est à 8 h 30. »

Après le départ de Jerry Lee, nous tombons dans une galère avec des types et une nana. Johnny, bien allumé, balance une table et tout ce qu'il y a dessus sur nos genoux et ceux de nos voisins. Pas de nez cassé pour personne, seulement quelques verres. Il est temps de rentrer à notre tour. Sur le chemin de l'hôtel Johnny fait un grand bonjour à une bagnole de flics. De loin, ce geste peut être interprété comme un bras d'honneur. Ça y est, les flics nous filent le train. Ça ne loupe pas. Vérification d'identité, la Winchester sous le nez. Les flics américains n'ont pas du tout d'humour. Nous le constatons à notre tour. Malgré son avertisement, Lee, pour cette fois, préfère servir d'interprète pour tout le monde. Ça va mieux. Il nous arrange le coup.

A 9 heures, le grand Jerry se pointe au studio, rasé de près. Nous, en revanche, ne sommes pas très frais. Johnny apprend à Jerry Lee qu'il a enregistré l'une de ses chansons, il y a quelques années, *High school confidential.* Le " Killer ", comme flatté, donne le ton et se met au piano. Johnny est emballé : « OK. Je vais enregistrer ce vieux titre avec de nouvelles paroles. »

Jerry Lee nous propose de venir le voir, le soir même, chanter dans un « Honky tonk ». Ce bar de campagne, construit tout en bois, signale sa présence aux automobilistes par une énorme guitare dessinée en néon rose. Une petite affiche toute simple : « Tonight, Jerry Lee Lewis. » Une sale atmosphère électrique nous pince le nez. Deux gonzesses en blouson de cuir se foutent sur la gueule devant des mâles impassibles. Pas de gifle, pas de coups de griffes, mais de solides coups de poings. Le combat est interrompu par un flic qui arrive, imperturbable, du fond de la salle. Il a l'habitude.

Jerry devait interpréter dix chansons. Il en fait le double, tapant sur un vieux piano qui éclate de partout. Il se lève, cigare dans une main, coupe de champagne dans l'autre, traverse la salle torse nu sous les sifflements admiratifs d'un public bien imbibé. Jerry Lee Lewis est vraiment un drôle de type et peut se vanter d'avoir fait plus d'albums qu'Elvis Presley lui-même.

Une autre rencontre, une personne plus réservé, Carl Perkins, le créateur de *Blue Suede shoes.* Johnny ajoute à la liste des titres à enregistrer *Matchbox,* un classique du même auteur, qui devient en français *Un garçon sur la route,* puis *Slow down* de Larry Williams que je traduis par *Dégage.* Les musiciens choisis pour la séance sont des vieux de la bonne époque, encore en bon état, coiffure et fringues d'origine : un guitariste des Everly Brothers, un batteur qui a accompagné Gene Vincent et Eddie Cochran. Les Jordanaires, qui furent pendant longtemps les chœurs de Presley, sont là aussi derrière les micros. Un guitariste français tout de même, Rolling, qui accompagne Johnny sur scène, se tape des chorus qui impressionnent tellement les Américains que ceux-ci se lèvent pour l'applaudir. Johnny met en boîte *It'll be me, Jeannie, Jeannie, Jeannie, Memphis* de Chuck Berry, *Long tall Sally, Stuck on you, Good golly miss Molly. Tutti frutti* n'a toujours pas de paroles françaises.

A l'hôtel, nous écoutons le résultat des enregistrements. Johnny est arrivé à un « top ». Il a surpassé tout ce qu'il a fait auparavant. Même les rocks les plus terribles de 1964 semblent pâles à côté de *Rock à Memphis*. Nous avions repassé le disque plus de dix fois lorsque arrive Tony Frank, le vieux copain photographe, qui se retape plusieurs fois le disque en entier. C'est lui-même qui en redemande. « Fayot », lui dit Johnny. « Tais-toi et chante », répond Tony.

La pochette du disque, qui sera réalisée en France est aussi une grande réussite. Ce fond noir où apparaît Johnny dans une veste argentée, guitare noire sur le côté, la main gauche pendante, désinvolte, basculant le micro de l'autre main, le tout équilibré. C'est fabuleux et ça sent bon en même temps. C'est dans la tradition : un vrai disque de rock, pochette comprise. Le mérite en revient à Tony Frank pour la photo. La maquette à Jean-Jac Grand et Bruno Leys.

Si je n'avais qu'un disque à garder de Johnny, ce serait celui-là. Lorsque je pense que je n'admettais pas de rock en français et que je contribue à sa diffusion en écrivant des textes, c'est dingue ! Mais, comme dit le proverbe, « l'homme absurde est celui qui ne change jamais ». Johnny est en train de me faire « reflipper » dans le rock en 1975 !

Nous allons arroser « notre » disque au « Hot Air », boîte où se produit un groupe local avec deux violonistes — nous sommes dans le Sud, ne l'oublions pas.

Johnny ne peut pas s'en empêcher : il a chanté toute la

journée en studio ,et demande à l'orchestre de l'accompagner dans quelques rocks. C'est reparti ! Cette performance aurait pu faire un bon disque pour collectionneur : Johnny, accompagné par un groupe de Memphis, avec un solo de violon sur *Long tall Sally* et *Tutti frutti,* faut le faire !

De retour à l'hôtel, on se retape *Rock à Memphis.* Chacun apporte son avis avec la lucidité que donne le Jack Daniels. Le disque n'est pas mixé définitivement. « Peut-être qu'un peu plus de guitare ici... », ou « moins de piano à cet endroit »... On chipote et on finit par s'engueuler. Mais on veut la perfection.

Il est 5 heures du matin à Memphis, Tennessee. Johnny, qui est écroulé dans un fauteuil, enlève ses bottes avec difficulté et nous les envoie dans les jambes.

— Cassez-vous de ma chambre, les fans. Je vais dormir. Ah ! J' vous ai pas dit : on se lève tôt. Nous avons un avion à 7 h 45 pour Nashville.

***

Le nom d'une ville qui sonne comme un accord de guitare. Le vol 168 nous dépose sur un aéroport tout blanc. Il neige sur Nashville.

Nous respirons l'air du « country », ce country aux guitares qui miaulent ; le chanteur à la voix nasillarde qui répète inlassablement que sa gonzesse s'est tirée et qu'il est malheureux, c'est pas nouveau, mais à la sauce Nashville, ça passe toujours. Le country, on l'entend dès l'aéroport, dans chaque restaurant et jusque dans les toilettes. A la radio de la voiture, douze stations rivalisent sur les ondes en passant les meilleurs chanteurs du moment : Charlie Rich, John Denver, Dolly Parton et Porter Wagoner, Tom T. Hall...

Johnny est sous le charme. Il se laisse influencer. « Cette musique est extraordinaire, on ne s'en lasse pas. Elle va droit au cœur. Il faudrait que j'y pense. » Je ne peux que l'encourager et adapte en français *Help me to make it through the night* de Kris Kristopherson.

C'est la rencontre avec le vieux copain Shelby Singleton. Son studio n'a pas changé depuis qu'Elvis venait y syncoper son *hillbilly* devant un gros micro carré. Shelby cultive un mythe historique. Il en a le droit. Il est fier de mettre sous le nez de Johnny un microsillon en plastique rouge, « le premier 45 tours d'Elvis », affirme-t-il. Quand Johnny lui assure qu'il possède le même en plus ancien, en 78 tours, l'Américain change de sujet de conversation et nous donne les dates d'enregistrement.

Jack Dalton, c'est le chauffeur, dernier petit-fils d'une célèbre famille de l'Ouest, immortalisée par Morris et Goscinny, créateurs de Lucky Luke. Il nous a préparé un circuit touristique. Broadway ou Main Street, au centre de Nashville, est un piège à cons ! Boutiques pour touristes. Un cowboy d'opérette racole le client pour un magasin qui propose des petits drapeaux sudistes, des tee-shirts et guitares en chocolat. C'est pas vraiment ce qu'on cherche. Le vrai, on le trouve « down town » ou en banlieue, dans les troquets cradingues qui font penser à l'Amérique de Steinbeck, où des chanteurs sans job traînent leur ennui. Pourtant, ils jouent et chantent comme des dieux.

Les « pros » passent au « Grand Ole Opry », l'Opéra du country. » C'est ici que Presley s'est fait jeter à une audition. « On peut chanter *Blue moon of Kentucky* sans bouger les jambes », lui avait-on dit.

« C'est pas de ma faute, ça vient tout seul », avait-il répondu.

La même réflexion avait été faite à Johnny à ses débuts. Il avait répondu la même chose, je crois, et pourtant les deux chanteurs ne s'étaient pas concertés...

Ce soir-là, nous sommes dans les coulisses. Ça grouille de monde. Que ce soit derrière les rideaux ou sur scène, des musiciens, des groupies passent avec nonchalance derrière l'artiste qui chante. Le distributeur de Coca est pratiquement sur le podium. L'artiste qui se produit ce soir, Hank Snow, est un petit homme mais un grand chanteur. Après lui, c'est un groupe de Cajuns, descendants directs de Français établis en Louisiane sous Bonaparte. Ils sont heureux de rencontrer Johnny, mais ils parlent un patois de vieux français inaccessible à nos oreilles modernes.

« Mais qu'est-ce qu'ils racontent ? interroge Lee.

— Ah non, Lee ! On ne va pas servir d'interprète à un vieux ringard comme toi. Tout le monde se démerde ici ! Tu parles français, non ? »

Arrive une brochette de « groupies » attirées par l'accent français. « Whaouh ! Frenchies ! Good lovers. » Rolling, qui est à la colle avec l'une d'entre elles depuis le début, nous rencarde fraternellement : « Gaffe aux chtouilles, les mecs ! »

Le soir, Dolly Parton passe dans un cabaret. Soirée fabuleuse où tout le monde participe. Le public chante dans la salle et grimpe sur scène pour faire les chœurs. Il n'y a pas d'équivalent en France. Pas de problèmes : « Nashville is a grovie town. »

Johnny prépare ses enregistrements. Il répète ses chansons à la guitare dans sa chambre avant d'entrer en studio. Lee, comme d'habitude, est affairé et passe sa matinée l'oreille collée au téléphone. La séance est à deux heures, mais je me suis choisi un autre programme.

« Où est Chris ? interroge Johnny.

— Il a loué une bagnole. Je crois qu'il est parti voir les Indiens » avoue Lee un peu embarrassé.

Une incompatibilité d'humeur avec un confrère justifie cette fugue. J'ai besoin d'être seul. Johnny le comprend, mais me fait quand même la tête une journée, pour la forme. C'est vrai, on n'abandonne pas une équipe comme ça, en plein travail. De ce fait, je manque pas mal de chansons.

JOHNNY — A LA COUR DU ROI

Le lendemain, Johnny m'emmène dans un magasin de guitares. A Nashville, un endroit comme ça, c'est sérieux. Il essaie les guitares « country » les unes après les autres et me demande mon avis.

« Tu as joué du « folk » dans le temps, Chris. Que me conseilles-tu ? »

D'emblée, je me dirige vers l'un des meilleurs instruments, une « Super Guild » que j'essaie à mon tour avec des « onglets ». Le son est très satisfaisant, mais mes doigts accrochent. J'ai perdu l'habitude. Johnny choisit l'étui et Rolling trouve une courroie, genre ceinture de cow-boy. J'ajoute quelques cordes de rechange et une poignée de mediators. L'objet payé, Johnny sort avec. Dans la rue, il me met la poignée de l'étui dans la main. Je pense qu'il veut que je lui porte sa nouvelle guitare. « Bon anniversaire, Chris ! » Là, je manque d'air. Pensant que l'instrument était pour lui, je venais de choisir ce qu'il y avait de mieux dans la boutique et il me l'offre.

« T'as intérêt à t'y remettre. Ce que j'ai entendu tout à l'heure n'est pas très joli. »

Je sais. Jouer de la guitare n'est plus mon métier et j'ai même oublié la date de mon propre anniversaire. Pas lui ! Il est comme ça, Johnny. Ce sont des petites choses qu'il n'oublie jamais.

Dans son élan de générosité, Johnny nous invite le soir dans un restaurant exotique en dehors de la ville où les serveuses ont les nichons à l'air. Raisonnables, nous nous couchons avant minuit. J'ai hâte de retrouver mon jouet, cette nouvelle guitare qui vient de me tomber dans les bras pour mes trente-cinq ans. Ici, à Nashville, on a envie de chanter. L'inspiration est palpable à tous les coins de rues, dans les bars, sur les autoroutes et, bien sûr, dans la campagne.

Assis sur le coin de mon lit, je retrouve vite les accords oubliés et mc fais un festival pour moi tout seul de tout ce que je connais en morceaux « country ». On frappe à ma porte. J'ouvre. Devant moi, une splendide créature comme on en voit dans *Playboy*.

— Happy birthday from Mister Hallyday !

Quoi ? Mais il est fou, Jojo ! Une call-girl maintenant ! Encore un cadeau d'anniversaire ? J'attrape le téléphone :

« Jojo, c'est toi qui m'envoies une gonzesse ! Qu'est-ce que j'en fais ?

— Devine, idiot !

— Et si j'ai envie de rester seul avec ma guitare ?

— Alors, t'es un con ! T'as vu le morceau ? Si t'en veux pas, tu la fais vite rappliquer dans ma chambre. »

***

Une virée en Arkansas (pardonnez-moi d'utiliser toujours le mot « virée », mais c'est celui que nous employons. Bien sûr, je pourrais consulter le dictionnaire des synonymes, mais je préfère rester fidèle à notre vocabulaire et à nos mots de passe). L'Arkansas, donc, est l'Etat le plus déshérité des Etats-Unis. Je pense à mon copain « G.I. » des années 50, celui qui me refilait ses disques de cow-boys du temps de l'école communale. Je réalise soudain qu'il est du patelin. C'est un peu grâce à lui si je traîne par ici aujourd'hui.

Nous nous arrêtons devant un bidonville, attirés par un vieux Noir qui fait grincer son « Dobro », une guitare en métal trouée comme une passoire. « Le blues, les mecs ! On est aux sources et on n'a même pas un quelconque enregistreur. » Je me contente de prendre des photos. Des gamins, qui ne sont plus noirs mais gris de poussière, nous jettent des pierres. Puis les grands frères rappliquent, plus menaçants. « Il est temps de partir », dit le chauffeur qui commence à avoir la trouille. « Dans les bidonvilles, ils n'aiment pas que l'on prenne des photos... Et puis, nous avons la peau blanche. » Lui, maintenant, a le teint vert.

L'arrivée d'un grand Noir est providentielle. Ses cheveux blancs laissent supposer une certaine sagesse. Il explique à ses frères de race qu'il était soldat en France pendant la dernière guerre et que les Français sont des gens biens. En l'occurrence, les gens bien ne s'en tirent pas trop mal grâce à l'intervention de cet ancien combattant, mais il nous faut abandonner la pellicule sur place. En revanche, la voiture est copieusement bombardée de projectiles de toutes sortes. Par une route poussiéreuse, inondée de soleil, nous quittons l'Arkansas.

De chaque côté de la route, dans la savane, les crotales, serpents à sonnettes, nous font des bras d'honneur.

C'est au tour de Johnny de faire une « fugue », involontaire peut-être. Depuis plusieurs jours, il a dans l'œil une brunette qui travaille dans un bar. Cependant, à Nashville, Johnny n'est pas connu comme à Paris. Il doit « ramer » comme tout un chacun. Ici, nous sommes tous à égalité. L' « aura » de la vedette ne joue pas et la citadelle semble imprenable. Un soir, pourtant, la fille vient à notre table, attrape Johnny par la main et lui lance : « C'est maintenant ou jamais ! » Le Jojo est embarqué dans un camion poids-lourd conduit par un copain à elle. C'est un kidnapping. Mais pour un chanteur qui fait le poids, un camion comme celui-ci, c'est un minimum.

Deux jours plus tard, pas rasé et chiffonné, Johnny me raconte : « Oh, c'était très bien. Le lendemain, je me suis réveillé dans une maison en bois en dehors de la ville. J'avais froid. Le feu était mort dans la cheminée. Au mur, épinglée, juste une photo d'Elvis. » J'écoute avidement cette histoire romanesque. Je m'en servirai pour écrire *Il neige sur Nashville.*

En bons touristes, nous ne manquons pas la visite du musée de la « country ». Les bottes de Hank Williams voisinent avec la première guitare de Jimmy Rodgers et d'extraordinaires chemises de cow-boy brodées datant des années trente et ayant appartenu aux plus grands chanteurs country de cette époque. Des instruments de musique, objets dérisoires mais touchants, fabriqués par ces familles de pionniers qui, sous la bâche de leurs chariots, chantaient leurs espoirs, leurs misères, l'histoire de l'Amérique. Des violons aussi pour les « Square dances » du vendredi soir. Mais en France, à quand le musée de la musique, le vrai musée des années soixante, le musée du rock ?

Le disque terminé, Johnny s'offre trois jours de vacances.

« Il faut quand même voir le « dossier bottes », les gars. Ici, à Nashville, ce qu'on trouve dans les magasins est un peu faible. C'est au Texas qu'il faut aller. »

On en connaît un brin sur le sujet, mais le grand expert, c'est Jean-Bernard Hebey qui est venu nous rejoindre. Celui-là est né avec des bottes aux pieds. Gill Paquet et Lee nous accompagnent. Une balade en avion Nashville-Dallas-Fort Worth-El Paso, location d'une bagnole, traversée du Rio Grande, nous sommes au Mexique, à Juarez, la ville des bottes. Les artisans travaillent devant nous. Johnny se fait confectionner une ceinture à son nom et une paire de bottes à ses initiales.

Toute la matinée, nous essayons des bottes dans les magasins. A midi, nous avons tous, je le jure, des trous à nos chaussettes. Dans cette petite ville mexicaine, des grappes de gamins nous assaillent. Les « muchachos » nous proposent des cigarettes, de l'herbe ou leurs grandes sœurs pour quelques dollars américains. Les plus débrouillards encore sont ceux qui cirent les pompes. Sitôt brillantes, les bottes se resalissent de nouveau. Il y a du sable partout. Johnny nous entraîne dans un restaurant de son choix où l'on mange des trucs qui emportent la gueule. C'est bien connu, Jojo a un estomac d'acier qui supporte n'importe quoi, à force de digérer des steaks « barbares » assaisonnés à la poudre à canon. Il éclate de rire à nous voir gigoter sur nos chaises, la gorge en feu et les larmes aux yeux. Lui, il continue, peinard, de croquer des petits piments de toutes les couleurs comme si c'étaient des cerises.

Dans l'après-midi, retour à El Paso. La surprise, c'est Tony Lama, le « king » de la « bobotte ». Lui aussi, un boulevard porte son nom. On nous accueille dans un hall d'exposition ou s'étalent quelques centaines de bottes, des plus sobres aux plus fantaisistes.

Exceptionnellement, car nous sommes des visiteurs de marque (merci Jojo), on peut en acheter quelques paires. C'est reparti pour l'essayage. Une heure plus tard, ce ne sont plus des trous que nous avons à nos chaussettes, mais des patates. Cela est du meilleur effet lorsque nous entrons dans un nouveau magasin. Gill découvre des bottes vert et rose, avec des diamants bidon partout.

« Voilà, j'ai trouvé ce qu'il te faut, Jojo !

— Ouais, il y a le chapeau assorti. J'achète les bottes si tu prends le chapeau, à condition que tu le portes. »

Gill essaie le chapeau. Crise de rire. Je le vois très bien débarquer à l'aéroport Charles-De-Gaulle comme ça.

Le soir, le ciel rouge du Texas tombe sur le motel où personne ne se doute que nous vivons une galère pour nous déchausser. Il fait chaud, les pieds ont gonflé. Jean-Bernard saigne des orteils. Lee et Johnny préfèrent dormir les bottes aux pieds. Gill m'aide à retirer les miennes. Je pousse des hurlements de coyote qu'on égorge. Elles glissent enfin, ce qui me fait tomber à la renverse sur le lit. L'immense fou rire des copains me fait redresser vite fait. La cause de cette hilarité débordante, ce sont mes pieds, ou plutôt mes chaussettes. Il n'en reste que le haut serrant les chevilles.

Le lendemain sur le chemin de l'aéroport, pas loin du désert, nous passons devant le portail en bois d'un ranch où est accroché le traditionnel crâne de « long horn ». Sur un gros bidon de fer est assis un cow-boy. Vite démythifié, le cow-boy, avec sa salopette kaki de l'armée, un chapeau de paille défoncé sur la tête. Il ne fume pas des Marlboro comme le veut la célèbre pub, mais il se roule une cigarette avec du gros gris. Il a des baskets aux pieds (il n'est pas dingue, lui !). Mais où sont les chemises à fleurs d'antan ? Plus loin, nous rencontrons des copains à lui. Sous leurs « *chaps* » (1), on distingue de très belles bottes bien patinées. Mais ces gars-là ont le teint cuivré. Les vrais cow-boys sont des Indiens !

Notre rêve américain s'achève. Les cheveux de Johnny ont repoussé. Lee a sous le bras deux boîtes rondes en fer-blanc où sont enfermées les bandes magnétiques, de quoi sortir deux albums en France. Le Boeing nous dépose délicatement à l'aéroport Charles-De-Gaulle. Autour de la piste, le sol est recouvert d'une poudre blanche. Il neige sur Paris.

***

La neige, nous la retrouvons en Suisse, à Crans-sur-Sierre, où Johnny s'impose un petit « break » avant de reprendre la scène, histoire de perdre ce que les hamburgers lui ont donné en calories et de récupérer le sommeil qu'il a laissé accroché aux nuits blanches de Nashville. Nous passons la première soirée à Genève où l'on s'offre un dernier relais gastronomique chez notre ami Bernard Grobet, le prince des nuits genevoises qui nous attend en son « Griffin's ». Une soirée de rabiot, c'est pas méchant avant d'attaquer un régime draconien. Mais un régime seul, c'est triste. Aussi, Johnny entraîne avec lui quelques amis qui n'ont pas nécessairement besoin du même traitement que lui. Tant pis pour les maigres.

Le lendemain, à Crans, Gill Paquet qui est des nôtres découvre en face de notre hôtel un restaurant (là, je n'étonnerai personne) qui présente à sa carte un homard à toutes les sauces, des langoustes je ne sais pas quoi et des spécialités d'escargots. On se regarde : « C'est bien tentant,

(1) Diminutif de « chapaderos », surculotte en cuir qui protège les jeans des barbelés et du frottement du bétail, etc.

les mecs ! » Encore une entorse au règlement, on commencera le régime demain, parole de rockers ! Le lendemain midi, c'est sérieux. Devant son assiette d'endives bouillies, Johnny me déclare impassible : « Tu comprends, mon cher Chris, il faut quand même se remonter la caisse ici, si l'on veut continuer à faire nos conneries plus tard. »

Tous les jours, ski de fond, jogging et salle de gym nous aident à suer le « Jack Daniels » à grosses gouttes, le breuvage local qui nous a si bien arrangé les yeux entre Memphis et Nashville. L'oncle Jo a invité la famille Long Chris à partager sa retraite et mes enfants ne lui laissent pas tout à fait la paix royale à laquelle il aspire. « Johnny, viens à la piscine, Johnny, viens faire du ski. » Johnny craque avec les enfants. Il organise des courses de vélo-ski en montagne. Il rapporte du patelin d'à-côté une boîte de farces et attrapes et n'est pas le dernier à promulguer des conseils en matière de canulars à l'encontre des clients de l'hôtel qu'il trouve un peu « coincés ». J'allais oublier ces ballons gonflables qui, lancés en l'air, retombent dans les assiettes des gens (Bravo, Johnny Hallyday ! L'exemple vient de haut ! Je te croyais un garçon sérieux).

Le jour du départ, nous « recraquons » au restaurant des langoustes et, très naturellement, nous dînons le soir au Griffin's où, prendre un verre au club s'impose. Il n'y a pas d'orchestre et c'est dommage car Johnny est en super-forme. Il aurait aimé faire un « bœuf ». Assis avec nous autour de la table basse, il chante sur les disques qui passent en claquant sa main sur sa cuisse pour mieux rythmer. Un verre tombe de temps en temps.

Après la ballade à Nashville et le rock, c'est un retour aux chansons originales. Gilles Thibault et Gérard Layani proposent *Requiem pour un fou* suivi des *Chiens de paille* filmé par Claude Mulot. On peut déjà donner à ce court-métrage l'étiquette de « clip ». A Paris, c'est Johnny qui déniche *Dont' play your rock n'roll to me.* Il me confie ce titre qui, une fois adapté, devient le cynique *Joue pas de rock n'roll pour moi.* Jacques Revaux découvre un jeune compositeur américain, Tommy Cole, lequel nous donne *The king is dead* que nous habillons en *Gabrielle* avec le copain Patrick Larue. C'est seulement au début de 1977 que fut enregistré *Il neige sur Nashville.* Ce texte, écrit deux années auparavant, fut mis en musique par Franck Langolff que je rencontrai à Crans. Nashville ! Deux ans déjà ! Ah... Souvenirs, souvenirs...

⁂

« Je veux faire un truc de dingue, un truc de malade. Un mélange de théâtre et de rock. Le Palais des Sports a la dimension qu'il faut pour ce grand délire. J'ai mon idée ! »

Au printemps 1982, on a encore en mémoire quelques rumeurs : « Le grand Johnny semble fatigué, sa musique est moins violente. » On veut nous donner l'image d'un Johnny pantouflard. « L'idole des années 60 s'est enfin assagie. Il passe de paisibles soirées au coin du feu. »

« Conneries, proteste Johnny. Au coin du feu ! Je vais leur en donner, du feu : le spectacle que j'ai l'intention de monter va clouer la gueule de certains et je vous signale qu'il restera dans la mémoire des gens pendant longtemps ! »

Johnny est capable de tout ; c'est le branle-bas de combat. Il rappelle la vieille équipe : « Je vais vous exposer mon idée et vous allez broder quelque chose autour du sujet. Point de départ : un mélange de Mad Max et de Moyen Age dans un monde apocalyptique où je serai le seul survivant. OK ? Bon. Nous partons en « séminaire » à l'Alpe d'Huez, où une amie met à notre disposition tout un étage de son hôtel. Mais attention, les mecs ? Pas de ski, pas de boîtes, pas de gonzesses (éclats de rire), non ! non, répète Jojo. Du boulot, du boulot, du boulot ! »

Un ciel bleu arrogant, une neige superbe. La « Ménandière » n'est pas loin des remontées mécaniques. C'est vachement tentant. Encore une fois, on va s'enfermer dans une prison dorée sans mettre le bout du nez dehors. On est tricard pour huit jours, mais boulot, boulot, a dit Johnny. Exécution.

Sur les menaces du patron, personne n'a osé emporter de skis (il sera toujours temps d'en louer sur place, le cas échéant).

Une dizaine de personnes sont enfouies dans les gros fauteuils du living ; c'est le briefing. Le professeur Jojo est debout et développe son idée.

C'est à Jean Renard qui partagera la composition des musiques avec Bruno Victoire, guitariste de l'orchestre de Johnny que revient la responsabilité du spectacle. Pierre Billon et Patrick Larue écriront les textes. En tant que copain et conseiller, je ferai une chanson pour marquer le coup. Alain Donna, secrétaire, garde le contact avec Paris. Enfin Claude Mulot, metteur en scène, filmera le spectacle. « Maintenant, à vous les mecs ! Balancez vos idées. » Avec Jean Renard, nous rapportons du restaurant une pile de nappes en papier et je commence à griffonner au marqueur un schéma où l'on distingue la scène du Palais des Sports. Ayant, je pense, bien compris le désir de Johnny, je propose comme décor un fond de ciel rouge avec deux lunes jumelles et bien rondes, accrochées dans un coin. Une tour Eiffel brisée en trois morceaux et un blockhaus pour remplacer le podium ; des carcasses de voitures et un souterrain d'où sortirait le « Survivant ». Une cité en ruines autour de la scène, recouverte d'une végétation étrange dans laquelle évolueraient des personnages vêtus dans le style du Moyen Age. Pendant les trois premiers jours, tout le monde s'amuse à faire des découpages, des collages. On ajoute des trucs, on enlève des machins. Johnny nous laisse quand même quartier libre le matin. Billon et moi, nous louons des skis. C'était à prévoir.

Il y a désormais deux équipes, celle qui fait du ski et l'autre qui se démolit la caisse en boîte. On ne se rencontre jamais, excepté l'après-midi pour le travail. Alain Donna monopolise le téléphone. Il est en ligne avec Paris. Johnny veut des cascadeurs (il est question de bagarres sur scène), des musiciens qui tiennent physiquement le coup pour un spectacle qui doit durer trois heures, des décorateurs prêts à créer des trucs gigantesques, comme ils n'en ont jamais fait. Il faut prévenir et engager tous ces professionnels longtemps à l'avance.

Un matin, Bruno monte à la chambre de Johnny, guitare sous le bras, pour lui proposer une musique qu'il vient de composer. Le séminariste Jojo n'est pas tout seul.

« Ben, j' croyais qu'on n'avait pas droit aux gonzesses ! s'étonne Bruno.

— Ecoute, c'est pas de ma faute, se défend Johnny. Elle est venue ce matin dans ma chambre m'apporter des crêpes et elle est restée. D'ailleurs, elle fait très bien les crêpes !

— C'est tout ce qu'elle fait de bien ? » se renseigne le guitariste.

Johnny, torse nu, assis dans le lit, se marre. La fille pique un fard, glisse sous le drap. On ne voit plus que des petits yeux inquiets et un bout de nez qui dépasse.

« Et puis, merde, vous n'avez qu'à draguer le matin !

— C'est bien connu », répond Bruno, toujours debout, dans la chambre où traîne encore le plateau du petit déjeuner, avec quelques morceaux de crêpe encore comestibles. Le musicien picore et ajoute, la bouche pleine :

« Draguer le matin et conclure avant midi, surtout aux sports d'hiver, y'a rien d' plus facile. »

Nouvel éclat de rire de Johnny. « Démerdez-vous, les mecs ! Démerdez-vous ! Faites-vous livrer des crêpes ! ».

Cette fois, la fille disparaît complètement sous les couvertures et un Jojo à poil s'éjecte du lit de fort bonne humeur. Le travail de la semaine est satisfaisant et prometteur. On rentre. Les valises et les guitares sont entassées devant la porte de l'hôtel. Nous attendons deux taxis. « Où est Johnny ? »

s'inquiète Billon. Jacques, le gérant de la « Ménandière », qui fait ses adieux à la joyeuse clique, lève les yeux vers la montagne. « Johnny ? Il raccompagne une fille chez elle, en hélicoptère.

— Ah ! dit quelqu'un, et où habite la mignonne ?

— A Waterloo », répond Jacky très sérieusement.

Dès son retour, Johnny se précipite au Palais des Sports. Sous cet immense champignon absolument vide, il monte lentement entre les travées où, habituellement, la foule se déchaîne. Un silence pesant tombe sur ses épaules. Il s'arrête et, du plus loin qu'il peut se situer, fixe la scène dans sa nudité complète. Il imagine son spectacle. Tel le visiteur qui cherche la sérénité dans une cathédrale, Johnny se recueille.

***

Septembre, Porte de Versailles. A l'intérieur de l'hémicycle, à regarder la tête des gens, l'effet de surprise que produit le décor est évident. La foule s'inquiète, des enfants sont apeurés ; des hommes, la bouche en portemanteau, s'étonnent. D'autres approuvent d'un hochement de tête professionnel ou d'une moue approbatrice. On ne sait pas encore où l'on est tombé. On pense au planétarium du Palais de la Découverte, et, pourquoi pas, à 20 000 lieues sous les terres ?

Un orage éclate et les éclairs rejaillissent dans la salle. « C'est dehors ? » interroge une grosse dame. Un vent sinistre dissipe une fumée bleue et laisse apparaître sur cette scène immense les ombres des mutants aux corps informes, marchant à l'aveuglette, une torche à la main, au rythme d'un chant liturgique. « C'est la nuit des deux lunes, un homme revient du domaine des ombres... C'est le Survivant. »

Il pète de santé, le Survivant, blond comme un dieu viking. Il en a le faste et l'apparat. Lentement, il se débarrasse des peaux de bête qui recouvrent son uniforme d'ange de l'enfer, cuir noir et chaînes de fer. Une beauté pleine d'ambiguïté, presque féminine, mais il possède l'assurance du mâle qui sent bon le cuir.

Public chéri, ce Johnny-là, tu ne le connais pas. Il est ici pour t'en mettre plein la poire, pour te violer, pour te mettre en pièces. As-tu remarqué ce méchant rictus au coin de sa bouche ? Il ne te laissera partir de cet hémisphère que lorsque tu auras demandé grâce. Quand la musique absorbée par ton cerveau te sortira par les oreilles, comme un flot de verre pilé. Lorsque ton petit cœur d'asticot aura battu plus fort que d'habitude et que, inquiet, tu porteras tes petites mains, serrant encore le ticket d'entrée, sur ta poitrine. Et cette gorge sèche qui brûle, cette sensation d'avoir du sable dans la bouche... Si le courage ne t'a pas abandonné en pénétrant dans cet enfer, tu peux toujours lever les fesses de ton fauteuil, descendre les gradins, ramper sur la scène et implorer le Survivant de te laisser lécher sa sueur ; cela te désaltérera peut-être, immonde profiteur. Public haïssable, tu viens te repaître de la détresse de mon ami.

Mais les mutants s'approchent, titubants. Johnny pointe son index dans leur direction. Leurs poitrines décharnées éclatent en flammes. Le Survivant revient à la surface de la terre pour vivre ses fantasmes. Il s'empare d'un micro ! Ici, on est un peu dérouté. Le micro nous étonne. On était en plein theâtre, en plein rêve, on avait presque oublié que Johnny devait chanter. Sa guitare en forme de hache de bourreau est portée très bas sur les cuisses. Martelant les accords, il s'en prend à la peur. « Elle fait l'amour... avec l'horreur. » Johnny est suivi d'une Vampirella blonde comme une lionne, sanglée de cuir noir. Elle a des jambes de fusées, la fille ! Elle se fait dévorer par une meute de vrais chiens enragés pendant que Johnny se bat contre un géant noir deux fois plus large que lui, mais il finit par lui sortir les tripes à la pointe de son poignard. Lentement, les hommes-chiens aux mâchoires bardées de fer sortent de terre, armés de haches et de lances au triple tranchant. Les Huns, aux élégantes coiffures punks, les Ostrogoths, les Wisigoths, tout ce beau monde s'empare de mon Jojo qui saigne de partout. On le crucifie sur une grille à laquelle le feu s'attaque ; c'est très beau. Soudain, il se rebiffe, le crucifié, et envoie valdinguer ses bourreaux dans les pâquerettes, à l'exception d'un seul, plus coriace que les autres, qui lui allonge un véritable coup de hache inopiné sur la hanche. Mauvaise synchro de la cascade ? Johnny encaisse, ne pouvant interrompre un spectacle de cette importance. Il embraye et balance un coup de pompe dans les roubignoles de son adversaire (cascade prévue). Le médecin de Johnny présent dans sa loge constate la gravité du coup reçu sur la hanche et lui fera tous les soirs une série de piqûres pour qu'il puisse tenir le coup. Après le spectacle Johnny devra subir une intervention chirurgicale. Cependant, il continue tous les soirs à assurer son numéro de cascade, avec opiniâtreté et courage.

A partir de maintenant, le Survivant doit faire semblant. Il doit jouer son rôle jusqu'au bout, ne pas s'effondrer et vivre — étrange coïncidence — le texte de sa chanson à la lettre, « poursuivi par la Mort conduisant le char des condamnés. Ecrasant les corps de ceux qui sont tombés ». Mais Johnny ne tombe pas.

Il vient d'imposer le silence à la salle entière. D'un air inspiré, il baisse les yeux. On a compris jusqu'au dernier strapontin. Le public a l'habitude : c'est une chanson d'amour qu'il va nous chanter là. De sa voix d'enfant boudeur, un peu gêné, pudique devant tout le monde, il s'en remet au micro : « J'aimerais dédier cette chanson (silence d'acier, avec léger écho sur sa voix)... à la femme la plus formidable que je connaisse » (silence respectueux). Puis, après une petite hésitation, il jette dans un souffle : « Nathalie, cette chanson est pour toi » (murmures attendris). Seul dans l'obscurité, sur cette scène assiégée par cinq mille personnes et sans aucun accompagnement musical, il murmure sa chanson du bout des lèvres. « ... Il nous faudra... parler d'amour un jour. » Trois minutes où il se fait plaisir en s'imprégnant de l'image de la dame de son cœur, et son hymne s'achève dans un bain d'exaltation sublimé.

Tout à coup, les lumières jaillissent de partout. Les yeux des p'tits fans clignotent. Les musiciens ont profité de la pénombre de tout à l'heure pour se regrouper autour du grand John. « Whaou... Le jour de ma naissance, un scarabée est mort »... On est en plein hard, opéra rock ; il est plastic brûlant, métal hurlant ; il est bande dessinée, il est évangile. Il y a là tous les bleus indigo, les rouges de la cour d'Espagne aux relents d'Inquisition ; il y a de l'or en phare... éclaboussés par un océan en furie. Mais bon sang ! Que viennent faire ces « cartes postales d'Alabama » dans ce décor d'apocalypse où les flaques de sang ne sont pas encore séchées sur les planches de la scène ? Voilà des façons singulières de réveiller les gens !

La deuxième partie du spectacle, déjà mieux connue du public, nous fait revenir sur terre. Ceux que le Survivant a impressionnés sont rassurés. Nous cédons le podium aux grands classiques : *Les coups, Jusqu'à minuit, Je suis seul, le Pénitencier, Gabrielle.* Ah, et *Le bon vieux temps du rock and roll.* Avec son *Blue suede shoes* et son *Tutti frutti,* on repart avec *Whole lotta of Shakin goin' on,* que l'on jouera encore dans deux mille ans. Tous ces titres sont taillés dans le roc et interprétés avec une telle personnalité, un tel investissement spirituel que l'on a envie de s'exclamer : « LE ROCK'N ROLL EXISTE, IL EST FRANÇAIS ! »

***

Au téléphone, une voix essaie de se déguiser. « Aurais-je l'honneur de parler au grand antiquaire cow-boy Long Chris ? ».

Il n'y en a qu'un pour s'annoncer de la sorte : Jojo !

« Je passe te prendre à ton magasin. On déjeune dans le coin, j'ai une surprise pour toi. »

JOHNNY — A LA COUR DU ROI

Entre le café et le cognac, Johnny me met sous le nez un billet d'avion : Paris-New York-Nashville.

« Je t'embarque avec moi, si toutefois ça te dit.

— Tu parles ! Ça tombe à pic. Je commençais à me rouiller comme un vieux sabre dans son fourreau. »

Sollicité par Antoine de Caunes pour sa célèbre émission *Les enfants du rock,* Johnny ne s'est pas fait prier non plus. Pierre Billon est du voyage. Il produira par la même occasion deux 30 cm de Johnny. Nos copains musiciens, « les deux Eric », Bamy et Bouad, sont déjà sur place et préparent la mixture des arrangements musicaux. A la pendule du temps, c'est le 11 janvier 1984 (je n'y peux rien, il doit encore neiger sur Nashville et cela ne surprendra personne).

« Back again to Nashville. » Cette petite fille du Tennessee a grandi. Plus de deux cents studios d'enregistrement se font maintenant concurrence. La grande majorité de la population vit de la musique. Tout le showbiz américain (et d'ailleurs) vient s'y abreuver en nouvelles techniques et prend la température des couleurs à la mode. La country music est toujours la religion du coin. Don Williams est à l'honneur ; Kenny Rodgers exagère dans la variété. Une nouvelle tendance venue du Texas est très écoutée, la « outlaw music », dont les seigneurs sont Willie Nelson, l'Indien blanc à la voix pincée, et Waylon Jennings, cow-boy brun au timbre grave et premier bassiste de Buddy Holly, celui des Crickets.

Avec Billon, j'écoute les nouvelles chansons. Nous écrivons des textes chacun de notre côté, faisons le choix des meilleurs phrases et cosignons un rock de l'indispensable Jerry Lee Lewis, *I betcha you gonna like it* (je sais que tu ne peux pas trouver mieux ailleurs) et une très belle chanson de Kenny Rodgers, *I wish that I could be hurt that way again* (j'aimerais pouvoir encore souffrir comme ça). Pierre adapte un titre des Everly Brothers, *Nashville blues,* pour rester dans le ton.

A « Music city », moins de cow-boy, moins de chapeaux

dans les rues. C'est l'hiver. Le pull à col roulé est porté sous d'épaisses chemises écossaises dans le genre bûcheron. Encore un truc à nous faire cavaler dans les magasins. A travers les rayons, Johnny récupère tout son monde :

« Vous savez à quoi vous ressemblez, les mecs ? On dirait des bonnes femmes au moment des soldes dans un grand magasin ! »

La voiture nous dépose devant le studio. Un cow-boy est planté sur le trottoir. Sous son chapeau se cache une gueule burinée, mangée par une barbe roussie par le tabac. Son complet « jean » a perdu tout son « blue » et des bottes sans âge et sans couleurs rebiquent du bout.

« Tiens, s'exclame Jojo, ça c'est un vrai.

Tout le monde acquiesse.

— Il y a longtemps qu'on n'en a pas vu des comme ça. Il sent bon la cambrousse, celui-là.

— Regardez, les mecs ! Cette façon de mettre ses mains dans les poches de son blouson !

— Faudrait se le ramener en souvenir ! »

Toute la joyeuse équipe s'engouffre dans le studio et déballe le dossier chansons. Dix minutes plus tard, je sors acheter des cigarettes. Le cow-boy est toujours là. Le chapeau sur les yeux, il s'avance vers moi :

« Té, Long Chris, tu crois que je peux aller dire bonjour à Johnny. Je n'ai pas osé tout à l'heure. »

Tout ça, « avé » l'accent de la Canebière. Il y a de quoi vaciller sur les talons ! « Alors toi, l'oiseau, tu nous as eus. » Je ramène le cow-boy marseillais au studio. Etonnement de tout le monde. Il a craqué, il y a trois ans dit-il, pour la country music. En quittant sa Provence pour le Tennessee, il est allé jusqu'au bout de ses rêves, gratouille un peu de guitare et trouve un job de temps en temps quand le petit ventre réclame son hamburger. On le garde avec nous quelques jours.

Mardi matin, rendez-vous chez « Spatz », un troquet aux

murs recouverts de photos et de signatures. Il n'y a plus un centimètre carré pour y apposer la nôtre. Don Everly est déjà là devant sa bière, un peu grassouillet, mais quand il prend sa guitare, on n'y pense plus. Répétition en duo avec Johnny sur *Nashville Blues.* L'après-midi, dans le cadre du grand Ole Opry, tournage avec Emmylou Harris, cette grande et jolie fée du country qui interprète *To daddy,* puis en duo avec Johnny *If I was a carpenter.* Une troisième guitare accompagne ce « beautiful couple ». C'est Tony Joe White avec qui Johnny enregistrera *Polk salad Annie* en public dans un pub country, The Suttler's. On a droit a un petit supplément avec le très évident *Whole lotta of shakin goin' on,* qui colle toujours bien à Johnny.

Comme à la très vieille époque des premières tournées, je partage au Spence Manor la chambre de Johnny (oui, mesdames), chambre spacieuse, deux grands lits avec télé, un salon avec une télé également, aux toilettes seulement le téléphone, c'est déjà pas mal. On dirait une chambre de célibataire. La guitare sur le fauteuil est recouverte de tee-shirts. Les bottes jonchent le sol et bavent leurs chaussettes. Les disques dans un coin, les pochettes de l'autre. L'indispensable bouteille de Jack Daniels (pour les copains) se perd parmi les magnums d'eau minérale (Jojo est sérieux lorsqu'il travaille). Quant aux paquets de Gitanes, il y en a sur tous les meubles. Attention, voilà Jojo qui rentre.

« Mais c'est pas vrai, Christian ! Quel bordel ! Je n'ai jamais vu quelqu'un aussi désordonné que toi.

— Mais, Jean-Philippe, on vit à deux là-dedans. Je n'ai jamais vu quelqu'un qui a autant de fringues. Et puis, ce n'est pas moi qui fume des Gitane.

— Non, mais c'est toi qui collectionne les tee-shirts. Et ça ! Des p'tits robots ! Des fusées ! La guerre des étoiles ! A ton âge ! »

On dirait un couple de vieux pédés qui s'engueulent. De toute façon, la femme de ménage mettra fin à cette querelle futile. Coup de téléphone. C'est Nathalie qui appelle de Paris. Discrètement, je quitte la chambre pour m'installer dans le salon. Subitement, le ton de la conversation monte et couvre le son de la télé. Les amants terribles se déchireraient-ils d'un continent à l'autre ? Je préfère quitter l'appartement et ne rien entendre.

Dimanche, répétition et tournage au Sound Emporium Studio avec Carl Perkins et les Stray cats. Ces sales petites bêtes ne peuvent jouer qu'avec une caisse de bière à leurs pieds. C'est presque un ultimatum (Soyez gentils, les « cats », on jouait du rock n' roll alors que vous faisiez encore pipi dans vos langes). C'est à moi de dénicher la bibine, denrée rare à Nashville, surtout passé minuit, où l'alcool ne traîne pas à tous les coins de rue. J'ai l'idée de revenir à l'hôtel et de mettre dans la main du concierge un billet vert ; une demi-heure plus tard, je suis livré. Carl Perkins est un monsieur qui ne fait pas de caprice. La cinquantaine, les tempes argentées, je le situe physiquement entre le patron d'un ranch et le Pdg d'une société pétrolière au Texas. Grande classe, tenue country sobre et de bon goût. Il me semble que Johnny est impressionné par l'ancien, car il est nerveux. Le casque du playback lui aplatit les cheveux. Il ajuste sans arrêt les écouteurs. Moulé dans un tee-shirt noir, il se tâte les biceps comme s'il se préparait à un combat quelconque. Avec Carl Perkins, il attaque *Blue suede shoes,* cet immense classique du tout début qui n'a pas vieilli. Ce duo représente quelque chose pour Johnny, peut-être un aboutissement. Avec les Stray Cats, Johnny interprète *That's all right mamma.* C'est certainement la première chanson d'Elvis Presley, du rock a billy qui, avec un coup de peinture neuve, repart pour un tour. Nous nageons en plein folklore rock n'rollesque. Si tout à l'heure, Johnny était impressionné par Carl Perkins, les Cats, eux, sont intimidés par Johnny. Enfin l'apothéose : Johnny-Stray Cats-Perkins. Trois générations de rockers se défoncent sur *Johnny B. good.*

Rentré au Spencer Manor, Jojo déclare : « Grande fatigue ! Je regarde un bout de film à la télé et je me couche. » Le « bout de film » à peine entamé, les paupières tombent comme des rideaux de plomb. Les fringues et les bottes sont jetées aux quatre coins de la chambre, comme toujours. C'est à celui qui plongera le premier dans son lit. Quel pied ! Les joies les plus simples sont les meilleures. Tout à coup, un phénomène bruyant nous fait lever les yeux au plafond, puis on se regarde en ouvrant de grands yeux. Non ? C'est pas vrai, de la musique à pleines volées, du rock qui nous arrive du plafond et des murs. Le « Spence Manor » est un hôtel de musiciens, ça on le sait, mais ces gars-là écoutent de la musique à haut voltage à n'importe quelle heure. Ça on aurait pu s'en douter. Aussi, on ne peut pas leur en vouloir, nous avons été coutumiers du fait et on le refera certainement encore. Avec du coton dans les oreilles, on doit pouvoir s'endormir. Oui, c'est déjà mieux. Non, le téléphone maintenant. Johnny décroche. C'est Nathalie one more time.

« Quoi ! Vous écoutez encore de la musique à cette heure ?

— Mais ce n'est pas nous », se défend Johnny comme un petit garçon pris en faute.

Ils recommencent à s'engueuler, c'est bon signe : c'est qu'ils s'aiment. Cette fois, je m'enfonce sous les couvertures. La suite ne m'intéresse plus.

A présent, c'est râpé. On ne peut vraiment plus fermer l'œil. On s'interroge. « Que faisons-nous ? » On enfile les jeans et les bottes. « Allons voir chez nos voisins comment ça se passe. » Les voisins, porte en face grande ouverte, ce sont les Kiss, chevelus et immenses. Ils donnent une représentation ici à Nashville. Ils sont à poil dans leur chambre avec une serviette passée autour de la taille. Leur calme et leur gentillesse contrastent avec le déchaînement qu'ils provoquent sur scène. A droite, derrière la porte, les musiciens de Don Williams ont l'air de fêter quelque chose. Au-dessus de nos têtes, ce sont ceux de Johnny Cash qui font sarabande

Tous ces branquignols circulent d'une chambre à l'autre, le joint au bec. Nous sommes cordialement invités dans la suite de l'un d'entre eux, certainement très populaire, mais j'ai oublié son nom. A l'allure à laquelle le Jack Daniels s'évapore, ces jeunes gens devraient se débrouiller pour l'acheter au prix de gros. On se repasse les guitares. Johnny étonne avec le répertoire de Lonnie Donegan. Les Américains n'imaginaient pas les Français « branchés » à ce point. Un musicien fait écouter à Johnny deux de ses compositions avec l'espoir de les lui « placer », mais maintenant nous n'avons plus la tête. Nous saluons plusieurs fois la compagnie qui essaie de nous retenir. Même si l'hôtel s'effondre, plus rien ne nous empêchera de dormir.

Je me suis trompé. Le compositeur du dessus, qui a proposé à Johnny ses deux titres, nous fait un savant matraquage. Il repasse inlassablement la cassette des deux morceaux et cela jusqu'à 8 heures du matin !

Le soir, le compositeur obstiné me coince dans l'escalier :

— Voulez-vous donner cette cassette à Johnny Hallyday ? Cela peut l'intéresser. Mon numéro de téléphone est dessus.

Ben voyons ! Au cas où on aurait oublié la mélodie... Il est pas vrai, ce mec. Il faudrait l'empailler. Des comme ça, y'en a plus !

J'ai toujours la cassette et la repasserai un matin à Johnny. S'il est réfractaire à la sonnerie du réveil, ça lui fera toujours plaisir.

C'est le dernier jour. Jojo a terminé son travail (une émission télé et vingt chansons mises en boîte en quinze jours) et il s'octroie un peu de liberté ; un cinoche pour commencer avec un film où les Russes entreposent des blue-jeans en guise de monnaie d'échange pour troquer je ne sais plus quoi avec je ne sais plus qui. On regarde ça avec un gros cornet de pop-corn sur les genoux. Son carton vide, Jojo m'interroge : « T'as pas faim, toi. Je connais un resto dingue qui va te plaire. »

JOHNNY — A LA COUR DU ROI

Des restos, Jojo n'en a pas vu beaucoup pendant son séjour. Il se calait l'estomac sur place dans les studios ou sur un plateau de tournage avec des hamburgers ou des trucs comme ça quand il en avait le temps. Mais le resto dingue de Jojo vaut la peine d'être décrit. Planté dans la campagne près de l'aéroport, c'est la reconstitution d'une ferme normande bombardée au tiers (la nostalgie est un des piments de la vie américaine). On y accède par une petite route défoncée (trous d'obus) où de chaque côté se sont consumées des épaves de jeeps Willy's et de GMC. Un Sherman est encore en bon état et nous souhaite la bienvenue du bout de son canon de 75 mm. L'entrée de la ferme est protégée par des sacs de sable et des barbelés. Des infirmières nous accueillent et nous donnent la carte. Le nom du restaurant, « 101st AIRBORNE » (célèbre unité parachutiste qui sauta autour de Sainte-Mère-l'Eglise en 1944). A l'intérieur, les murs sont décorés de souvenirs de la dernière guerre, des publicités d'époque : Lucky strike, Coca Cola, se superposent sur les colombages. On a le plaisir d'entendre décoller les avions de l'aéroport dans leur vrombissement bien connu, ce qui ajoute une note d'authenticité au reste. Quant à la musique de fond : des marches militaires — on s'en doute — interrompues de temps en temps par une rafale de mitrailleuse sortie d'un haut-parleur, ce qui fait rentrer la tête dans les épaules de celui qui vient ici pour la première fois... Je peux affirmer toutefois que le menu n'a rien du « rata » traditionnel.

La boîte la plus proche est un véritable saloon pour les campagnards du coin. Nous y abandonnons nos derniers dollars dans des boissons au goût étrange mais bien d'ici, qui vous coiffent vite fait d'une casquette de bronze. A ce propos, deux flics montent la garde à la sortie de la boîte et contrôlent l'état des clients qui doivent reprendre la route. Logiquement, à notre stade, nous devrions dormir cette nuit dans une quelconque prison de Nashville. Johnny émerge à travers les danseurs du square dance, avec l'allure d'un cow-boy qui a passé sa journée sur le dos d'un cheval de rodéo, et frôle de dix centimètres un des représentants de la loi, qui le harponne au passage :

« Avez-vous l'intention de conduire votre véhicule, monsieur ?

— Bien sûr. Pas vous ? Vous n'avez pas l'intention de conduire le vôtre ? »

Nous avons appris au cours du premier voyage, de la bouche du copain de Jerry Lee Lewis, que les flics U.S. sont dépourvus d'humour. Ces deux-là correspondent aux normes mais, fort heureusement, ne comprennent pas le français. Etant, je pense, le moins allumé de la bande, je rassure les autorités locales en leur présentant entre le pouce et l'index les clefs du véhicule qui nous a amenés et que je me propose de conduire.

Je ramène les éclopés à l'hôtel ; je dois même en traîner quelques-uns jusqu'à leur chambre, c'est tout juste si je ne les borde pas. Au moment où je m'inquiète pour Johnny, il me tape sur l'épaule : « T'as pas faim, toi ? » La voiture est au parking. Nous continuons à pied l'exploration des lieux nocturnes. Un air frais nous brûle les narines. C'est pas mauvais pour ce qu'on a.

Chez « Mack's », on fait la fermeture. Il est d'usage d'aller se goinfrer un dernier hamburger dans ce « Honky tonk » douteux où je ne mangerais pas par terre. Le chef cuisinier est une montagne noire qui sue à grosses gouttes dans un tee-shirt blanc (si tu veux te couper l'appétit, tu jettes un œil sur la cuisine). Non, je raconte des conneries, les hamburgers sont fameux, ça vaut le déplacement. Seul le résultat compte, pas vrai ? De toute façon, on n'arrive pas à décoller nos fesses des tabourets et il y a toujours un type invraisemblable, agrippé au bar de plastique rétro, pour nous tenir le crachoir. Des Français à Nashville, c'est pas croyable. Ils en profitent.

La sauvageonne qui nous sert est super-mignonne, mais elle a les ongles en deuil. Si elle te griffe le dos, t'es bon pour le tétanos. Par association d'idées, nous remarquons en fin de séjour que le dossier gonzesses a été un peu faiblard cette fois, mais ça ne fait rien, on est bien entre mecs.

A quatre heures du matin, il y a encore deux fermiers en chapeaux de paille et petites lunettes cerclées de métal qui écoutent le cow-boy du juke-box chanter qu'il - marche - seul - le - long - de - la - voie - ferrée - avec - des - larmes - plein - les - yeux - et - qu'il - ne - trouve - pas - le - moyen - de - rentrer - chez - lui (c'est un peu le cas de ces deux types). Encore deux flics, pas les mêmes que tout à l'heure, avec des chemises qui nous font rêver, recouvertes de badges incroyables. Ils regardent d'un sale œil, du fond de la salle, Johnny qui commence à faire du pétard. A propos de pétard, juste derrière les flics, une paumée du coin se roule un joint, comme pour les provoquer. Le problème de Johnny, c'est que le taulier refuse de lui vendre de la sauce « Ketchup » maison. C'est vrai qu'elle est super, cette foutue sauce. J'ai été obligé de voler la bouteille pour lui. Jojo est un grand collectionneur de sauces.

A présent, les néons crasseux aux couleurs violentes vont s'éteindre. Dehors, il fait presque jour. Johnny fait son calcul : avec le décalage horaire, Nathalie doit dormir encore (il parle seul). « Mais qu'elle ne s'imagine pas qu'à Nashville je suis un enfant perdu. »

Le quartier que nous traversons pour arriver à notre hôtel luxueux n'est pas joli, joli.

Il fait froid.

Les poings enfoncés dans les poches de nos anoraks gris-bleu de l'U.S. Air Force, nous remontons une ruelle bordée de murs de briques violettes à force d'être rouges dans lesquels s'encastrent de petites maisons en bois que l'on peut prendre pour des baraques de pêcheurs.

Des stalactites pendent d'un inextricable réseau de fils électriques qui longent les trottoirs recouverts d'une neige sale. Des chiens pâles fouinent d'une poubelle à l'autre. Je songe à la *Fureur de vivre,* à *West side story,* et *Star Wars,* à nos retours à pied du Golf Drouot jusqu'à la Trinité ou Vaugirard. J'imagine un poète des rues qui devrait se trouver là à cet instant, ou à un photographe aux doigts maigres dont l'appareil serait chargé en noir et blanc. Un locataire barbu sort de son trou et balance ses déchets de la veille dans le ruisseau. Il éructe à notre passage. Johnny marche à quelques mètres devant moi, le dos voûté, froid au nez, et le cœur chagrin. Une boîte de conserves qui se trouve sur son chemin reçoit un coup de pied dans les côtes sans savoir pourquoi. Elle rebondit plusieurs fois avec un cri métallique. Le silence revenu, le « Français », qui intriguait tout à l'heure les traînards du Honky tonk, relève son col et, avec le matin dans la voix, entame :

« Je veux t'emmener à Nashville.
Là où je ne suis pas né.
Te montrer les rues de Nashville.
Là où je n'ai jamais joué... »

Et comme à la fin d'un film américain, une guitare lui répond de l'autre bout de la cité, d'un son plaintif, creux et ondulé. Sous le ciel rose du Tennessee, un accord de blues s'étire...

Chapitre 6

OFFENBOURG, SP 69603

« Quand Jésus-Christ créa la Coloniale
Il décréta qu' fallait des hommes costauds
Des hommes costauds,.. »
Chant de l'Infanterie de marine.

Le pont de Kehl, c'est celui qui a les pieds dans le Rhin, à la frontière franco-allemande. Un CRS piétine dans son poste de garde aux larges fenêtres vitrées que le givre recouvre comme une feuille de papier calque. Il a froid et avale par petites gorgées un Viandox brûlant. D'un œil las, il regarde une voiture qui vient de s'arrêter. La vitre se baisse. C'est un militaire français qui, assis à l'arrière du véhicule, attend que le policier vienne lui demander sa « perm ». Le CRS essuie la buée qui colle aux carreaux de la porte du poste et fait signe au permissionnaire de se déplacer. Voilà une démarche que le militaire n'avait pas prévue. Ça ne l'arrange même pas du tout de sortir de la vieille Panhard stationnée devant la barrière baissée. Il y a encore quelques plaques de neige durcie et sale sur le sol. C'est l'hiver, mais ce n'est pas le froid que redoutent les occupants de la voiture.

On passe, d'habitude, la frontière comme ça, les doigts dans le pif, sur un geste désinvolte du douanier. On va s'amuser à Strasbourg jusqu'au moment où l'horloge de la place Kléber nous fait signe qu'il est temps de rentrer. Alors on revient par le même chemin. Pas de problème.

Pas de problème jusqu'à ce soir. La barrière est toujours baissée et maintenant le CRS insiste avec des gestes d'impatience. C'est au soldat de se déplacer jusqu'à lui…

« Je crois que tu devrais quand même lui apporter ta " perm ", Johnny. Sinon, il va nous emmerder.

— Oui, oui, c'est ça, sors de la bagnole, surenchérit Raymond Donnez, qui pouffe méchamment de rire à côté de moi. »

De son poste, le CRS voit le grand corps du soldat se déplier de la voiture, son béret bleu à ancre d'or sur le crâne, la veste kaki, puis le pantalon… Un jean délavé ! Les chaussures ? Des bottes de cow-boy en cuir rouge avec des fleurs blanches sur la tige. Le règlement stipule qu'un permissionnaire doit sortir en ville en uniforme.

Bien sûr, à Strasbourg, Johnny ne sort pas dans les boîtes en soldat. Alors il a imaginé ce subterfuge : revêtir le minimum d'effets militaires, juste ce qu'il faut pour passer la frontière planqué au fond d'une voiture. On peut enlever tout ça en deux secondes, mettre un blouson de cuir et le tour est joué. Hé ! Le pot aux roses est découvert. Dans la bagnole, on rigole bien, mais on rit jaune. Le CRS, cette fois, sort de son aquarium. Il ne comprend pas. S'agit-il d'un civil avec le haut d'un militaire ou bien… Il s'approche et reconnaît Johnny qui ne sait pas encore à quelle sauce il va être mangé. Le policier a pigé. Bon bougre, il sourit :

« Hum ! C'est le nouvel uniforme du 43e RBIMA, ça ? Montrez-moi cette permission, monsieur le chanteur… Allez, passez… je n' veux pas être méchant avec notre Johnny national. Ça va pour ce coup-là, mais faites attention. La prochaine fois, ce ne sera peut-être pas un admirateur qui sera sous la casquette. »

Créé en août 1914, le 43e Régiment d'Infanterie Coloniale a fait les campagnes de Lorraine et de Champagne. Il est présent à Verdun. Son drapeau est décoré de la Légion d'honneur en 1919, puis c'est 39-40 et de 40 à 42 l'armée d'armistice.

Belle unité de l'armée française, qui panse ses plaies d'Indochine et d'Algérie dans les paisibles vallons du pays de Bade. En 1958, le régiment devient le 43e Régiment Blindé d'Infanterie de Marine (43e RBIMA).

A unité d'élite, recrue d'élite. A cinq cents kilomètres de là, dans un appartement bourgeois de Neuilly-sur-Seine, le citoyen Jean-Philippe, Léo Smet reçoit ses papiers militaires, quelque temps après avoir passé son conseil de révision au Fort de Vincennes. Ce n'est donc pas une surprise... C'est arrivé au courrier de 11 heures, le matin du 15 janvier 1964.

Johnny Stark intervient auprès des autorités compétentes et obtient un sursis de quatre mois pour son poulain qui doit honorer quelques contrats signés antérieurement.

L'armée, qu'est-ce que cela signifie pour un garçon comme Johnny qui a toujours vécu libre comme un cheval sauvage ? Ça signifie d'abord ne plus voir Sylvie. Jaloux comme nous le connaissons, il va souffrir. Ensuite, sur le plan professionnel, quitter la scène pendant dix-huit mois, cesser d'être le point de mire des médias, avec tous ces nouveaux chanteurs qui vont se disputer la place qu'il leur laisse encore chaude. C'est rageant (microbes envieux à la bave anémiée, vous ne saviez pas encore que Johnny était irremplaçable). Donc, l'armée. Il n'était pas question de passer au « travers » et Johnny l'a franchement annoncé aux journaux. Si les arts n'ont pas de patrie, les artistes en ont une. Cocorico !

Chez les militaires, le SR (1) est au parfum, et dans les états-majors on délibère sur une éventuelle incorporation d'un personnage aussi encombrant et populaire que Johnny Hallyday. Un officier supérieur pense que cela peut perturber la bonne tenue d'une caserne. Un autre, en revanche, voit

(1) Service de renseignement.

l'émulation positive que cet événement peut créer chez les jeunes soldats. Bref : des colonels réclament Johnny Hallyday dans leur unité quand d'autres ne veulent pas en entendre parler...

C'est le colonel Revault d'Alone, du 43e RBIMA qui, après s'être directement adressé à Johnny Stark, obtient l'incorporation de la vedette dans son régiment. Malgré les touchantes attentions dont il fait l'objet, Johnny ne peut pas s'empêcher de faire une tête d'enterrement dans la voiture qui l'emmène vers sa nouvelle résidence d'outre-Rhin : Offenbourg.

Pour éviter les photographes et quelques troubles éventuels, ou un flottement dans les rangs des militaires (« C'est pas parce qu'on est militaire qu'on n'est plus un fan », comme le dit un jeune appelé), Johnny Hallyday arrive à la caserne une nuit, à 23 heures précises. On le conduit à un dortoir occupé par des « quillards » qui roupillent dans une odeur de pieds et de vomi. Un lit est réservé au nouvel arrivant, qui se prend un cafard monstrueux. « Demain il fera jour, on verra bien. »

Il a entendu parler des blagues de régiment : lit en portefeuille, dentifrice et cirage dans les draps, etc. Eh bien, cela existe réellement et il peut le constater à ses dépens. On avait dit aux trouffions qu'un engagé viendrait cette nuit dormir dans leur dortoir. Les appelés n'aiment pas les engagés. C'est comme ça depuis Napoléon. Alors, on leur souhaite la bienvenue dans les traditions.

Le lendemain matin, les « libérables », surpris en ouvrant les yeux d'apercevoir Johnny Hallyday dans leur piège astucieux, se confondent en excuses les plus platiformes.

« Ne vous inquiétez pas les gars. C'est normal et je ne vous en veux pas. Mais je ne suis pas un engagé », réplique Johnny souriant, qui espère se faire bien voir des anciens. Malheureusement, tous ces lascars ont la quille autour du cou, la valise déjà à la main. Ils rentrent chez eux aujourd'hui.

Au bureau de l'intendance, le roi de la naphtaline qui règne sur cette odeur âcre et grasse des équipements militaires fournit au roi du rock n'roll une autre garde-robe que celle qu'il a l'habitude d'exhiber. Un choix de tenues appropriées aux diverses tâches de la vie militaire : tenue de travail, de combat, de grande tenue, etc., sur lesquelles le « bleu » doit coudre tous les boutons.

Johnny, qui est assis en face de moi en ce moment et me raconte ses souvenirs, tripote son paquet de cigarettes, baisse les yeux un peu gêné :

« Tu te rends compte. Je n'avais jamais cousu un bouton de ma vie !

— Bof ! Ne culpabilise pas. Il y a foultitude de types qui, à vingt ans, n'ont jamais cousu un bouton. Dis-moi plutôt comment tu as pu te débrouiller.

— C'est la colonelle, mon vieux. Ouais, la colonelle qui m'a cousu mes boutons. Ah ! elle était sympa cette femme ! »

Mais le lendemain, à la revue d'inspection, un sous-off tique sur les fameux boutons. Il regarde Johnny dans les yeux, puis les boutons, encore Johnny, encore les boutons et interroge la nouvelle recrue :

« C'est toi qui as cousu ça. Pfff... Ben dis donc, tu couds vachement bien, toi ! » (sifflet admiratif).

L'ancien sort un canif de sa poche, fait sauter les boutons un par un puis, d'un ton moqueur : « Eh bien, puisque tu sais si bien coudre les boutons, t'as qu'à recommencer devant moi, et attention, l'ancre, pointe en bas. »

Naturellement, Johnny est incapable de s'exécuter : « Eh bien, mon gaillard, ça va t' faire huit jours de corvée de chambrée, un truc pareil. »

Les quelques lettres du début que je reçois du marsouin Smet n'explosent pas de gaieté. Par retour de courrier, j'ai beau lui répondre qu'Elvis Presley a fait aussi son service militaire en Allemagne dans un régiment de chars tout comme lui — magique coïncidence — il s'en fout !

Les premiers jours sont durs. Il n'a pas son cher entourage

près de lui. Il n'est plus dans son cocon dans lequel une vie luxueuse l'avait ensoyé (1). Les horaires ne sont pas tout à fait les mêmes. Il se lève à l'heure à laquelle il se couche souvent à Paris. « Ça ne fait rien, me répond-il d'une plume triste, c'est comme si je prenais un repos forcé. »

Enfin arrive le temps des visites. C'est Lee qui m'emmène en voiture. Nous ne nous sommes jamais beaucoup parlé, mais ce trajet nous donne l'occasion de mieux nous connaître et de nous apprécier. Nous restons la première fois huit jours en Allemagne, pas très loin d'Offenbourg, à Durbach, charmante petite bourgade fleurie et ensoleillée, dans une auberge dont les volets de bois sont peints en jaune et rouge, couleurs de l'ancien duché de Bade.

Sylvie viendra la semaine prochaine. Nous nous relaierons afin que notre recrue ne soit jamais seule le week-end. Johnny se fait aussi des copains comme tous les troufions encasernés. Passé caporal, c'est avec son adjudant, Jean Collet, qu'il s'entend le mieux.

Jean est un ancien d'Extrême-Orient, sosie de Kirk Douglas. Il a tout de suite été accepté et absorbé par le clan des civils qui campent pas très loin de la caserne, en cette auberge campagnarde qui verra défiler non pas des militaires, mais tous les copains de Paris : les Castors, Carlos et Hubert, Gill Paquet, Jean-Pierre et Claude Bloch, Larry Greco, etc. Et, bien sûr, la douce Sylvie qui apporte à Johnny sa provision d'amour pour la semaine.

Le ministre des Armées autorise exceptionnellement le soldat Smet à travailler de nouvelles chansons. Ne pouvant assurer du boulot pour ses anciens musiciens pendant douze mois, Johnny leur a rendu leur liberté. Mais il faut maintenant remonter un nouvel orchestre et le faire venir ici, à Offenbourg.

(1) Ne cherchez pas dans le dictionnaire. C'est une expression de l'auteur. Attention, il y en a d'autres !

OFFENBOURG, SP 69603

Il y a derrière l'auberge une salle des fêtes avec podium que les Allemands n'occupent que le dimanche pour faire valser leurs grosses au son d'un orchestre local et boire de la bière au tonneau. Alors, en semaine, se sera le rock et le Coca-Cola. Six musiciens nous arrivent : quatre Anglais et deux Français, dont une vieille connaissance : Jean Tosan. L'autre gars de chez nous, c'est le pianiste Raymond Donnez. Johnny fait les présentations sur la scène. Le nouveau pianiste est coiffé comme les chevaliers du Moyen Age, style Lancelot du lac, genre bol renversé sur la tête et on coupe autour, mais un peu plus long derrière quand même, ce qui m'amuse beaucoup. J'en fais la remarque à Johnny qui se marre aussi, mais cela ne plaît pas du tout au personnage en question, qui me saute dessus, poings fermés. Bagarre sur scène.

Pendant que nous échangeons des gnons et des coups de savate, toute l'équipe, au lieu de nous séparer, descend les escaliers de chaque côté du podium, va s'installer tranquillement dans les quelques sièges dispersés dans la salle et applaudit à chaque bon coup que l'on s'envoie.

Soudain, réalisant que nous sommes les dindons de la farce, nous arrêtons le combat et envoyons sur les salopards qui viennent de se divertir à nos dépens tout ce qui nous tombe sous la main. Les insultes sont en prime. Depuis je suis devenu très copain avec Raymond, qui devait rester plusieurs années dans l'orchestre de Johnny.

Nous sommes nombreux à l'auberge. Dans la salle du restaurant, nous occupons plusieurs tables. On nous colle toujours sous le nez un plat unique : « escalope aux pâtes », à midi ; « escalope aux pommes de terre » le soir.

J'assume toujours le secrétariat. L'aménagement de l'équipe dans ce « Gasthaus » est une tâche qui m'incombe. Les formalités sont réglées avec cet aubergiste long et flexible comme un roseau, bien sympathique, mais Jean-Pierre, en plaisantant, l'imagine toujours en Waffen S.S.

Was Möchten sie essen ? ». Ça y est, après avoir palpé ses

marks (je lui règle chaque semaine la pension), il me questionne en faisant des ronds de jambe sur ce que l'on aimerait manger la semaine suivante. Simple formule de politesse, car il nous sert toujours la même viande blanche et filandreuse. J'essaie tout de même, en pensant à l'estomac des copains, de réagir. « Tout, sauf des escalopes. » « Ah, ja ! ja ! Gut escalope ! Gut schnitzel ! ». Bon, il n'a encore rien compris. Pour la peine, il est vite gratifié d'un gentil sobriquet « Herr Escalope ».

⁂

« Soldat Smet, on vous demande au poste de garde. » Vêtu de son treillis, chaussé de rangers qui lui donnent une allure souple et décidée, la première classe traverse la cour de la caserne jusqu'à la porte principale. Le sergent de service vient à sa rencontre :

« Smet, c'est ton père.

— Quoi ? C'est impossible ! » répond Johnny. Il ôte son béret qu'il glisse dans son ceinturon et ralentit le pas.

Un planton ouvre la lourde grille. Un homme est là, à quelques mètres de lui. Un homme sans âge, voûté, vêtu chichement. Il tient dans ses bras un ours en peluche. Johnny est encore surpris. Oui, c'est sans doute son père ! Alors, il cherche ses sentiments, quelle attitude adopter ? Doit-il se livrer à une effusion de bonheur ? Ou manifester le mépris envers un homme qui l'a abandonné il y a vingt ans. Il pourrait aussi bien lui tourner le dos et repartir en silence. Le sergent et le planton sont là, à côté, les bras ballants, tout penauds. Ils ne comprennent pas que leur présence est inconvenante dans un tel moment.

C'est le père de Johnny qui réagit le premier. Il tend à son fils l'ours en peluche que celui-ci accepte du bout des doigts, puis se jette dans ses bras. Johnny n'ose pas le rejeter. Cet homme, après tout, est quand même son père. Et puis, il vient peut-être faire amende honorable, le vieux. Alors, Johnny se laisse aller et serre son père sur sa poitrine.

Tout à coup, jaillissent d'on ne sait où, peut-être de ces voitures garées là-bas, des photographes qui cartonnent le père et le fils enlacés. Les flashes crépitent. Le ridicule ours en peluche tombe par terre. Johnny comprend le piège que lui ont tendu les photographes, avec le concours de son propre père. Il s'écarte et rentre à la caserne d'un pas précipité. Plus tard, il apprendra que son père a reçu une enveloppe contenant cinq mille francs pour se livrer à cette horrible comédie.

Ce soir-là, au dortoir, un soldat de l'infanterie de marine aura du mal à s'endormir. Il se mordra sans doute les lèvres sous les draps, mais ne laissera rien paraître de son immense désarroi.

Dans la marsouille, l'avancement est rapide si l'on ne conduit pas un char AMX 13 comme une Porsche. Cela, Johnny l'a bien compris. De première classe, il passe caporal, puis caporal-chef. Une sardine, cela se fête. Il organise un gala pour tous ses copains du régiment au sein même de la caserne.

Avec son nouvel orchestre, Johnny offre en avant-première au colonel, aux officiers, aux sous-officiers et marsouins du 43e RBIMA, deux chansons inédites, *Le Pénitencier* (prière de ne faire aucun rapprochement entre un établissement comme celui-ci et une caserne, par exemple, ce n'est qu'une pure coïncidence) et *Quand revient la nuit,* dont le texte, de circonstance aussi, est simplement fait pour filer le bourdon aux pauvres bidasses.

« Je suis un soldat
Comme d'autres là-bas.
J'attends le jour
Qui verra mon retour…

L'orchestre est composé de Micky Jones et Tommy Brown, Johnny Taylor, Allan le bassiste, côté anglais ; de Jean Tosan, Raymond Donnez, Alain Fournier dit « Papillon » pour les Tricolores. Ce spectacle est retransmis à la télévision l'hiver 1964.

***

« Je te préviens Chris : je ne m'arrête pas. » Ce fringant jeune homme, planté devant moi, qui n'a plus rien de militaire — excepté, peut-être le ton — en costume bleu nuit, chemise blanche, cravate grenat assortie à la pochette, c'est Jojo. Il est beau, Jojo. Y va où, Jojo ?

Eh bien, Jojo a une « perm » et va voir Sylvie à Paris. Il a rendez-vous à la Cloche d'Or pour dîner avec elle. Comme je dois rentrer à Paris aussi, parce qu'il n'y a pas que les idoles qui ont des fiancées, nous ferons la route ensemble, dans une Porsche toute neuve que les droits d'auteur viennent d'offrir à l'interprète.

« C'est Strasbourg-Paris d'une seule traite, je te signale ! Je n'ai pas le temps de m'arrêter. Ne viens pas gueuler que tu as faim ou que tu as envie de pisser ! Tu es averti : tu peux encore prendre l'avion ou le train.

— Absolument pas, je pars avec toi. Je prendrai mes précautions avant, c'est tout. »

Johnny doit passer la matinée à Baden-Baden pour des histoires de douane à propos de sa Porsche. Il sera rentré à Offenbourg en début d'après-midi. J'ai donc tout mon temps pour aller en ville à la recherche du matériel qui m'aidera à passer l'après-midi en voiture sans en descendre une seule fois.

D'abord, les provisions de bouche : deux sandwiches à la saucisse, une pomme et deux canettes de bière. Pour le reste, essayez de suivre mon idée. J'achète dans un Prisunic un tuyau à gaz en caoutchouc orange (la couleur importe peu) et un entonnoir dont je fais pénétrer le bec dans une des extrémités du tuyau. Je pourrai donc, assis, même dans une Porsche roulant à vive allure, me soulager d'une envie très naturelle dans l'entonnoir, à condition d'entrouvrir la portière du véhicule et de laisser traîner l'autre extrémité du tuyau sur la route. Me suis-je bien fait comprendre ?

Un klaxon impatient me fait descendre de ma chambre. J'ai deux secondes pour caser dans le coffre minuscule de la Porsche le vieux sac en cuir du cow-boy et l'attaché-case en box noir du secrétaire. « Bye bye, frauleins, on décolle illico nach Paris. »

A cent cinquante kilomètres de Strasbourg, je partage mon frugal repas avec l'homme au costume d'alpaga bleu nuit qui, imperturbable, a les yeux fixés sur la route. Sur le pare-brise, une bouillabaisse sanguinolente de petits insectes s'épaissit à travers laquelle les essuie-glaces ont du mal à se frayer un passage. Cent kilomètres plus loin, j'essaie, sans rien dire, mon petit appareil, mais il faut pour cela entrouvrir la portière ce qui fait un raffut du diable :

« Qu'est-ce que tu fais ? hurle Johnny pour se faire entendre.

— Tu vois bien, je fais pipi. Ne t'arrête surtout pas, ça se passe très bien », réponds-je en criant aussi.

Johnny garde un œil attentif sur la route et me regarde de l'autre. Il n'est pas étonné. Toutefois, il a peur pour les sièges de sa Porsche toute neuve et secoue la tête en pensant que Long Chris ne doit pas être tout à fait normal.

Très fier de mon invention, cet urinoir portatif infindibuliforme vient de me rendre un grand service. Je laisse cet incroyable objet sur le tapis caoutchouté de la voiture, entre mes pieds.

Nous ne sommes plus qu'à cent kilomètres de Paris. Johnny plisse le front et râle en aspirant de l'air.

« Aaah ! Aaah !

— Quoi ah... ah...

— Aaah... Aaah... pipi !

— Ah, tiens, c'est curieux, eh bien, arrête-toi.
— Non, pas l' temps !
— Tu veux que je te passe mon matériel ?
— Fais voir ton engin à la con ! »

C'est au tour de Johnny d'essayer la combine, mais faire pipi et conduire une Porsche en même temps, même en ralentissant, ce n'est pas évident du tout, surtout lorsqu'un chauffard fait un refus de priorité. Un coup de freins et le beau pantalon d'alpaga bleu nuit est tout mouillé. Le siège a morflé aussi. La Porsche est quand même arrêtée sur un terre-plein. Johnny en sort précipitamment. Mon merveilleux engin est envoyé d'un coup de pompe de l'autre côté de la route dans un fossé. Que n'ai-je pas entendu ! « ... Ouais, avec tes inventions à la con !... Regarde maintenant, etc. »

Il a fallu sortir du sac un jean bien sec que Johnny portera avec sa veste bleu nuit et sa cravate grenat à rayures. Mais il a l'habitude maintenant de composer de curieuses tenues, dont le bas ne va pas toujours avec le haut, et vice versa.

De retour à Offenbourg, Johnny reprend le treillis. Chef de char, il forme à son tour des recrues qui arrivent tout droit de leur cambrousse et ne s'attendent sûrement pas à avoir Johnny Hallyday comme instructeur de tir.

Ça sent bon la quille, et comme tous les appelés qui n'ont pas l'intention de faire carrière dans le kaki, Johnny compte les jours. Une de ses dernières « perms » se passe à l'auberge de Durbach. C'est un dimanche, il peut roupiller. Ce n'est pas tout à fait exact. A 9 heures, nous sommes réveillés par un orchestre qui explose de tous ses cuivres sous nos fenêtres.

Gill Paquet frappe à ma porte : « Viens voir, Chris. C'est la musique de la Wehrmacht. » Je saute dans un jean et ouvre la fenêtre avec des yeux encore pleins de sommeil. La vision est étonnante. Effectivement, les musiciens bien alignés « Unter den Linden » devant nos fenêtres sont coiffés du casque de la dernière guerre. Ils ont les bottes aux pieds.

L'uniforme est le même qu'à l'époque, à un détail près, la couleur : celui-ci est bleu !

Ces gens-là sont venus dans un petit car, non pas camouflé en « feldgrau » frappé de la croix gammée, mais d'un beau rouge vif, avec sur la portière un joli blason tarabiscoté aux armes de la ville, surmonté du mot « Feuerwehr ». Ce sont les pompiers qui, sur la place du village où se trouve notre auberge si calme, donnent un concert.

« Merci de nous avoir réveillés, les Fridolins. » On se recouche avec des notes de musique en cuivre dans les oreilles. Une heure après, ça recommence. Toutes les fondations de l'auberge tremblent sous les « ploum ploum » espacés et pesants d'une grosse basse. C'est comme ça jusqu'à midi.

Pas de raison pour qu'on s'emmerde plus longtemps dans nos plumards, allons voir à quoi ressemble la « kolossal kermesse ». Mais, avant tout, nous allons en référer au sergent-chef. Castors et musiciens se rassemblent dans la chambre de J. H. Mal réveillé et en pétard, il en veut à tout le monde. Chacun en prend pour son grade. Pour des civils, c'est original. La tête sous le robinet, il se calme : « Bon, allez-y les gars, je vous rejoins. »

Dans l'escalier, on attrape au passage l'adjudant qui, pour une fois, est en civil. Il venait déjeuner tranquillement avec nous, il ne va pas être déçu !

La salle qui sert de local pour les répétitions grouille de gens qui s'affairent autour des tables agréablement garnies. Il y a là toutes les familles du coin et des environs en costume folklorique. Un buffet nous propose saucisses et « kartoffen » à toutes les sauces, des trucs dont le nom est bien compliqué à prononcer, et encore plus à écrire... Je passe.

D'abord, on n'a pas faim. Dommage, pour une fois où il y avait autre chose à manger que ces foutues escalopes. Mais il y a de la bière, mon pote ! A la place du café du matin, pourquoi pas ? Ça nous fera toujours une expérience. Ils sont lourds à lever ces pichets de faïence grands comme un avant-bras et couverts d'une mousse qui dégouline en spirale comme des boucles blondes (tiens, c'est joli ça !).

Quand tout le monde est bien beurré, les musiciens allemands montent sur la scène sous les applaudissements et s'installent avec leurs énormes cuivres sur des petites chaises de jardin pas très solides... Voilà, j'en étais sûr, un gros rougeaud vient de s'écrouler avec son « Schellenbaum ». Des clochettes ou des grelots se détachent de l'instrument et roulent sur la scène. Johnny apparaît, frais, rasé, fleurant bon la « Kölnischwasser ». Sa chemise western se distingue parmi tous ces étroits gilets noirs boutonnés jusqu'au menton. Il s'arrête à une table et plonge une petite saucisse dans un gros pot de moutarde. Quelques grosses frauleins le reconnaissent et lui sautent dessus, voulant le traîner jusqu'au micro. Encore un truc que Jojo adore. Il parvient tout de même à se débarrasser de ces admiratrices un peu avancées en âge en faisant du slalom à travers les tables.

Ah ! Voilà quelque chose qui risque d'être drôle. Sur l'invitation des musiciens allemands, un de nos guitaristes monte sur le podium, sa guitare électrique en sautoir, suivi bientôt du batteur. Flonflons et solos aigus ne s'accordent pas très bien. Je vous laisse imaginer la cacophonie. Tout le monde s'amuse, excepté peut-être « Herr Escalope » qui surveille sa fille de son œil de verre, la petite serveuse blonde, là-bas, qui se retourne souvent vers nous. Elle a un petit tablier en dentelle noué autour d'une taille si mince que l'on peut en faire le tour dès demain, euh non, des deux mains. Avec ces « gochons deu Franzais », on ne sait jamais !

⁂

OFFENBOURG, SP 69603

Je suis rentré à Paris. Je dîne chez mes parents quand Johnny m'appelle d'Offenbourg : « Christian, ne m'écris plus au SP 69603, ne viens pas me voir non plus, ce n'est plus la peine. Je rentre. C'est la quille, bordel ! Tu vas voir la fête qu'on va faire... Et nom de Dieu, vive la Coloniale ! »

Chapitre 7

L'AMOUR FAÇON ROCK N'ROLL

« J'ai besoin, à côté de moi, d'une femme simple et équilibrée, et dont l'âme inquiète et trouble ne fournirait pas sans cesse un aliment à mon désespoir. »

Antonin ARTAUD « *L'Ombilic des limbes* »

« Il traverse un désert de chair, où l'amour est un mirage, sans jamais trouver l'oasis du rêve. »

Long CHRIS « *Contes de faits* »

Le quartier de la Trinité, c'est à la porte de Pigalle. Bastion du sexe où l'on vend des nuits blanches et des fantasmes noirs à grand renfort d'enseignes lumineuses aux contours de pin-up.

La rue de la Tour-des-Dames est à cent mètres de ce paradis nocturne pour insomniaques. C'est une petite rue. Elle tire son nom d'une tour ou d'un moulin construit sous Philippe-Auguste. Ce bâtiment, occupé par les dames de l'abbaye de Montmartre, était un lieu de dévotion.

Aujour'hui, avec les chamboulements étranges et cocasses dont l'histoire a le secret, l'endroit est fréquenté par d'autres dames, de métier celles-ci. Elles proposent aux passants esseulés certains petits services. Quartier d'artistes et de musiciens aussi, où sont installés de nombreux magasins d'instruments de musique se fournissant en accessoires une clientèle sédentaire.

Maintenant, j'imagine un adolescent le nez collé contre une de ces vitrines où brille le vernis rouge des guitares aux mécaniques chromées. Il rêve devant ces instruments qu'il connaît depuis longtemps pour les avoir vus entre les mains de nombreux artistes qu'il côtoyait alors, dans les coulisses des différents théâtres où se produisaient les « HALLIDAY'S » : Londres, Naples, Palerme, Copenhague, Munich, Genève et, définitivement, Paris. Captivé par une guitare électrique qu'il échangerait bien contre son violon, il ne prend même pas la peine de tourner la tête quand une blonde platine aux seins gros comme des ballons de foot l'aborde. Sans même jeter un œil sur la marchandise, l'adolescent remercie poliment la dame, ce qui provoque chez elle un rire moqueur gras de rouge à lèvres et secoue sa gorge généreuse. Habitué aux danseuses nues et aux strip-teaseuses qu'il a cent fois frôlées en coulisse depuis qu'il est gamin, le garçon n'est pas ému. Ce n'est pas véritablement ce qu'il cherche.

Ce jeune amoureux de la musique descend la rue Pigalle en direction du square de la Trinité (écartelé entre l'appel de la chair et la terreur du péché, pour citer Maurois). Le péché, il en fera son ordinaire. La chair — un feu qui coule dans ses veines — stimule ses quinze ans. On peut d'ailleurs facilement lui en donner dix-sept. Jeune loup taillé en athlète, il scrute de ses yeux plissés l'horizon féminin du quartier, d'une curiosité naturelle remplie d'hypothèses, que les adolescents attrapent comme une fièvre. La première fièvre d'homme...

A droite, c'est le square où les gamines de son âge, chaperonnées par leurs parents, révisent leurs leçons sur un banc. Elles ont des socquettes blanches et présentent à l'étalage une acné juvénile qui vous coupe l'envie de leur lécher la pomme.

Alors il faut chercher autre chose. Plus loin. Derrière l'horizon, ce sont les quartiers à « bandes ». Chaque bande de jeunes a une ou plusieurs nanas. Bien moulées dans un jean, les pieds dans des ballerines et un blouson de cuir au ras des fesses, celles-ci sont affranchies. Elles savent ce qu'elles veulent, et passent d'un garçon à l'autre à condition qu'il soit du « clan ». Seul le chef possède sa « régulière », à laquelle il ne faut pas toucher. C'est un peu la guerre du feu, la guerre entre tribus pour les femelles.

Le petit Jean-Philippe est seul. Il n'y a pas de bande à la Trinité, et c'est sur cet idéal féminin qu'il a finalement concentré son désir. Chasseur solitaire, il prend le gibier là où il se trouve et attend le moment et l'endroit.

L'endroit, c'est souvent le troquet où les « blousons » sont agglutinés sur le flipper ou le baby-foot. Il y a aussi les patinoires, champ clos de mémorables bagarres.

Toujours seul, il s'immisce dans un monde étranger au sien : celui de la jeunesse dorée du seizième qui se réunit au Snack Saint-Lazare, immense brasserie collée le long de la gare, à deux pas de la Trinité. Comme atout, il n'a que son sourire au charme timide, et cette allure de jeune homme un peu fou qui peut plaire aux demoiselles de bonne famille. Pour s'introduire dans la place, il copine déjà avec quelques « fils à papa ». Les filles viendront tout naturellement, s'imagine-t-il, attirées par le « nouveau ».

Dans cet univers de « blousons dorés » (ne les imaginez pas vêtus d'un blouson peinturluré en or, c'est par réaction aux blousons noirs que la presse vient d'affubler de ce qualificatif la jeunesse des beaux quartiers), Jean-Philippe s'habille comme eux pour être accepté : chemise Oxford à boutons au col, pull en V et pantalon de flanelle grise. Des mocassins noirs complètent la tenue « camouflage ». Le loup qui veut pénétrer dans la bergerie se couvre d'une peau de mouton.

Jean-Philippe débarque à scooter (brun-rouge, celui-là, je ne l'ai pas connu). Il se gare devant la terrasse du snack, entre les voitures de sport et les grosses cylindrées anglaises. Il se mêle à un groupe attablé devant des tasses de café vides, renouvelables toutes les heures. Et entame directement une conversation avec une jolie blonde à queue de cheval. La fille s'amuse, rit des histoires de Jean-Philippe qui sait qu'une fille est à moitié gagnée si on sait la faire rire, l'autre moitié se gagnant au plumard.

Elle rit toujours quand son mec arrive. Un petit balèze aux cheveux coupés en brosse. « Tu viens, ma jolie », et il attrape sa nana par la crinière. Elle se lève en faisant la grimace, embrasse les copains à la ronde, embrasse aussi Jean-Philippe, qui lui souffle à l'oreille, « A demain, Pascale ».

« Ciao ! A demain », répond-elle en faisant virevolter sa queue de cheval.

Jean-Philippe regarde le couple partir. Le type a un « rumi ». Dans la collection des deux-roues de l'époque, le « rumi » c'est la Rolls. Jean-Philippe, lui, n'a qu'un scooter. Pour sortir une nana comme Pascale, c'est un peu mince.

Rentré chez lui, étendu sur son lit, Jean-Philippe entreprend la lecture du plafond. Toutes ses pensées vont vers Pascale. Pour un « blouson noir », c'est un morceau de choix. Il se souvient avoir détecté dans le regard de la donzelle un message qui l'incite à revenir le lendemain. C'est les vacances, les jeunes se retrouvent tous les jours avant le départ pour les plages.

Pendant huit jours, Jean-Philippe fait sa cour à Pascale (aujourd'hui, on dit « ramer ») devant son mec, qui a l'air de ne rien craindre. Sûr de sa nana, il est costaud, il a le fric de papa et un « rumi » en plus, alors ! Pour Jean-Philippe, aucun résultat... On s'en tient aux plaisanteries de mômes, du touche-pipi mental, rien de plus. Et ces « au-revoir » pleins d'ambiguïté qui laissent toujours supposer quelque chose. Le « p'tit cœur » de Jean-Philippe se serre un peu plus tous les soirs. Merde, c'est pas vrai ! Pascale est une salope ou quoi ? Pourtant, elle n'a pas l'air très amoureuse du mec au « rumi ».

Le dimanche, il pleut. Il y a surboum. Chez Pascale

précisément. Voilà Jean-Philippe avenue Mozart. Perdu dans un appartement immense, avec un plafond de salle des fêtes. Dans l'entrée, s'étale la galerie des ancêtres. Pascale a eu un grand-père général, dont le portrait voisine avec celui d'une marquise. Du haut de leur toile poussiéreuse, les ancêtres dévisagent l'intrus. Jean-Philippe n'appartient pas à ce monde dans lequel on danse le Be-bop sur un air de jazz. Il est invité, certes, mais il y a une barrière qu'il ne doit pas franchir.

Voilà Pascale qui danse maintenant avec un grand type, pour changer un peu : pour une fois son nabot de service n'est pas là. Jean-Philippe se sent mal à l'aise mais il se croit sauvé quand Pascale se dirige vers lui et l'entraîne pour un slow (les slows, c'est Ray Charles, *Lonely Avenue* ou Paul Anka, *Crazy Love*). Les grandes mains longues et fines de Jean-Philippe serrent la taille de la jolie Pascale (Ouais, Johnny a de très belles mains !). Deux petits tours enlacés sur le parquet du grand salon, débarrassé de son tapis pour l'occasion. Et Jean-Philippe va oser. Il pose ses lèvres sous l'oreille de Pascale, qui s'écarte brusquement :

« Allons Jean-Philippe ! On est copains, tu sais, c'est tout ! » Le bide ! Le grand blond encaisse ça comme un direct au plexus. Droit et sage comme un saint en pierre, il termine le slow. Il en a gros sur la patate, et se sent plus seul que jamais. La Pascale est déjà entre les mains d'un nouveau cavalier. Jean-Philippe va partir quand un petit gros l'aborde.

« Pas facile, la marquise ! »

Jean-Philippe qui pense au tableau, ne comprend pas.

— La marquise ? C'est qui ?

— Pascale, voyons ! On l'appelle la marquise.

— Ta marquise, c'est une allumeuse.

— Ouais, je sais. C'est le genre, et t'es tombé dans l' panneau. Allez n'y pense plus et viens manger quelque chose à la cuisine, c'est l'endroit le plus sympa du « flat ».

Jean-Philippe, qui a toujours adoré l'ambiance des cuisines, ne se fait pas prier. Devant le frigidaire grand ouvert, une jolie brune, cheveux au carré, se cherche un truc à boire sans alcool. Le rondouillard a déjà dévalisé une étagère et se prépare un méga sandwich aux anchois et aux poivrons qui dégouline de partout...

— Ça te fait envie ? T'en veux un bout ?

— C'est dégueulasse ton truc. Et puis il y a déjà quelque chose que je n'arrive pas à digérer.

Se tournant vers la jeune fille brune, Jean-Philippe lui suggère d'aller prendre quelque chose « sans alcool » quelque part et de la raccompagner chez elle à scooter.

« Je veux bien, mais j'habite au bout du monde !

— C'est quoi, le bout du monde ?

— Bécon-les-Bruyères !

— Avec vous, j'irais n'importe où. Je ne veux pas rester seul ! »

Jean-Philippe verra Claude tous les après-midi. Le soir venu, il la raccompagne sagement dans sa banlieue.

En lui proposant de quitter la surboum avec lui, il ne pensait pas vraiment l'emballer (1). Il lui dit qu'il est malheureux, qu'il ne veut pas rester seul. C'est le hasard qui les fait se rencontrer. Ils parlent longuement ensemble. Ils se plaisent. Ils s'embrassent. Et tout est très bien. C'est plus qu'une idylle : Jean-Philippe est amoureux. On le voit partout avec Claude. A la piscine Levallois. Dans nos cinémas préférés. Un jour, il l'amène au Golf. Lui est en costume gris clair et cravate de tricot noir. Claude est tout à fait dans le ton des golfeuses : petit tailleur dans le goût Chanel. Ils dansent élégamment le « bop » et s'enlacent pour la série des slows, cœur à cœur, ils ne lèvent pas les yeux. Etrange... le « Blouson noir » s'est calmé et devient gentleman. Il brûle son amour avec Claude en solitaire. On ne le voit plus. Il abandonne les copains.

(1) Emballer : draguer en 1960.

Son premier disque sort, suivi d'un « Scopitone », l'ancêtre des « clips », et l'on peut voir dans les cafés, sur ce petit écran, Johnny Hallyday chanter *Laisse les filles* avec Claude qui danse derrière lui. Pour elle, il a modifié son texte : la phrase « *Avec ma môme hier au soir devant le juke-box près du bar...* » est estropiée de « la môme » et devient, « *Avec Claude hier au soir* »...

Les vacances séparent les amoureux, mais Johnny écrit à sa brunette. Il passe des heures au téléphone, lui annonçant toujours son retour. Septembre. Les retrouvailles...

Johnny n'a plus de scooter, mystérieusement disparu d'ailleurs. Il raccompagne toujours Claude et se coltine presque tous les soirs Bécon-les-Bruyères. En train cette fois. C'est la rentrée. Claude reprend ses cours, mais il y a de l'automne dans l'air, et ce jeune amour commence à s'étioler. Si Johnny éprouve toujours des sentiments très forts pour sa petite amie, celle-ci provoque un malaise en critiquant pour la première fois ses chansons et sa façon de les interpréter. Claude va plus loin et refuse de le voir s'il porte encore des jeans et des bottes de cow-boy. Et enfin, l'ultimatum :

— Notre liaison est sérieuse, dit-elle, alors tu dois trouver un autre métier ; chanter du rock n'est pas très honorable.

Johnny a de la peine mais ne s'étonne plus de l'aversion que Claude peut exprimer quand elle écoute de la musique américaine : elle vient d'adhérer aux Jeunesses communistes et le lui dit ! Mieux ou pire... elle essaie de l'entraîner.

Le choix de Johnny est vite fait : Claude rentrera désormais toute seule à Bécon-les-Bruyères.

Malgré le temps qui passe, il est inconsolable. Le cœur en guenilles, il enregistre son deuxième disque : *Pourquoi cet amour ?* Pour la première fois il a dans la voix une intensité émotionnelle qu'on ne lui soupçonnait pas. Cette chanson est dédiée à Claude à qui Johnny pensera toute sa vie. Peut-être parce qu'il ne l'a jamais possédée entièrement... Cet amour est resté à l'état de flirt ! Surprenant quand on connaît bien Johnny.

De cet amour de jeunesse, Johnny gardera des séquelles tout au long de sa carrière. Jamais il n'a chanté de chansons heureuses, ses créations sont des histoires d'amour foutues, résignées. C'est un climat qu'il cultive si bien qu'il se doit maintenant d'obéir à cette forme de masochisme, devenue chez lui naturelle. Sa célébrité ne lui est d'aucun secours, bien au contraire, quand il s'agit de se rapprocher de l'amour.

Entre le quatrième et le cinquième disque, Johnny Hallyday est connu de toute la France. Sa musique n'inquiète plus : elle passionne. Le rock est passé dans les mœurs. Ses disques sont attendus avec impatience chez les disquaires.

Fans et fanettes sortent de quoi écrire des plumiers d'écoliers et lui adressent un courrier. Admiratives de la part des garçons. Les lettres d'amour sur papier rose et parfumé portant les empreintes de baisers au rouge à lèvres sont signées de prénoms féminins. Toute cette correspondance enflammée s'entasse sur les bureaux des Disques Vogue, sur les comptoirs du Golf Drouot.

A la Tour-des-Dames, sur son lit, il classe son courrier. Il exclut les demandes en mariage, s'amuse des rêves érotiques qu'il inspire à quelques dingues et se perd dans les centaines de rendez-vous amoureux. Des photos sont jointes qui vantent les charmes de la principale intéressée dans les positions les plus éloquentes : dans le plus simple appareil ou en bikini. On a droit aussi aux porte-jarretelles, à de la lingerie fine, aux falbalas et tout ! Il répond gentiment à chacune par une photo dédicacée.

Dans la capitale, on le rencontre au volant de sa Triumph TR 3. Il arrive par surprise au Golf, fait son choix parmi les coiffeuses qui viennent le lundi. Il « cartonne » à outrance. Sans limite. Il consomme même sur place.

Mais il ne s'attache plus. Echaudé, il se noie dans la quantité.

Vedette du Tout-Paris, il est maintenant reçu dans les clubs privés : chez Régine ou au Saint-Hilaire. Du Bilboquet, il saute chez Castel puis traverse le boulevard Saint-Germain et débarque au « King Club », en sort à trois, quatre heures du matin, accompagné d'élégantes noctambules.

Quand on le voit plus de huit jours avec la même conquête, la presse annonce en gros caractères qu'il est fiancé. Aussitôt, il largue : il tient à sa liberté. Il commence ses diableries et s'assied sur la morale. Le sacrilège se déguste comme tout fruit défendu, et tant pis pour les maris qui ne savent rien encore. En tournée, c'est la grosse consommation. Cent cinquante à deux cents galas par an, il y a des jours sans, mais d'autres où il fait un petit doublé... Alors en nanas, cela doit faire... je n'ose pas compter.

Pour un bout de jupon qui passe, il ne fait pas relâche. Il y a celles qu'il tient à séduire lui-même ; celles qui tombent toutes cuites ; d'autres qu'on lui présente sur un plateau ; enfin celles qui arrivent à soudoyer le concierge des hôtels où il doit descendre, pénètrent dans sa chambre et attendent patiemment, à poil dans son lit, le bruit de la clé dans la serrure. L'anecdote est connue.

Un été, en Charente, Johnny arrive après ses musiciens dans la ville où il doit chanter. Ceux-ci ont donc eu le temps de draguer une jolie petite chose avec des nattes longues et blondes. Les « musicos » ont la trouille que l'idole exerce son droit de cuissage et planquent la blondinette dans leur loge, elle aura le droit d'assister au spectacle à travers les coulisses.

« Tu comprends, dit un musicien à un autre, ici près de la scène, c'est un endroit où Johnny n'osera pas nous la gauler. Tout de suite après le spectacle, on se l'embarque. T'as compris, bouffi ?

— T'as raison, bouffon, répond l'autre.

A 20 h 30 l'orchestre, en grande tenue, attaque l'intro de la première chanson. Johnny sort de sa loge, vêtu d'une veste lamée or, cravate noire, maquillé, la guitare en bandoulière, traverse les coulisses. Mis au courant par un secrétaire espion, qui veut rentrer en grâce auprès du maître, Johnny va s'amuser. Il a déjà un pied sur la scène quand il attrape la fille par la main, tourne les talons et s'enferme dans sa loge avec elle.

Les musiciens sont dingues ! Devant le public ils sont obligés de doubler, puis de tripler l'intro. Ce n'est que trois minutes après que Johnny réapparaît, ajustant sa cravate. La fille est derrière lui, heureuse, les pommettes toutes roses, l'affaire est faite ! Johnny entre en scène avec un grand sourire et fait un clin d'œil à ses musiciens.

Devant le micro, il reste sans voix, aphone ! Il pense à ce qu'il vient de faire dans sa loge. « Non, c'est pas ça quand même ! » Professionnel, il connaît la parade à une telle éventualité et met cet incident sur le dos du micro, file dans les coulisses de nouveau pour se jeter une demie bouteille d'eau minérale dans le gosier pendant qu'un électricien fait semblant de s'affairer sur le prétendu micro défectueux.

Johnny réapparaît, « Da dou ron ron, Da dou ron ron… », ça y est, ça marche.

A la fin du tour de chant, la blonde est toujours là. Entre deux rideaux de velours rouge. Quand Johnny sort de scène, il passe devant elle, lui caresse la joue.

— Toi, ma chérie, je ne te touche plus ! Reste avec les musiciens, ils n'ont pas besoin de chanter, eux !

Paris. Gare Saint-Lazare. Devant le snack, le propriétaire d'une Triumph TR 3, dont le capot brille comme neige au soleil, se gare soigneusement, puis s'extirpe de l'habitacle. On a du mal à sortir de ces machins-là.

Deux petites vieilles marchottent sur le trottoir. Blotties l'une contre l'autre, on dirait deux souris craintives. Elles s'arrêtent devant le jeune homme qui vient de claquer la portière de sa voiture, lèvent les yeux et un sourire de porcelaine anime ces minuscules faces ridées.

« Tu as vu qui c'est, dis ? Tu as vu !

— Oui, c'est lui, c'est bien lui, Mon Dieu, qu'il est grand ! »

Bien sûr qu'il est grand ! D'autant plus que sa voiture est basse. Lunettes de soleil, polo blanc immaculé et pantalon de cuir noir, on ne voit que lui. Plusieurs personnes l'ont reconnu et s'approchent. Il y a déjà un mécano en bleu de travail, la clope au bec, les deux mains dans les poches. Il siffle d'admiration.

« Ben dis donc, » " Jauni " ! C'est pas une bagnole que t'as là, c't'un bolide ! »

Arrive maintenant une foultitude de petites gonzesses, midinettes et vendeuses du quartier. Les voyageurs qui sortent de la gare sont surpris aussi. Complaisant, Johnny Hallyday signe des autographes sur des tickets de train, sur des vêtements, sur des photos de lui qu'un marchand d'une galerie voisine vient de commercialiser en format carte postale. Tout ce gentil monde, satisfait, se disperse. Johnny accède aux premières tables du snack et s'avance vers de vieilles connaissances, il serre des mains à quelques oiseaux surpris.

« Alors, la vedette, on ne te voit plus ?

— Désolé, les gars, je n'ai plus le temps, vous remarquerez quand même qu'étant dans le quartier, je pense à vous. »

(Hypocrite Johnny, il n'a rien à foutre de tous ces gus qui l'avaient timidement accepté il y a maintenant deux ans. Il a autre chose en tête.)

Il s'assied à la table de la bande, juste à côté d'une fille blonde recroquevillée dans un fauteuil de plastique. Les genoux sous le menton, elle dévore des yeux le nouvel arrivant. Johnny prend son temps pour la reconnaître.

« Tiens, la marquise ! Que deviens-tu ?

— Oh, moi, ça va : mais toi, faut pas demander : ça a l'air de marcher du tonnerre.

— C'est vrai, ça marche, répond Johnny sans sourire, avec

l'air que prennent les gens qui ont mille choses à faire plus importantes les unes que les autres.

— Et puis, tu dois avoir pas mal de petites amies, surenchérit Pascale en se trémoussant davantage dans son fauteuil, se faisant chatte.

— J'ai ce qu'il me faut, confirme la vedette en fixant son verre, les yeux dans le vague, derrière ses lunettes noires.

— Alors tu ne dois plus penser aux vieilles copines ? » interroge Pascale, toujours enjoleuse.

Johnny ne répond pas. Il prend un air détaché mais pense à une surboum avenue Mozart où il s'est pris un sale bide. Il échafaude alors un plan démoniaque. Si Pascale n'avait jamais voulu faire une balade en scooter avec un Jean-Philippe inconnu, peut-être qu'une virée en Triumph avec Johnny Hallyday la flatterait davantage.

Il est impossible qu'elle n'ait pas vu la Triumph, garée là, devant le snack, des curieux tournent autour.

Après quelques instants de réflexions, Johnny se tourne vers la fille, lui adresse un grand sourire et, très gentiment, lui fait une proposition.

— Pascale, voudrais-tu passer un week-end en tournée avec moi ?

C'est dans la bonne ville de Tours que nous retrouvons nos personnages. Pour Pascale, tout semble magique. Un parfum paradisiaque lui monte aux narines : les musiciens, les répétitions, pouvoir circuler librement en coulisse, l'envers du décor réservé aux privilégiés... Puis, le soir, le spectacle, la foule, le délire du rock, le dieu dans son soleil, l'assaut de la scène par les fans magnétisés. Elle en prend plein les oreilles, la donzelle, pleine les mirettes, la minette.

Tout n'est pas dit, rien n'est fait encore. C'est à l'hôtel que tout se passe. En sortant du restaurant, épuisé, Johnny s'effondre tout habillé sur son lit. Pascale passe quelques instants dans la salle de bains, se prépare pour l'offrande, en sort absolument nue, ses vêtements sous le bras. Johnny qui est allongé sur le dos, les bras croisés derrière la tête, la dévisage quelques instants, réfléchit à un truc. Johnny réfléchit toujours à des tas de trucs. Elle a l'air con, comme ça, la marquise. La nudité a quelque chose de ridicule en certains cas. Surtout quand on cherche à la démystifier. Alors il se lève, respire un grand coup l'air de la vengeance, attrape par le bras la marquise enfin soumise, ouvre la porte de la chambre et la vire à poil dans le couloir avec ses fringues. Puis il décroche le téléphone.

« Allô ! Concierge, il y a une folle toute nue dans le couloir qui frappe à ma porte, elle m'empêche de dormir, pouvez-vous m'en débarrasser ? »

Pour ceux que le sort de Pascale intéresse, je les rassure. Elle a fait dodo toute seule dans une chambre de l'hôtel et, le lendemain matin, a pris un train pour Paris... à défaut de Triumph.

Je précède la pensée des esprits chagrins qui crieront au machiavélisme primaire du fond de leur vieux fauteuils de cuir.

J'ajouterai même que cette anecdote n'est pas unique en son genre et qu'elle témoigne pour beaucoup d'autres.

On doit savoir qu'en ce temps-là le charme de l'adolescent était mal assuré et que l'on s'est amusé de ses lacunes en matière de civilité. Les filles n'étaient pas tendres avec lui. Extrêmement sensible, il en a souffert. Là aussi, il a fallu se battre et rendre chaque coup reçu. Ce fut fait.

En tournée, Johnny rencontre Mlle O... qui est comédienne. Les compliments d'usage étant épuisés, on en vient aux faits et une idole se nie. Pardon : une idylle se noue...

Dans le même hôtel pendant trois jours, — et bien sûr, trois nuits — c'est l'amour passion au point que Mlle O..., brûlante de tout son petit corps, jette à l'oreille du séducteur dans un souffle désespéré : « Toi je te veux, je te garde. »

Johnny est un peu inquiet des marques de sympathie débordantes que lui prodigue la jeune dame. (Il suffit que l'on dise à Johnny : « Je te garde », pour qu'il ait envie de se cavaler.) Habituellement, les amours de tournée ne dépassent pas la semaine. Les heureuses bénéficiaires d'un tel bonheur se contentent de ce laps de temps de plaisir annuel et savent qu'elles ne doivent pas espérer davantage.

Cette fois, Johnny tombe sur quelque chose de coriace qui ne se laissera pas abandonner sur le quai d'une gare ou dans une chambre d'hôtel. Il faut à Johnny un prétexte solide pour gagner sa liberté et se séparer en douceur de la dame qui vient encore de lui confirmer son attachement : « Si tu me quittes, je te retrouverai partout. »

Le prétexte infaillible que Johnny espère vient de se manifester par un coup de téléphone de Paris. Un copain le renseigne sur la dame en question : elle est la compagne de quelqu'un que Johnny connaît fort bien et qu'il estime. Je ne peux pas affirmer que Johnny éprouve un profond remords d'avoir utilisé la douce amie de quelqu'un d'autre, mais il se sent tout à coup pris d'un sentiment de culpabilité déguisé en dédouanage. Il s'adresse à la jeune femme, avec un ton de sincère repentir dans la voix.

« Ecoute ! Nous ne pouvons pas rester ensemble, je viens d'apprendre avec qui tu vis à Paris. C'est une personne que je connais et que j'aime bien. Je ne veux pas d'histoires, il faut se séparer. »

Sur ces paroles pleines de bonne volonté, Johnny fait ses valises. Mais au lieu de prendre la route pour suivre la tournée, il prend l'avion, car l'étape est longue et il est bien content d'avoir mis les choses au point avec une amoureuse trop entreprenante.

Dans ces petits aéroports de province, il y a toujours deux

gendarmes de service. Les nôtres — une grande asperge et un petit pot à tabac — ont les mains sur les hanches, un sourire qui va d'une oreille à l'autre. Ce sont des fans. Ils ont été prévenus de l'arrivée de Johnny Hallyday, et justement voilà le chanteur qui sort d'un taxi, sa valise à la main, et se dirige vers le couloir d'embarquement.

Les deux képis s'avancent vers Johnny et se souviennent qu'ils ont reçu des ordres. Les grands sourires s'effacent.

« Monsieur Hallyday, s'il vous plaît ?

— Si je vous affirmais le contraire, on ne me croirait pas, je suppose, répond Johnny avec un sourire mi-sympa, mi-professionnel.

— Nous avons reçu une plainte pour vol à votre encontre, voulez-vous nous suivre à la gendarmerie.

— Quoi ? C'est un gag ! J'ai un avion à prendre, je vais être en retard à mon gala.

— S'il vous plaît, monsieur Hallyday, suivez-nous. D'ailleurs, c'est certainement une erreur. »

Voilà un incident qui se passe dans un lieu public et qui a de quoi émoustiller les quelques témoins de cette scène. J'entends d'ici les ragots à la veillée des chaumières...

Dans le bureau de l'officier, Johnny manifeste son mécontentement.

— Que signifie cette histoire ? Vous me faites perdre un temps précieux, je chante ce soir à 500 bornes d'ici !

— Allons, calmez-vous, monsieur Hallyday, conseille d'une voix paternelle le galonné, nous avons effectivement une plainte contre vous, à propos d'un sac à main de femme que vous auriez volé à Mlle O..., à l'hôtel du Grand-Cerf. Je vous demande de bien vouloir ouvrir votre valise.

Furieux, mais sûr de lui, Johnny attrape sa valise, l'ouvre toute grande et invite les gendarmes à fouiller dans ses vêtements. Malheureusement, un sac à main émerge entre les chemises de cow-boy et les jeans.

Johnny comprend tout. Il a été piégé. Il s'effondre sur un vilain banc de bois, la tête penchée en avant, et se masque le visage de ses deux mains.

— Nom de Dieu, mais Nom de Dieu, elle m'a eu !

Une voix au timbre clair le fait sursauter :

— Bonjour, je suis Mlle O..., je retire ma plainte, monsieur l'officier, puis se tournant vers Johnny : « Tu vois, je t'avais dit que je te retrouverai ! »

Chaque tournée apporte à Johnny son pesant de galères amoureuses dont il ne se sort pas toujours avec les honneurs de la guerre.

Il se remplit les draps d'admiratrices béates et de sorcières puisées au fond des bouges. Comme un gamin se remplit les poches de sucre d'orge lorsqu'il sait qu'il n'aura rien à payer...

Tout à coup, je le vois sublimer la pureté, lui insuffler un baiser transparent. Il laisse s'assoupir une tête d'ange sur son épaule de reître. De ses deux mains, il fait un écrin à une seule petite main avec toute la douceur que l'on manifeste quand on ramasse un pigeon blessé alors que la méchante fée Blennorragie le surveille depuis longtemps du haut de son rocher gluant, avec un essaim de lames de rasoir dans chaque main...

... Le temps passe, Don Juan en blue-jean, ou lansquenet de la bonne cause, il devient plus méthodique, sélectionne et chasse avec application. Il est un peu plus vieux et « laisse les filles » pour découvrir les femmes. Des observateurs diront qu'il recherche un amour maternel qu'il n'a jamais connu. Je veux bien. Après tout, on peut toujours consulter papa Freud...

Dans chaque homme, il y a un enfant qui cherche à se faire câliner. C'est une analyse que l'on admet ou que l'on refuse. On s'en protège ou on se laisse aller, on a le choix. La carapace de chacun est inégale. Celle de Johnny est à fleur de

A Londres : pantalon rose, vert, bleu et orange.

Johnny et Sylvie chez eux, costumés pour la photo.
Ci-contre : « ...but don't you step on my blue suede shoes ».

Un ranch au Tennessee : on s'attendait à autre chose.

Shelby Singleton (Directeur Général des disques Sun, la maison mère des tout premiers rocks) Jojo et Chris.

Ci-dessus : Tu peux mettre tes lunettes noires et un chapeau, on te reconnaît toujours (mais qu'est-ce que tu crois !)
ci-contre, à g. : Raymond Donnez, le copain pianiste à la gueule médiévale et Lee Hallyday le « grand frère ».

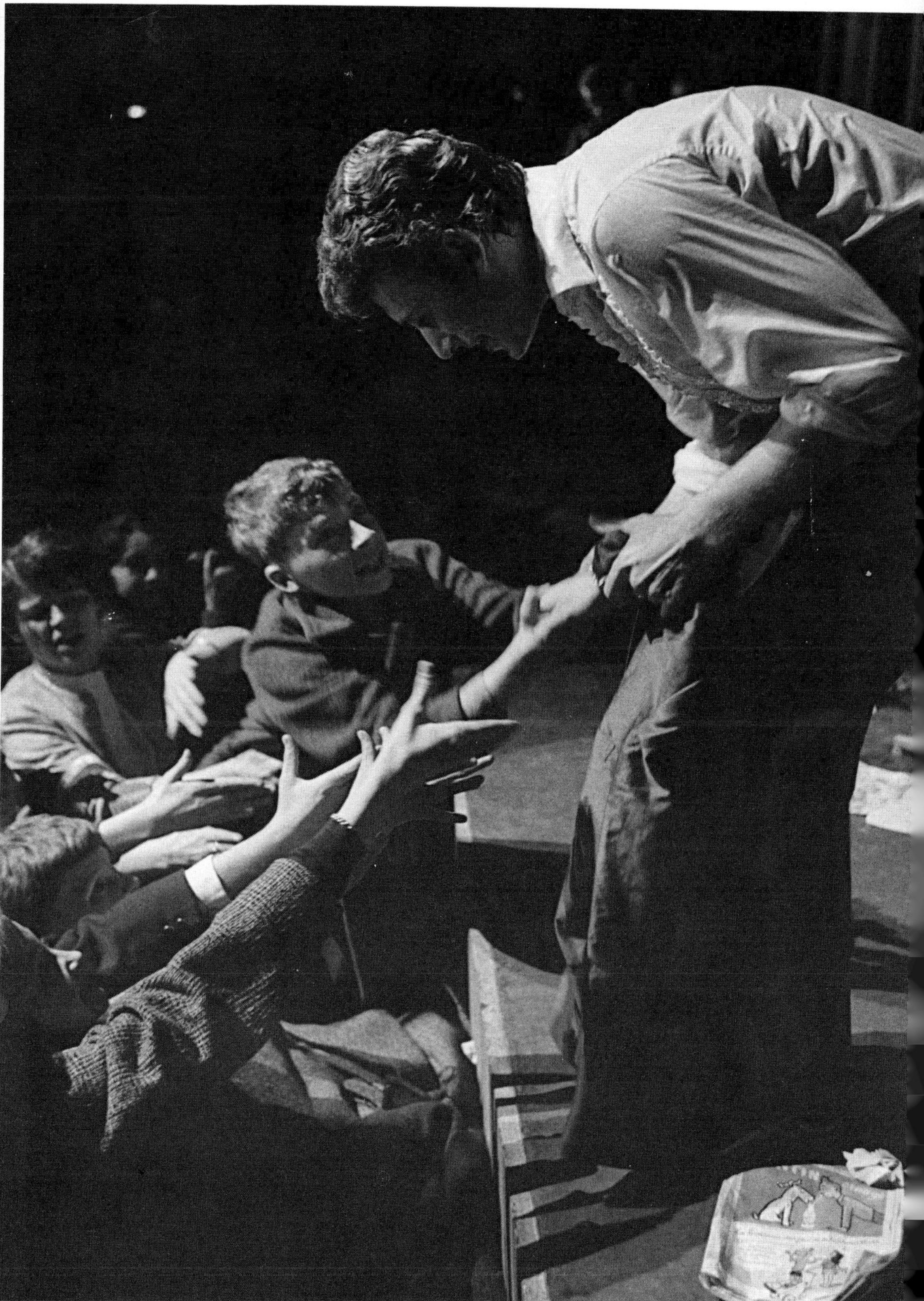

L'idole des jeunes et des très jeunes. Johnny chante pour tous les enfants.

Ci-contre : « ...10 ans de chaîne, c'était ma peine, forçat de l'amour et bonne chance à qui veut ma place... »

On n'apprend pas à avoir des sentiments...
...Parfois j'ai l'impression d'être un
gros bloc de mâchefer calciné (Terminus).

Retour aux sources ?

cœur. Elles en profitent, nos chères mantes religieuses. Ce macho est un tendre qui se prépare des petits matins au goût de cendre. Et des grands froids à l'intérieur de la poitrine.

Ah ! tiens ! on le fiance encore. Avec une starlette, cette fois : Patricia Viterbo. Ces fiançailles sont peut-être justifiées d'ailleurs car il arrive à « boucler » une année complète avec elle. Ce n'est pas le grand amour, mais il se sent bien. C'est une jolie fille avec laquelle il aime se trimbaler. Un rien emmerdeuse comme il les aime. Elle le persuade que ses meilleurs amis veulent coucher avec elle. Les fantasmes de la jeune mythomane lassent Johnny et il n'a aucun problème pour la quitter le jour où il s'apercevra que sa vie privée s'étale dans les journaux et que les « fuites » proviennent des indiscrétions de sa compagne.

Cette fois, il ne pleure pas l'amour perdu mais subit péniblement la réalité d'avoir été trahi. Il passe à côté du chagrin. Pas de larmes mais, il enrichit son vocabulaire d'un nouveau mot : « amertume. » C'est mieux. C'est plus sec.

Toujours à propos des femmes, un temps, il a comme un sursaut, l'instinct de conservation s'éveille en lui et se traduit par une sorte d'autodéfense. J'ai cru qu'il avait enfin la maîtrise du sujet et que ses sentiments ne dépasseraient plus jamais la hauteur de la ceinture. Il brûle son esprit et fait de tout son être physique un instrument érotique qui de nouveau se jette à corps gagnant contre la fragile résistance féminine.

Malheur ! Nous nagions en plein sophisme, cette discipline éphémère ne dure qu'un été et un hiver. La bouche imprégnée de celles des femmes, et la peau imbibée de ces parfums de jardins secrets, il n'échappe pas à la potence de chair, le dégoût dans l'âme, il revient les épaules basses.

Résigné, il accepte enfin le rôle que lui impose définitivement le sort : celui de l'homme qui perd toujours au jeu de l'amour.

Il est effrayé par les femmes mais ne peut s'en passer. Chevalier étripé en bataille, il remonte sur son destrier et repart à la guerre en se tenant le ventre des deux mains. Mais cette blessure lui fait perdre quelque chose d'essentiel, pas d'indispensable, mais d'important quand même dans l'art de l'amour : la parole.

Il ne peut plus parler aux femmes. L'esprit lui manque. Il n'a plus confiance en lui-même. Il ne se sent pas convaincant, il a la trouille !

Tout ce joli préambule, cet échafaudage de persuasions galantes, cette intrusion dans l'intimité de la femme, poussée dans ses derniers retranchements, quand elle perd son âme et offre son corps, enfin tout ce qui a autant de valeur que la conclusion elle-même, sinon plus, il ne peut plus, ou ne veut plus en être l'interprète. De toute façon, sa gorge est sèche, des tambours résonnent dans sa tête, il halète et son cœur bat la chamade. Il faut l'aider. Tel Christian amoureux de Roxane, mais incapable de le lui dire, demande à son ami Cyrano de persuader la belle de sa passion, Johnny demande à Long Chris d'intervenir pour lui dans un cheminement dont il se sent incapable d'assumer la négociation en cette période d'anéantissement spirituel. Je suis stupéfait, car s'il n'en est qu'un pour lever une fille sur un simple accord de guitare, c'est bien Johnny. Etonné, l'ami fidèle va trouver la dame ou la demoiselle convoitée. Il use de tout son talent dans la science de la drague et s'acquitte de cette mission d'eunuque avec un malin plaisir. On exécute parfois un meilleur travail pour autrui que pour soi-même.

Plusieurs bienheureuses tombent ainsi toutes rôties entre les papattes du dieu Moloch qui traîne son ennui en leur compagnie pas plus de huit jours. Puis il se penche vers moi comme à son habitude et, d'une façon cérémonieuse et grave à la fois où l'on s'attend à apprendre les pires catastrophes : « Je n'en peux plus de cette gonzesse, veux-tu m'en débarrasser ? » Je repars en mission. Ce n'est pas la partie du boulot la plus marrante.

Une fois, pourtant, j'essuie un échec dans ma démarche de racoleur. En revanche l'événement tourne à mon avantage.

Gala en province. Je suis avec Johnny dans sa voiture et nous arrivons devant l'hôtel où, parmi les fans qui font le pied de grue sur le trottoir, se détache la silhouette d'une très jolie petite blonde en costume blanc.

— Oh ! tu as vu celle-là ? me dit Johnny précipitamment. Attrape-la pendant que je me gare.

Je saute de la voiture, me dirige vers notre victime et me fait connaître. Au bar de l'hôtel, devant deux cocas, j'entame ma délicate fonction d'envoyé très spécial ; fort d'un éclectique baratin, je tâtonne :

— Aimez-vous le rock n'roll ?

— Pas vraiment.

— Aimez-vous Alfred de Musset ?

— Je préfère.

(Voilà autre chose ! Mais ne vous inquiétez pas pour moi : j'ai tous les plans là-dessus aussi !)

Je prends la fille par le bras, l'emmène au théâtre où l'on se produit et, tout en lui citant les « Nuits de mai », avec un romantisme intéressé, je lui fais visiter le « métier ».

Elle assiste à la répétition, sur la scène, et avec ses petits doigts aux ongles rouges, tapote sur la caisse claire du batteur, qui tombe amoureux tout de suite. La charmante évolue parmi les musiciens que je dois surveiller : « Attention les mecs ; chasse gardée. »

Johnny passe de temps en temps, m'appelle discretos pour s'assurer de l'efficacité de ma méthode et du bon déroulement de l'opération. Je vais dans ma loge, la fille me suit, je sors ma guitare de son étui et essaie quelques accords. Elle est maintenant assise devant moi. Je me demande si je ne vais pas craquer aussi.

Le soir, je passe en première partie du spectacle avec Noël

Deschamps, un copain qui chante en frappant sur un tambourin. Après notre prestation délirante, la jolie blonde revient dans ma loge. Je lui parle encore de Johnny. Cette fois, elle m'arrête net !

— Mais pourquoi tenez-vous absolument à me jeter dans les bras de votre ami ? Il vous paye cher pour lui trouver des filles ? Pourtant cela ne doit pas lui poser de problèmes, non ?

Alors là, mon p'tit père, je suis sidéré, on ne me l'avait pas encore fait ce coup-là. Un rocker qui possède du sang de cowboy ne se démonte pas facilement et je me ressaisis.

— Quoi, rébellion, cocotte ?

La fille me regarde avec les yeux de quelqu'un qui vient de faire mouche dans une cible, alors une vilaine pensée me vient à l'esprit, puisqu'elle se rebelle la mignonne, pourquoi ne ferais-je pas la même chose, pourquoi ne pas la garder pour moi celle-là ? Plus j'y pense, plus j'en crève d'envie. Désolé Jojo, mais c'est trop fort.

C'est ainsi qu'à la fin de la première partie, j'embarque la fille avec moi. Noël Deschamps attrape sa copine et nos deux couples s'enfuient éperdument sous la nuit étoilée, pendant que Johnny Hallyday fait son entrée en scène dans une fracassante intro de rock n'roll, inondé de mille feux.

Après le spectacle, Johnny, fou furieux nous cherche dans tous les hôtels de la ville pendant une partie de la nuit — sans succès d'ailleurs... Bonjour la gueule, le lendemain matin au petit déjeuner.

Dans la salle du restaurant Johnny m'interpelle.

« Dis donc le don Juan, elle est où ta gonzesse ?

— Quelle gonzesse ?

— Allez déconne pas, tu veux !

— Ouais... bon... eh bien, elle est partie travailler ce matin à 8 heures.

— Tu t'es quand même bien démerdé salopard. »

Johnny, le visage détendu maintenant parce qu'il a envie de se marrer, se lève de sa chaise et abandonne sur la table un café dégueulasse. Il mordille un croissant. Quand il passe devant moi, j'ai droit à une grande tape dans le dos.

« Sacré Cricri va !

— Alors sans rancune Jojo ?

— Sans rancune, bien sûr ! »

Quand Jean-Philippe eut sept ans, on lui proposa de figurer dans un film. Son premier. Oh, pas grand-chose : il est un gosse parmi d'autres gosses que seuls quelques dialogues pouvaient faire sortir du tas. Pas de chance, ces passages ont été en partie coupés. Le titre du film ? *Les Diaboliques.* C'est un hasard, un titre comme ça ? Non : c'est un signe.

Jeune chanteur de rock et vedette intégrée, il est de nouveau sollicité par le cinéma. C'est Vadim cette fois qui, pour ses *Parisiennes,* met en contact Johnny et Catherine Deneuve, le temps d'un sketch. En fait cela devait durer plus longtemps. Johnny tomba amoureux de la belle Catherine. Un amour platonique, langoureux lui rongea les sens. Une émotion enflamma son visage. Une passion s'installa au cœur de l'âme.

Son rêve secret se concrétisera plus tard dès que les circonstances le permettront. Ils se sont rencontrés très jeunes. En bordure de la vie. Johnny suit Catherine du bout des yeux, du bout du cœur. Puis elle est couronnée star, certainement la dernière star catégorie femmes, ce qui ajoute un peu de magie à notre histoire, car Johnny est également une star, star suprême, dernière étoile en son genre, catégorie hommes. Deux êtres qui, bousculés par la gloire, ne se voient que par intermittence.

Chaque fois que Johnny laisse quelques plumes dans une désastreuse affaire amoureuse, il frappe à la porte du cœur de Catherine.

Voilà autre chose. La foudre vous donne de ces coups ! Sans crier gare, comme ça, sans avoir la délicatesse de vous demander si vous êtes engagé avec quelqu'un. Cela peut poser des problèmes.

Décembre 1962. Nous sommes à l'Olympia, où Johnny vient de temps à autre prendre la température du métier, en assistant aux représentations des chanteurs à la mode, ses confrères et concurrents en quelque sorte. Ce soir-là, c'est Vince Taylor qui sur scène se tord dans tous les sens et finit enroulé comme une liane de cuir noir autour du micro.

En coulisse, derrière le pompier de service, Johnny et un musicien qui traîne par là discutent, échangent des avis sur la qualité du spectacle, puis se retrouvent à l'entracte chez Marie Line dans ce petit bar de l'Olympia, où tous les artistes du monde ont posé leurs lèvres sur le bord des verres. Une petite blonde, mignonne comme tout, vient dans leur direction. Johnny réagit.

— Hey ! tu as vu celle-là ? J'aimerais bien me la faire, tu la connais ?

Devant la petite blonde, Johnny ne sait plus quoi dire quand le musicien fait les présentations.

— Je te présente ma sœur, Sylvie.

Aïe ! Pour une première rencontre, la tournure est un peu... cavalière. Sylvie ne prendra connaissance de cette anecdote que beaucoup plus tard. Pour l'instant elle a devant elle un Johnny Hallyday fort bien habillé, affable aussi, ce qui l'impressionne un peu quand même, car elle avait dans l'esprit une image toute différente du personnage : celle d'un voyou en blouson de cuir, amateur de quatre cents coups. Mais ils se reverront...

Sylvie chante déjà, elle est en « panne d'essence » avec Frankie Jordan et se fait aussi « la plus belle pour aller danser » avec ce grand jeune homme en costume, au profil d'idole qui lui fait une cour concupiscente sous l'œil vigilant du grand frère, Eddie Vartan.

On connaît Johnny. C'est un tombeur. Un consommateurné. Il n'a pas les manières d'un galant. Toutefois il recherche les faveurs de la demoiselle Vartan avec habileté et courtoisie. Il est amoureux sincère et redoute une fois de plus le coup de foudre. Mais il ne cherche pas à lui résister. Je sais que cela n'est pas dans ses habitudes, mais il fait un effort, observe certaines convenances, devient sociable, ce qui paraît sensibiliser le grand frère qui lâche un peu la bride. On leur fait confiance. On laisse le jeune couple seul : c'est peut-être le grand amour.

« Mais Catherine, Johnny ?, interroge une voix.

— Quoi ! Qui parle de Catherine ?

— Qu'importe, dit la voix, réponds-moi.

— Ah ! Catherine, Catherine... (soupirs). Non, laissez-moi tranquille, ne me parlez pas de Catherine... Ce sera Sylvie ! »

Voilà la fragile Sylvie entre les grandes mains de Johnny. Ça brûle beaucoup de bonheur, un petit couple comme ça : jeunes, beaux, célèbres, ils sont aimés de tout le monde, ils font le même métier et Johnny impose Sylvie dans ses spectacles pour l'avoir plus près de lui. Ensemble, ils constituent un symbole : le plus beau couple de la chanson en France. Et tous les garçons et les filles de leur âge — comme dirait la copine Françoise — veulent leur ressembler. Il n'y a pas de fiançailles, mais des rumeurs circulent. Pour rassurer ses admirateurs (qui espèrent toujours secrètement épouser l'un ou l'autre), le couple annonce à la presse : « Nous ne sommes que des copains, rien de plus. »

D'ailleurs, c'est le temps des copains, de *Salut les Copains*, etc. Mademoiselle Yéyé et monsieur Rock, donc, toujours très copains, vivent ensemble dans un appartement, à Neuilly. Mais soyons moins crédules, mon cher Candide !

Sylvie apprend à mieux connaître un peu plus cet homme qu'elle aime, je crois, et découvre que son compagnon n'est pas un enfant de cœur. Des bonnes âmes, il y en a toujours dans ces cas-là, lui révèlent le passé turbulent de son fiancé rocker. « Radio Chiottes » ouvre sa grande gueule, confirme et actualise les faits : « On voit souvent Johnny Hallyday dans les boîtes avec des filles, entouré de son inséparable bande de copains. »

Mais pour Johnny les copains, c'est sacré. Je n'invente rien, c'est dans tous les journaux. Johnny est un loup — ça, c'est moi qui le dis, et les loups chassent en bande.

Mettons tout ça sur le compte des ragots, pour que rien jusqu'ici n'altère l'amour que Johnny et Sylvie se partagent, en cette belle année 1965, apogée des « sixties ».

Soudain, mon oreille perçoit au loin des froissements de soie, de dentelles, de rubans. Plusieurs ouvrières, telles de laborieuses abeilles tirent l'aiguille et le fil. On réalise la robe de mariée que portera Madame : de style Empire, la taille sous la poitrine, un immense capuchon bouffant, bordée de 400 mètres de valenciennes. Puis dans les couloirs, ce sont les allées et venues précipitées du maître tailleur, le centimètre au vent, affairé comme tout ! (oh, la la, Mon Dieu !), des coupons de tissus sur les bras ; gris, noir, ça c'est pour Monsieur, un costume strict, élégant bien sûr, très mondain IIIe République.

Le mariage aura lieu le lundi 12 avril, à 10 h 30, dans la petite localité de Loconville (Oise), parce que nous avons là une résidence secondaire qui ressemble fort à un manoir, et pour essayer aussi de préserver un peu d'intimité — l'anonymat serait trop demander. M. Coisne, le maire de Loconville qui n'a jamais entendu parler de Johnny Hallyday, est prévenu quand même à l'avance. Il met un sacré temps à trouver son écharpe tricolore. M. le curé, sa chasuble d'or passée par-dessus son « bleu », fait un semblant de répétition sous son clocher en marmonnant après ses enfants de chœur, tout excités d'apprendre que le dieu du rock condescend à venir se marier ici dans l'église du Dieu des hommes. Les gamins seront aux premières loges pour les autographes et, avec un peu de pot, seront pris en photo avec « lui ».

Renseignements pris, il ne sera pas possible de se marier dans la clandestinité, mais, pour éviter d'être trop chahuté par une foule d'admirateurs, une compagnie de gendarmes est requise pour le service d'ordre. Nous sommes maintenant à trois jours de la noce.

Les « Castors » sont une bande de copains qui ignorent tout de la mélancolie. Ils sont quatre comme les trois mousquetaires, de fines épées dignes de leurs prédécesseurs. Ils savent aussi tenir un pichet de vin et conter fleurette aux nénettes.

Je cite par ordre alphabétique, cela pour ne vexer personne, les gentils membres de cette association d'enfer : Carlos, Chris, Hubert (Wayaffe) et Johnny. Pourquoi les « Castors » ? Je ne sais plus, je crois que c'est une invention de Carlos. En tout cas, la merveilleuse devise du clan, que tout le monde hurle à chaque rencontre, doit sa paternité à Hubert. Je m'en voudrais de passer sous silence cette poésie du meilleur cru :

« Les Castors chahutent
Car ils sont heureux.
Ils construisent leurs huttes
Avec leur q... ! ! ! »

Aussi est-ce en compagnie des « Castors » que Johnny enterre sa vie de garçon (qu'il devait par la suite déterrer plusieurs fois). En Harley Davidson, nous débarquons dans un haras barbouillé en ranch, du côté d'Etrechy, où nous commençons la journée par une paisible randonnée à cheval, qui devait se terminer en rodéo. Au programme : courses de tracteurs, bagarres dans la paille, enfin toutes les bizarreries et facéties que peuvent inventer quatre dingues lâchés dans la campagne. Le soir, feu de camp, chansons cow-boy, sous l'œil ému et néanmoins intéressé des petites Indiennes de Belleville et de Saint-Germain-des-Prés. Attention les mecs !

Demain on ne rigole plus. L'aube du grand jour se lève, rassemblement à Neuilly, les familles, grand et petit état-major, copains et copines (de Sylvie), gardons à cet événement son caractère sacré.

Sapé comme un milord, Johnny prend la route de son côté avec Jean-Pierre Bloch et Hubert. C'est Sylvie qui emmène Long Chris dans sa petite Alpha Roméo rouge, elle a certainement quelque chose à lui dire à Long Chris. Il s'en souvient. Et je vais lui laisser la parole...

Sur les 80 kilomètres qui séparent Paris de Loconville, Sylvie me fait une sorte de sermon dont les grandes lignes sont très significatives. Il aurait d'ailleurs fallu avoir un cerveau en béton pour ne pas comprendre. La promise m'engage vivement à ne plus revoir son copain Johnny qui, bientôt marié, va devenir un homme plein de responsabilités, qu'il ne faut ni influencer ni entraîner dans les boîtes de nuit et autres galères. Bref, la vie de patachon doit s'arrêter là ! Pour Sylvie, le temps des copains est révolu.

Je la comprends fort bien, Sylvie. Elle veut son mari pour elle toute seule et une vie de famille normale — sentiments très honorables en somme. Mais que pouvais-je répondre, que pouvais-je faire ? Avait-elle tenu le même langage au principal intéressé, son futur époux ? Sylvie s'attaquait à moi comme si j'étais le principal instigateur des grandes diableries hallydéennes. Johnny n'a jamais eu besoin de quiconque pour l'entraîner en galère et ne subit l'influence de personne quand il a envie de s'éclater. Moi, le vieux copain je le suis quand il m'appelle. Et c'est tout. Il y a des moments où j'aurais préféré rester chez moi peinard plutôt que de participer à des bagarres de chiffonniers ou des sorties en boîtes bien arrosées, au point de ne plus retrouver le chemin de ma baraque. De plus, Johnny a le don d'attirer son monde dans les situations les plus insolites, dans n'importe quel endroit de la planète.

N'oublions pas que Johnny est un meneur. Un leader. Il

conduit sa vie privée au rythme de sa musique, sans demander conseil. Je n'essaierai pas de le raisonner, car je sais par expérience qu'il m'enverrait directement sur les roses. Je ne lui ai jamais imposé quoi que ce soit qui aurait pu détériorer son ménage.

Ce n'est pas moi qui soufflait le mauvais vent, alors pourquoi Sylvie veut-elle séparer Johnny de son plus vieux copain ? Y a-t-il incompatibilité à concilier les deux : femme et ami ? Nous sommes, elle et moi, des compléments à la vie d'un homme exceptionnel comme Johnny. N'en déplaise à Sylvie. Nous ne lui offrons pas le même amour, ni les mêmes services. Mais je reviendrai sur le sujet un peu plus tard. A présent, suivez-moi : je vous embarque au mariage !

Devant Loconville, c'est l'émeute. 1 500 personnes grouillent autour de l'église et se mêlent aux 150 habitants locaux qui, un peu inquiets quand même, se demandent ce qui leur arrive. Les 50 gendarmes ont du mal à contenir les admirateurs de chaque côté du petit chemin qui mène au porche gothique. Sylvie arrive la première, Johnny la suit de quelques mètres. Ça y est, ça craque ! Les gendarmes sont noyés dans la foule, on distingue encore un képi qui flotte quelque part, là-bas... Le couple est écrasé, chaviré, balancé dans tous les sens, ils sont littéralement portés par cette vague humaine jusqu'au seuil de l'église où une bouffée d'encens les accueille.

Tout notre monde est déjà là : les parents de Sylvie, son frère Eddie, Mme Mar sa voilette sur le nez, Lee, Desta, Jean-Pierre Pierre-Bloch et Johnny Stark, bien entendu les « Castors » en costume noir et cravate grise — ça nous change. Quelques copains plus ou moins intimes et un garçon que Johnny aime beaucoup, son adjudant à Offenbourg, Jean Collet. Sont présents également M. Hazan, président des disques Philips, Gill Paquet... Une petite escorte d'honneur formée avec Micky et Carol, les enfants de Desta et de Lee,

Vincence la fille de Johnny Stark. Les deux petites filles de l'adjudant complètent ce gentil tableau.

Dehors, les curieux se pressent toujours autour de cet édifice datant du XIe siècle. Des grappes de gamins s'accrochent aux grillages qui protègent les grandes fenêtres en ogive. Par un vitrail cassé, un enfant fixe l'instant où Johnny glisse l'anneau d'or au doigt de Sylvie. Le chœur des jeunes paroissiens entame le « Veni Creator ».

Quand M. et Mme Smet sortent de la maison de Dieu, unis pour le meilleur et pour le pire, ils sont happés, absorbés par la foule de tout à l'heure, mais en délire cette fois. Sylvie est commotionnée, elle a les larmes aux yeux et ce ne sont plus celles du bonheur qui, il y a deux secondes, coulaient sur ses joues. Johnny essaie de la protéger, s'énerve : « Mais qu'est-ce qu'on est venu foutre ici ! » Nous essayons de les dégager (j'y perds une chaussure), cela tourne presque à la bagarre. Quand même, un jour comme celui-ci... Des gens sont debout sur les tombes du petit cimetière qui entoure l'église, mais que doivent penser les morts de ce petit village, qu'on leur saute ainsi sur le ventre ? Quelques ancêtres aux mains aussi noueuses que les cannes qu'ils brandissent, crient d'une voix tremblotante : « Noël, Noël ! », voilà un cri de joie qui remonte à loin. De leur côté, les petits écoliers en blouse du dimanche, braillent à pleine volée : « Vive Sylvie, vive Johnny ! » Un simplet un peu à l'écart, ne sait pas très bien ce qui se passe ici, il se croit en faute quand je le regarde et se met à applaudir très fort et hurle à s'arracher le larynx : « Vive tout ! »

Enfin les photographes, nichés dans les endroits les plus incroyables, arrosent copieusement de leur « clic clac » cette fin de cérémonie qui tourne au burlesque. Il faut bien une demi-heure pour traverser cet échantillonnage humain d'êtres dits civilisés, du porche de l'église, à la portière de la voiture nuptiale. Coup de chance, j'entends les trompettes de la cavalerie ! Non : ce sont des sirènes qui se mettent à hurler, mais c'est pareil, un détachement de la gendarmerie motorisée vient dégager les jeunes mariés.

Arrivés au manoir, on change de toilette et l'on voit réapparaître ces pantalons de toile bleue délavée si chers à notre standing, portés avec les chemises à jabot des smokings. Johnny et Sylvie sont pieds nus et s'embrassent entre les petits fours. Les agapes s'éterniseront jusqu'en fin d'après-midi, suivis par des jeux de société plus mortels les uns que les autres.

Le soir tombé, Johnny termine une partie de billard avec les « Castors ». Sylvie, épuisée, est montée se coucher. Dehors, sous la lune, quelques fans persistent et, le front appuyé contre les barreaux de la grille du manoir de Gagny, attendent... jusqu'à ce que la fatigue les fassent partir les uns après les autres, comme des ombres déçues.

Malgré l'arrivée d'un petit prince (14 août 1966), que l'on prénomme David, comme ce roi hébreu qui cumulait les fonctions d'écuyer et de musicien, le bonheur du jeune couple va lentement s'effriter comme du mica pur au contact d'un vent mauvais et corrosif dont je parlais tout à l'heure.

On se rend compte que, paradoxalement, ce n'est pas leur métier qui rapproche Johnny et Sylvie. Une singulière rivalité existe. Même si elle cache bien son nom. Le fait d'avoir le même imprésario n'arrange pas les choses. N'est-il pas conseillé à un couple d'avoir chacun son médecin ou son avocat ?

Les repas de Johnny et Sylvie ressemblent de plus en plus à des déjeuners d'affaires. Ils ont rarement l'occasion de se trouver seuls. Une cour impressionnante gravite autour d'eux, qui interdit toute intimité. Il y a toujours une équipe Hallyday et une équipe Vartan qui jamais ne se souderont tout à fait, chacun gardant jalousement son autonomie et ses privilèges.

Nous vivions dans un climat d'intrigues biscornues, dignes

des rois de la Renaissance. Johnny a ses gens. Sylvie a les siens. Et chacun a des espions cachés derrière les rideaux. L'éloignement des êtres est en cause aussi. Johnny part quarante-cinq jours en tournée. Quand il rentre à la maison, c'est au tour de Sylvie de s'en aller pour cinq semaines. Ils se verront quand les amoureux ? Il faut faire des galipettes de funambules pour extorquer quinze jours de vacances au planning et s'enfuir très vite sur une île au soleil avant que le téléphone n'annule ce court répit de son impitoyable sonnerie.

Johnny, n'est pas, lui-même, l'artisan rêvé quant à l'édification d'une vie conjugale équilibrée. Quand Sylvie est en tournée, il s'ennuie, ne tient plus en place. Prisonnier dans sa tour dorée, il n'est pas du genre à rester seul à attendre dans un fauteuil au coin de la cheminée le retour de la bien-aimée. Dès que la nuit tombe, Johnny répond à l'appel de l'aventure (tel le loup-garou qui subit l'influence de la pleine lune). Il est comme attiré par un magnétisme diabolique. Il ne s'appartient plus, il va...

Au volant de sa Jaguar Type E, la glace de la portière baissée, un vent frais lui caresse le visage, la narine frémissante, les yeux brillants et humides, braqués sur la Seine, noire comme un flot d'encre sur laquelle brillent les feux mouvants de cent réverbères, il soupire un grand coup, comme un homme à qui l'on vient de rendre la liberté, et murmure enfin : « Paris, tes nuits m'appartiennent. »

Alors ce sont les cavalcades, les vadrouilles et les folles équipées qu'il partage souvent avec des types de rencontre, des filles de passage, des créatures, des sous-créatures... un beatnik à moitié à poil avec lequel il brûle la énième cigarette de hasch... Il traîne derrière lui une strip-teaseuse tout habillée, hallucinée et muette. Mais qu'importe la boîte pourvu qu'on ait l'ivresse... On arrête le monde et ses lois pendant quelques heures. On s'accroche au ventre de la nuit. On croque ses lèvres au goût de whisky sous un ciel d'or parsemé de petites étoiles de jais. On grapille un peu de paradis. Jusqu'ici ça va. Mais on se réveille, le lendemain matin, dans un endroit qu'on ne connaît pas, à côté d'une grognasse maquillée de travers. On rentre à l'aube avec la nausée (il faut deux plombes pour chercher l'endroit où, la veille, on a garé sa caisse dans un quartier sans couleur), le corps sali par l'amour industriel et la gerbe au bord du cœur. Il nous reste la journée pour culpabiliser. Et on recommence dès que le soir tombe.

Sylvie souffre. Comme une femme qui voit se dégrader son ménage. L'amour est une chose, mais quand on lui ajoute l'adjectif « propre », c'est encore autre chose. Sylvie « encaisse » moins bien. Alors, les premières disputes éclatent. Au cours de l'une d'entre elles plus violente que les autres, elle lâche le mot fatidique « divorce ».

Ce mot, tant redouté de Johnny, lui fait l'effet d'une douche froide. Il aime Sylvie, c'est vrai, mais à sa manière à lui, un amour que Sylvie ne comprendra jamais. Quand il est avec elle, il pense aux copains. Entouré de sa bande, c'est à Sylvie qu'il pense. Johnny est coincé.

Début 1966, c'est une tournée mondiale, puis le premier enregistrement à Londres. De retour en France, Johnny se produit dans quelques galas en province, proche de Paris. Le dernier soir, une bagarre éclate à l'entrée des artistes, c'est à Orléans ou à Chartres (j'aurais dû noter toutes ces choses-là au jour le jour). Nous essuyons quelques coups sans gravité et rentrons directement sur Paris où nous dînons à la Cloche d'Or, un des rares restaurants parisiens ouverts jusqu'à 2 heures du matin.

Il est question d'aller prendre un verre quelque part dans un club de Pigalle. Je suis le seul de l'équipe à accompagner Johnny, les autres nous ont abandonnés les uns après les autres. Accoudés au bar devant les premiers whiskies, nous faisons l'inventaire du matériel au niveau gonzesses...

Le temps que j'aille demander des cigarettes au vestiaire,

Johnny a disparu. Je reviens au bar et cherche des yeux dans cette salle enfumée la silhouette si familière de mon copain.

Un type absolument fait comme un rat, allumé comme un sapin de Noël, tenant debout parce que c'est la mode, vient me souffler dans le nez son haleine de chien crevé.

« Tu cherches Johnny ? Il est parti aux chiottes avec une gonzesse, si tu veux savoir (hip), mais je ne dirai rien (hips !), rien à personne et tu sais pourquoi, je ne dirai rien... »

C'est pas vrai ! Je suis coincé avec ce poivrot qui me gonfle et Johnny n'arrive toujours pas. S'il est réellement parti tirer une gonzesse dans les chiottes, y en a pour une plombe, je ferai mieux de m'installer sur une banquette. Trop tard, le type à l'haleine pourrie me saute dessus.

« ... Alors tu zais, bourquoi, je ne dirai rien, hein ! parce que je... l'aime bien (hips). Johnny, moi, je l'ai vu aux arènes de Béziers en 1961 ou en... » Je suis bien content d'apprendre tout ça. Emerge enfin Johnny d'un couloir sombre, il me rejoint au bar, ne me parle de rien et demande un verre de whisky avec beaucoup de glaçons. Maintenant c'est à son tour d'avoir le poivrot sur le dos et de respirer l'haleine du monsieur.

« Dis donc, toi, t'y vas pas un peu fort avec les demoiselles ? »

Johnny attrape l'oiseau par les revers de sa veste, ses pieds ne touchent plus terre.

« Toi, tu t'occupes de ton cul ! OK ? »

Le poivrot qui se mêle des affaires des autres est projeté sur une table et s'effondre dans un bruit de chaises. Johnny se tourne vers moi.

« Tu viens Chris ? On change de crèmerie. »

La crèmerie suivante, c'est le Bilboquet, club très en vogue, rendez-vous des noctambules du tout-Paris. Un groupe de rock s'y produit tous les soirs. Johnny passe devant le bar, attrape un verre, traverse la piste de danse et saute sur le podium, où les musiciens qui ont compris son message lui font une place devant le micro. Ça ne traîne pas, « Balancez-moi un accord de la, les mecs... Well well... it's one for the money, two for the show... »

Les jambes ponctuent les breaks de gauche à droite, des glaçons jaillissent du verre qu'il tient toujours à la main. C'est curieux : quand il chante, les gens ne dansent pas, ils regardent, applaudissent. En voilà un qui crie plus fort que tout le monde. C'est Hubert qui, carrément, tient la bouteille de scotch à bout de bras. Il nous appelle :

« Hey les " Castors ", c'est ici que ça se passe. »

Nous arrivons à sa table et le cri de guerre du clan est lancé :

« Les Castors chahutent,

Car ils sont heureux... etc. » (vous connaissez la suite).

Autour du Castor Hubert, c'est un chapelet de Castorettes, les présentations sont vite faites. Il appelle toutes les filles « maman ». Comme c'est un gros consommateur lui aussi, ça lui évite des difficultés quand il ne se souvient plus du nom de ses fiancées.

Johnny parle quelques instants à une fille, je surveille la trajectoire des chiottes. Mais non, il décroche et il vient vers moi, je sais ce qu'il va me dire : « Et si on allait voir autre part comment ça se passe, mon cher Chris ? » Je veux bien, mais je n'ai jamais le temps de draguer quoi que ce soit, il faut toujours « se casser ailleurs ». Je n'ai jamais le temps de m'installer dans une conversation avec une fille. Je ramasse des numéros de téléphone. J'en ai plein les poches le lendemain matin et je ne sais plus quels visages mettre sur ces numéros.

Bon ! c'est la fugue, on déménage. Comment faire autrement avec un Jojo qui a la bougeotte dans les talons de ses bottes de cow-boy. Mais voilà la fille avec laquelle il parlait tout à l'heure qui passe au vestiaire dare-dare et qui nous colle aux basques. Johnny se retourne, fait la grimace.

« Oh non ! elle me fait chier, celle-là, tu ne veux pas lui dire de me lâcher ? » J'explique gentiment à la fille que Johnny n'a pas besoin d'elle, elle a l'air étonné.

« Mais c'est lui qui m'a demandé de rester avec lui cette nuit ! » Je retourne vers Johnny qui arrose copieusement le pied d'un réverbère d'un pipi nocturne et néanmoins soulageant.

« Jojo, il paraît que c'est toi qui...

— Je sais, je lui ai dit ça dans l'obscurité, mais j'ai vu sa tronche à la lumière de son briquet quand elle a allumé une cigarette, ça m'a fait réfléchir... Allons faire un tour au Saint-Hilaire. »

La traversée de Paris se fait en trois feux rouges grillés et deux sens uniques violés. Chez François Patrice, nous sortons après le dernier client, nous ne voyons plus très clair. En descendant les trois petites marches qui donnent sur la rue de Ponthieu, Johnny s'emmêle les pattes et s'affale sur le capot d'une voiture stationnée juste devant la boîte. Trois connards qui n'avaient rien de mieux à faire que de venir dans notre direction ont la mauvaise idée de se foutre de Johnny. Ça y est, c'est parti mon Cricri, à l'assaut mon Jojo ! Il n'en faut pas plus pour dessoûler Johnny. Il en attrape deux d'un coup, le dernier est pour moi. Johnny a le sens des proportions, c'est gentil. Un des trois loubards vient de réaliser seulement qu'il a affaire à Johnny Hallyday. Il ouvre les yeux gros comme des soucoupes, ça le désarme et il relâche sa défense, ce qui lui vaut de recevoir une pêche à la sauce rock and roll. L'ennemi est en fuite, mais nos troupes sont en mauvais état. Je conduis pour ramener Jojo chez lui en respectant au maximum le Code de la route.

Mon rocker a l'air sonné : fatigue plus alcool. Seul le bruit des talons d'une femme qui résonnent sur le trottoir lui fait tendre l'oreille, il ouvre avec difficulté un œil. Je démarre.

Dans la salle de bains de ce superbe appartement de la place Winston-Churchill à Neuilly, nous sommes deux naufragés accrochés au lavabo, comme après une bouée. Nous ne sommes pas très beaux dans la glace, nos gueules sont déformées par les coups et l'alcool, des valoches sous les yeux en supplément. Quelques gouttes de sang tombent sur l'émail rose et forment de petites marguerites rouges. Il faut déjà être bien secoué pour remarquer des détails pareils. Johnny lâche lentement le lavabo, il recule et s'adosse au mur, glisse doucement vers le bas en pliant les genoux, il entraîne avec lui le porte-serviettes qui vient de se décrocher du mur. Je le crois mort mais il me sidère en me réclamant d'une voix brisée un dernier verre de whisky.

Il est 5 heures du matin, je juge qu'il est temps d'aller dormir et pour la première fois je me risque à lui tenir tête. Nos sorties nocturnes commencent à m'effrayer.

« Non, tu n'auras pas de whisky. Je te prépare un Alka-Seltzer si tu veux, mais tu ne crois pas qu'il faudrait quand même, un jour, penser à arrêter nos conneries ! Je crois que tu vas trop loin, Johnny. N'abuse pas de tes forces, tu viens de te taper un gala en province et on a passé la nuit à foutre le bordel partout où on est passé... Fais gaffe, un jour tu ne te relèveras pas. Pense que tu es marié et que tu as un enfant. »

Je ne sais même pas s'il m'a entendu. Cette fois, il glisse et tombe par terre sur le côté, serrant dans ses bras une grosse serviette de bain comme un enfant s'accroche à son nounours. Il trouve la force de lâcher d'une voix haineuse : « Mais toi ! tu n'as donc rien compris... Tu n'as rien compris, j' te dis. Merde, alors que tout commence, il n'est pas question d'arrêter quoi que ce soit, il faut aller encore plus loin... Je veux toucher le fond... Si tu n'es pas assez solide pour me suivre, alors casse-toi et laisse-moi tout seul... Laisse-moi. »

Une bouffée de chagrin me monte aux yeux, j'essuie une larme. Merde ! mais qu'est-ce qu'une larme vient m'emmerder à cet instant précis, peut-être parce que je suis encore un peu bourré... Je n'abandonnerai pas Johnny. Ça y est, il fait dodo sur la moquette de la salle de bains, je me passe la tête sous le robinet d'eau froide de la baignoire pour me réveiller. Je tire ce grand corps jusqu'à son lit et je le couche.

Le sommeil arrange bien les choses et les gens. Maintenant que ce diable dort, il a un visage d'enfant où se reflète étrangement toute l'innocence des anges.

Il est 6 heures du matin, je rentre chez moi à pied, en traversant un Paris tout bleu, transparent, où des gens bossus et frileux commencent à déboucher de tous les azimuts. J'ai l'impression de vivre dans un monde parallèle. Il fait froid, la tête me tourne. Je pense encore à Johnny. Sait-il au moins que Sylvie rentre de tournée aujourd'hui ? Cette soirée n'est pas la seule dans le genre. C'est de pire en pire. C'est la descente aux enfers, lentement, marche après marche.

Toutes ces nuits brûlées à faire le dingue sont les maillons d'une chaîne infernale que Johnny traîne à ses pieds, comme un forçat.

Il a tout pour être heureux : jeune, beau, riche, aimé, idolâtré même, célèbre, il possède une fort jolie femme et un enfant splendide (c'est trop ! on dirait un gag). A ces nombreux cadeaux, offrandes des dieux à un autre dieu, il répond par un refus et la destruction. Quelle profonde solitude...

Il existe une forme d'égoïsme dans tout cela, mais il ne s'en doute pas. Il fait du mal aux gens qui l'aiment. Quand je l'imagine là-haut sur son piédestal, auréolé, illuminé par un rayon de soleil perforant les nuages, se faisant obéir, aduler, acclamer par cent mille personnes en délire, uniquement par le son de sa voix ou par un geste de la main... Et de le voir comme il était tout à l'heure, écroulé par terre, moi à genoux près de lui essayant de le soulever par les épaules, pas un son ne sortant de sa bouche, digérant un demi-coma provoqué par des doses massives d'alcool et d'autres saloperies. Nom de Dieu ! Que ce type me fait mal. J'ai mal pour moi, j'ai mal pour lui. Je l'ai connu si jeune et si pur... Il n'était pas question de se déglinguer comme ça. Ce n'était pas prévu, comment en est-il arrivé là, si vite ?

Dans cette pantomime, il y a un fond d'autodestruction. Il espère fuir une réalité à laquelle il n'était pas préparé, peut-être même pas programmée. Il se bat un peu tard contre le sort. Mais je sais encore autre chose : il cherche à oublier ce qu'il n'a jamais connu, une vie normale.

C'est la raison pour laquelle cet homme écorché vif s'appuie sur la nuit comme sur une béquille, plonge dans ses ténèbres à lui et poursuit des fantômes ou de fugitifs phantasmes.

Déchéance, pense-t-on ? Nenni, gentil public, le malin a plus d'un tour dans son sac. Comparable au diamant, il présente plusieurs facettes, déroutant comme le labyrinthe, insondable comme le cœur de l'Océan, il est tel le phénix et renaît toujours de ses cendres.

Son horoscope est acide et persiste à lui bourrer le crâne d'ondes négatives qui l'enveloppent d'un manteau d'angoisse.

Johnny traverse une période de dépression, il subit les faiblesses des mortels. La fatigue accumulée lors des dernières tournées à l'étranger, les quelques galas mouvementés et les folles nuits à courir les rues chaudes de Paris, en sont les causes principales. Ajoutons à cela l'apparition dans le show-biz de quelques beatniks chevelus aux dents longues qui grignotent les pieds du trône du roi du rock n' roll... Antoine et Polnareff, pour ne citer qu'eux, et le trépignant Claude François, bien propre sur lui, sapé comme une gravure de mode, font de plus en plus parler d'eux. Tous ces nouveaux venus représentent une concurrence à ne pas négliger à un moment où les médias ne cessent de clamer semaine après semaine que le rock est foutu. Les tubes de Johnny s'épuisent et il ne trouve pas de nouvelles chansons. Le fisc aussi est dans le coup, telle une sangsue géante et assoiffée, il se cramponne sur le dos du chanteur et lui réclame des picaillons par millions.

Mais, ce qui est plus grave, Sylvie lui met sous le nez, une fois de plus, le spectre du divorce. La menace paraît irrévocable, c'est beaucoup pour un seul homme, même si on lui répète souvent qu'il est le plus fort, Johnny va craquer.

Il ne veut pas mettre les choses à plat, faire le bilan. Pour lui, la vie a toujours été une adversaire, il ne sait pas que le pardon existe mais qu'il faut en contrepartie le repentir. Il ne pense pas non plus à reconquérir sa femme qu'il aime et dont il est toujours amoureux, voilà encore deux choses différentes. Jaloux comme un tigre avec ça ! Et les concessions ? Tout est là, non il choisit la solution de facilité.

Il profite d'un moment où il est seul chez lui pour s'enfermer dans la salle de bains, ouvre la petite armoire à pharmacie et se prépare un savant mélange de barbituriques qu'il avale cul sec. Puis, pour faire passer toutes ces petites pilules multicolores, il descend d'un trait les trois quarts d'un litre d'Eau de Cologne. L'effet est long à se faire sentir. Alors il se taillade plusieurs fois les veines du poignet, afin d'être sûr de ne pas se louper. Quelques secondes après, c'est le trou noir. Cela se passe le samedi 10 septembre 1966. Johnny a vingt-trois ans.

La femme de ménage revient du marché, monte à l'appartement par l'escalier de service, s'affaire dans la cuisine, puis vaque aux occupations journalières de la maison. Elle a déjà nettoyé la salle de bains, il n'y a donc aucune raison pour qu'elle y revienne.

Elle se croit seule et allume la radio, elle ne peut donc entendre aucune plainte, aucun gémissement. Elle fait du repassage en faisant louvoyer allégrement son fer électrique sur les chemises de son patron. La fenêtre est ouverte. Quelle belle journée. Tiens ! On sonne.

C'est Me Dreyfus, l'avocat de Johnny, qui se déplace tout

spécialement pour lui faire signer un document important. C'est urgent. « Monsieur n'est pas là », déclare l'employée. Désappointé, Me Dreyfus décide d'attendre « Monsieur » sur place et s'installe au salon.

Quelques minutes plus tard, on s'inquiète. Après tout, Johnny devait rester chez lui aujourd'hui. Son emploi du temps ne mentionne aucune activité à l'extérieur. L'avocat et la bonne prennent la décision d'explorer l'appartement en commençant par la chambre à coucher, puis la salle de bains qui est, bien entendu, fermée de l'intérieur. La porte est enfoncée, Johnny gît à terre. Me Dreyfus a compris, il se précipite sur ce grand corps inanimé, « Un médecin, vite ! ».

C'est le médecin de Johnny que l'on requiert, le docteur Paul Belaiche, familièrement appelé « Palou ». Il est sur place dans la demi-heure qui suit et dispense les premiers soins au désespéré qui seras admis à l'hôpital Lariboisière, en service de réanimation.

Comme par hasard, un groupe de journalistes tournent en rond devant l'immeuble, comme une bande de requins qui auraient senti l'odeur du sang. Qui les a prévenus ? C'est peut-être une coïncidence, il y a souvent des journalistes qui restent des journées entières à guetter Johnny et Sylvie en bas de chez eux.

En tout cas, c'est une information qu'il faut éviter d'ébruiter. Pas de photos surtout. Au 6, place Winston-Churchill, il y a un parking souterrain, auquel on peut accéder directement par l'ascenseur. L'avocat et le médecin transportent Johnny toujours dans le coma, à travers les dédales du sous-sol.

Comment le faire sortir incognito, sans attirer l'attention des photographes ? Palou a une idée. C'est recroquevillé dans le coffre de la voiture du docteur Belaiche que Johnny sort du parking, ni vu ni connu.

Résultat des courses : deux jours à Lariboisière. Les médecins donnent leur diagnostic : Johnny est sauvé mais il a besoin de repos. Ce bref séjour à l'hôpital est suivi d'une cure de sommeil (20 jours) en clinique privée, cachée au milieu de la campagne du côté de Montlhéry. Cela sous le couvert de l'anonymat.

Vingt-cinq jours plus tard, Johnny grimpe sur la scène de l'Olympia dans le cadre d'un Musicorama et se présente à son public qui lui fait une ovation. « C'est un triomphe », soutiendront unanimes les journaux de l'époque.

Du côté cœur, ça s'arrange ; ce drame a ému Sylvie qui, devant les bonnes résolutions envisagées par son mari ne peut que lui donner sa chance. Mais cette affaire malheureuse donne à Sylvie une position de force, elle a plus de mordant et d'emprise sur Johnny et pose ses conditions. Anesthésié par les derniers événements, Johnny ne réagit pas.

Quant à moi, je découvre dans les journaux la raison pour laquelle Sylvie ne m'a jamais admis.

Je cite (*Ici Paris,* 20-26 septembre 1966) : « Pour Sylvie, Long Chris, c'est le témoin de la vie de son mari avant elle. C'est le copain qu'il appelle à son secours, le confident, etc. » Il y en a toute une page.

C'est bien évident. Il est frustrant et vexant à la fois, pour une femme, d'avoir toujours entre elle et son mari le vieux copain de celui-ci, surtout si c'est à cet ami qu'il confie ses petits secrets, surtout si c'est vers lui qu'il rapplique quand les choses vont mal. Je devenais donc pour Sylvie, « l'indésirable ami ».

C'est pendant une séance d'enregistrement au studio du boulevard Blanqui que Sylvie débarque un soir pour venir chercher Johnny. Elle est étonnée de me trouver là et exige de son mari que je quitte le studio immédiatement.

« Je ne ferai jamais cela, répond Johnny. Chris est mon copain depuis dix ans, et en plus, il travaille pour moi, c'est mon secrétaire. »

Vexée, Sylvie tourne les talons et rentre chez elle. C'est un affront qu'elle ne me pardonnera pas. Quelques années plus tard, un incident donne à ma « grande amie » l'occasion de se débarrasser du copain Long Chris.

Johnny et Sylvie ont déménagé, et se retrouvent maintenant dans un appartement beaucoup plus spacieux, au 14, avenue du Président-Wilson, près de la place d'Iéna.

Sylvie demande à sa mère de venir la rejoindre dans ce nouvel appartement, pour s'occuper de David. Mme Vartan est une femme adorable (« Néné » pour tout le monde) qui accueille Johnny comme son propre fils. C'est elle qui apporte dans les repas une petite note bulgare en confectionnant des plats de sa spécialité. Eddie Vartan, le grand frère, possède également sa chambre avenue Wilson. Mais voilà encore autre chose : pour un jeune couple, vivre avec toute la famille sous le même toit n'est pas très souhaitable si l'on veut préserver un brin d'intimité conjugale.

Un bureau est réservé aux « briefings » du matin. Nous échangeons ce jour-là des idées sur des chansons que Johnny veut enregistrer et dont je dois écrire les textes. Sylvie met son grain de sel et conseille à Johnny d'abandonner le rock pour s'initier au style « crooner » afin qu'il perde cette étiquette de rocker qui donne tellement mauvais genre. D'ailleurs, le rock est démodé (c'était en 1970) (1). Une dispute éclate entre Sylvie et moi. Johnny s'en mêle. Le cirque continue toute la journée. Sylvie saute sur l'occasion. Le soir, c'est l'ultimatum : elle exige de Johnny, un choix : « C'est Long Chris ou moi ! »

Très vite, le malaise s'installe. Johnny est accablé. Les forces lui manquent. Comment se tirer de cette impasse scabreuse ? Comment trouver une solution dans le quart de seconde et répondre devant l'un et l'autre sans blesser personne ?

C'est à moi d'intervenir, d'aider Johnny. Je n'ai jamais eu le sentiment de gêner le couple dans son intimité. Sylvie ne

(1) Nous sommes en 1986, et j'ai l'impression que le rock se porte très bien.

m'aime pas, il faut que je m'efface. Si réellement je suis la cause de si violentes disputes entre eux, je n'ai pas le droit de leur faire prendre le risque d'une séparation définitive.

Je ne laisse pas à Johnny le temps de répondre à Sylvie et prends moi-même l'initiative en traversant cet immense salon. Sans me retourner, je ferme la porte sur quinze ans d'amitié.

Dans le grand escalier qui tourne autour de la cage d'ascenseur, je descends les larges marches sans me presser et me met à réfléchir sur ce qui vient de se passer. Curieusement, je n'en veux pas à Sylvie, qui défend son bien. La faiblesse de Johnny est peut-être en cause et je décide dans la seconde, de ne plus jamais le revoir.

J'ai dans la poche un de ces gros marqueurs qui servent à signer des autographes, j'exprime une grande envie d'écrire sur le mur blanc du hall, en grosses lettres, une phrase que j'ai lue dans un bouquin de poésies et qui me revient en mémoire :

« Ton amitié m'a souvent fait souffrir, sois mon ennemi, au nom de l'amitié. »

Mais la virginité du mur fut respectée, assez de mélo pour aujourd'hui. La journée a été éprouvante. Quelque chose venait de s'éteindre, fermons les yeux un instant, puis tournons la page.

***

L'esprit dans le vague, debout devant cette table, longue et ovale où le couvert est dressé pour quatre personnes, je suis plongé dans les rêveries du passé, un turbulent passé dissipé aux côtés d'un personnage hors du commun : Johnny Hallyday.

Ma femme vient d'apporter la dernière touche au décor de la table : deux bougies, du même bleu que la nappe, diffusent une lumière agréable qui adoucit les traits du visage.

Un coup de sonnette strident m'arrache à mes réflexions. Devant la porte ouverte, cachés derrière un immense bouquet de fleurs, Johnny et Sylvie se tiennent bras dessus bras dessous, un grand sourire sur des visages bronzés.

Plus de trois années se sont écoulées sans que je voie Johnny. Il a fallu attendre cette rencontre dûe au hasard, dans un embouteillage pour nous faire reprendre contact et Sylvie a accepté de venir dîner à la maison. Les esprits sont calmés depuis tout ce temps et les vieilles querelles semblent si loin maintenant. Nous sommes chefs de famille avec femme et enfants et possédons ce petit confort bourgeois qui fait qu'un rebelle n'a plus envie de tendre le poing. De ce fait, Long Chris ne peut plus être dangereux pour Johnny, si toutefois il l'a été un seul moment...

Johnny et Sylvie sont heureux et représentent encore et toujours le plus beau couple du show-biz.

A table, nous évitons courtoisement les sujets tabous et passons une excellente soirée à explorer le futur. J'apprends des tas de choses sur le nouveau monde de la chanson. Ça ne me fait pas flipper. Sylvie est une femme cultivée qui s'intéresse à l'antiquité et aux livres anciens. Cela, en revanche, me permet d'étaler toute ma science sur la question.

Sylvie a toujours aimé la neige. Elle est fascinée par un tableau, accroché au mur juste en face d'elle, qui évoque une bataille dans un paysage enneigé. Des civils sont représentés également et portent sur leur visage toute la misère que leur impose la guerre.

Cette œuvre que l'on peut attribuer à l'école d'Alphonse de Neuville, émeut tellement Sylvie que je décroche le tableau et lui en fait don. On peut interpréter ce geste comme un pacte d'amitié après l'orage. La sensibilité qu'elle éprouve devant cette peinture ne me laisse pas indifférent. Il faut que je lui témoigne ce que je ressens. Je découvre une nouvelle Sylvie. A peu de chose près, nous aurions pu être amis.

Avec Johnny, nous avons l'air d'anciens combattants en convalescence et devons vaincre une certaine timidité. Nous avions, la semaine précédente, dîné ensemble, le fameux soir des retrouvailles dans un embouteillage, près de chez lui. Avant de se quitter, il m'avait dit :

« Tu sais ce qui serait chouette ? C'est que l'on dîne ensemble un de ces soirs avec Sylvie et ta femme. »

Je voudrais maintenant passer le relais à un historien des affaires du cœur, quand il en aura terminé avec Roméo et Juliette, César et Cléopâtre, Bonnie and Clyde, etc. Il peut toujours s'attaquer au chapitre Johnny et Sylvie que je ne désire pas exploiter personnellement. Ne serait-ce que par manque de place. Il faudrait, je pense, deux volumes comme celui-ci pour venir à bout du sujet.

C'est en novembre 1980 que M. et Mme Smet divorcent. Ils auront partagé quinze années de vie commune. Avec des hauts et des bas comme tout le monde. Mais aussi des joies et des peines comme personne.

L'après Sylvie est une ère morose et décousue. Une fois de plus Johnny est blessé en amour, comme jamais il ne l'a été auparavant, dans sa tumultueuse vie de bateau ivre, ballotté sur les flots de la passion. Des blondinettes papillonnent autour de lui. Il les voit sans les regarder comme une vieille habitude. Il étend le bras, en attrape une ou deux, puis les relâche, ne sachant qu'en faire.

D'autres plus futées, attendent le bon moment. Elles savent que maintenant Johnny est libre. C'est un cœur à prendre, mais un cœur de deuxième main, en très mauvais état. Elles n'auront que le corps qui, lui, fonctionne par automatisme.

Il est rongé par une timidité exacerbée envers les femmes encore une fois, — c'est cyclique. Il ne sait pas, il ne sait plus leur parler, il ne veut même pas essayer, il faut le faire pour lui.

« Tu vois, celle-là me plaît, mais je ne sais pas comment le lui dire ; Tu ne voudrais pas m'arranger ça ? »

Quelquefois, c'est au téléphone que je dois me faire passer pour lui et continuer une conversation qu'il a entamée huit jours avant avec une dame (j'arrive à avoir la même voix que lui, mais au téléphone seulement !) et redresser la situation s'il est fâché avec elle, ou conclure un rendez-vous au sujet d'une chose bien précise et souhaitée réciproquement.

A Genève, Johnny « flippe » sur une strip-teaseuse qui fait son numéro dans un club où nous prenons un verre.

Très courtoisement, mais brièvement, il lui offre de venir passer la semaine avec lui, aux sports d'hiver, pas très loin d'ici, à Crans-sur-Sierre. Belle, la strip-teaseuse, très belle... Elle accepte la proposition de Johnny, mais elle doit terminer son contrat et ne peut venir que dans deux jours.

A Crans-sur-Sierre, Johnny ne nous parle que de la strip-teaseuse. Il compte les heures. Presque les minutes. Puis, un lundi, nous allons ensemble la chercher à la gare en voiture.

On l'aperçoit de loin, celle qui fait l'objet de tant de désir : longiligne jeune femme, debout près du kiosque à journaux, une petite valise de cuir rouge à ses pieds.

« Elle est vraiment très belle » atteste Johnny en spécialiste qui connaît bien son sujet.

Arrivé à l'hôtel, le concierge donne la clé de sa chambre à la jeune femme. Curieusement pendant le déjeuner, Johnny ne lui adresse pas la parole. Nous passons l'après-midi entre copains à tâter du flocon et divers jeux de neige. Pendant le dîner, Johnny a le même comportement vis-à-vis de la strip-teaseuse : pas un mot à son intention. Nous ne sommes que deux avec « Palou » à essayer de meubler le vide, d'établir une conversation, de rassurer la fille. Une légère angoisse plane sur cette table. Johnny se lève avant la fin du repas.

Pendant trois jours, c'est le même théâtre. La fille ne comprend pas. Nous non plus ! Il faut quand même que j'interroge Johnny, cela devient irrespirable ici. La fille n'est pour rien dans ses états d'âme à la dérive. Il ne faut pas continuer à l'humilier de la sorte, c'est dégueulasse !

« Je n'y peux rien, affirme-t-il réellement désolé, je te jure, je ne veux pas faire de mal à cette fille, mais je ne peux plus la voir. Demandez-lui de partir. »

Avec Palou, nous expliquons à la dame que Johnny n'est pas dans sa meilleure période. Tout en rivalisant de galanterie, nous lui proposons de la raccompagner à la gare. Cela fut exécuté avec beaucoup d'élégance. Le maximum d'énergie est dépensé pour essayer de garder à Johnny une image de marque à peu près décente. Mais son attitude nous rend perplexes, nous aimons Johnny et nous lui trouvons des circonstances atténuantes qui peuvent justifier beaucoup de choses.

Quelque temps après, à Toulon, nous visitons le porte-avions « Foch » sur lequel Johnny doit faire une émission télévisée.

A la fin de la journée, un pot d'honneur est donné dans la cabine des officiers supérieurs, Johnny boit du champagne, trop peut-être. Il ne le supporte pas. Nous suivons le chemin des coursives pour sortir du bâtiment. Le visage de Johnny a déjà changé, il porte sur ses traits une certaine agressivité. Arrivé dans un de ces monte-charge que les marins utilisent pour élever du matériel sur le pont, soudain Johnny s'attaque tel un boxeur fou aux parois d'acier de l'appareil et se brise les poings dessus, puis il se tient, le front appuyé sur son bras contre le mur, nous tournant le dos.

Dans cet ascenseur, il n'y a que Johnny, Lee et moi. Un seul matelot est présent pour la manœuvre. Ce garçon nous regarde avec un petit sourire embarrassé. Nous nous dépêchons de grimper dans la voiture qui nous ramène à l'hôtel. La nuit est tombée, il fait sombre, tant mieux, personne n'a besoin de voir Johnny dans cet état.

Serré entre nous, à l'arrière du véhicule, Johnny souffle sur ses poings qui le font souffrir. Puis, se cachant le visage dans ses grandes mains aux jointures écorchées, il murmure dans un sanglot : « Sylvie... Sylvie. » La voiture quitte le port de Toulon, mais du porte-avions des dizaines de « matafs » disent adieu à cet invité qui les a fait rêver toute une journée, brandissant leur bonnet bleu à pompon rouge, ils entament : « Ce n'est qu'un au revoir, mes frères, ce n'est qu'un au revoir... »

Le plus dur est de paraître sur scène avec un grand sourire, alors que rien ne va dans la tête, chanter des chansons d'amour avec des mots dans lesquels on n'a plus aucune foi, des mots de papier mâché, rabâchés, digérés, sans aucune signification et que l'on entend même plus. « Que je t'aime » (qu'est-ce que ça veut dire ?) « Que je t'aime » (à quoi bon ?).

Le creux, le vide, gris c'est gris, devant trois mille personnes. Mais il faut crâner. Il faut paraître et faire semblant. C'est le rôle du pantomime, du comédien, de l'artiste, de celui qui a du talent, de celui qui souffre bien son talent. L'autre qui ne possède pas cette qualité essentielle, l'autre qui balbutie au lieu de hurler, l'autre qui feuilletonne, peut aller crever dans une fosse à rats, car il n'a rien compris. C'est son talent qui sauve Johnny Hallyday, son talent sur scène, son talent dans la vie. Le temps est une gomme qui fort heureusement nous aide à effacer plus ou moins bien certaines parties de notre vie. Pour Johnny, les séquelles de sa séparation avec sa femme disparaissent dans le coffre de l'oubli. Il a une autre attitude à son égard, celle de la sagesse : il a converti l'amour qu'il avait pour elle en affection.

Mon copain phénix est réparé et reprend goût aux choses de la vie. Son blason se redore au succès de ses nouveaux tubes, ce qui arrange bien les choses. Je le vois heureux courir dans tous les sens. Un soir, dans une boîte, il se jette sur le téléphone et à 4 heures du matin, appelle une copine : « J'ai envie de faire l'amour avec toi, j'arrive », puis il remonte les escaliers quatre à quatre, bousculant un couple qui descend, « Tiens, tu as vu : C'est Johnny Hallyday ». En haut des marches, il rencontre un musicien qu'il n'a pas vu depuis longtemps : « Hey, salut à toi, on prend un verre ? » Voilà la nénette complètement oubliée. Elle peut toujours attendre, celle-là. Autre chose de similaire mais tout aussi déroutant. Il est chez lui, en plein milieu de la nuit, il appelle une autre copine : « Chérie, je n'arrête pas de penser à toi, j'ai envie de toi comme un dingue, rapplique tout de suite ! » La porte est entrouverte, la cocotte arrive, et Jojo dort d'un profond sommeil. Il ne se passera rien.

Jusqu'à quel point tient-il vraiment à faire l'amour ? Dans ce cas présent, il appelle pour avoir une compagnie, le silence lui pèse, il ne veut pas rester seul. Il a peur, il panique, il pense à Sylvie, à son fils.

Il n'y a pas tout à fait vingt-quatre heures, il criait sa joie de vivre à qui voulait l'entendre. Tu as des remontées et des plongées qui donnent le vertige, Jean-Philippe, et de sacrés moments où je ne sais plus très bien ce qui se passe en toi comme ce mariage éclair avec la très jolie Babeth. Pourquoi ? Par réaction, parce que Sylvie était définitivement perdue pour toi ? Ou voulais-tu mettre un terme enfin au gâchis, à ton autodestruction et à celle des autres ?

Johnny a véritablement aimé Babeth et je pense qu'il serait certainement encore avec elle s'il ne l'avait pas épousée ! Mais comme il semble évident que, pour Johnny, le mariage étouffe l'amour, pourquoi s'amuse-t-il à provoquer le sort ? A combien de femmes a-t-il proposé de conclure ce marché devant monsieur le Maire ?

L'autre jour, à un déjeuner où étaient présents quelques journalistes, il eut l'idée saugrenue de vouloir se faire prendre en photo entouré de toutes celles qu'il avait connues et de faire paraître ce document dans un magazine.

Un professionnel lui a rétorqué qu'il faudrait alors utiliser à cette fin le format d'un grand quotidien du type *France-Soir* (éclat de rire général). Non bien sûr, ce n'est pas sérieux.

Mais je pensais à toutes ces femmes. Combien d'entre elles seraient réellement venues se prêter au concours d'une idée encore une fois diabolique ?

Seule l'objectivité et la connaissance profonde du personnage ont guidé ma plume tout au long de ce chapitre. Je n'ai pas voulu non plus faire l'apologie de saint Jojo, ce grand voyageur, éternel insatisfait qui aura, pendant la première partie de sa vie, nagé dans la rivière de mille femmes des vingt provinces hexagonales et des cinq continents, mais qui, infatigable, prendra encore la route tant qu'à l'horizon, se profilera l'ombre hypothétique d'une chimère.

Chapitre 8

MON AMI, MON FRÈRE

« Il y a dans l'amitié, une perfection à laquelle bien peu de femmes sont accessibles. »

Madeleine de SCUDERY.

« L'amitié d'un grand homme est un bienfait des dieux. »

VOLTAIRE.

« Le masque a été donné à l'homme pour connaître sa pensée. »

TALLEYRAND.

C'est un de ces cocktails d'ennui où l'on est obligé de faire tapisserie parce que cela fait plaisir à Untel de vous savoir là, lui qui vous a tellement prié de venir. Il comptait « absolument » sur vous, même s'il ne vous remarque pas de la soirée. La charge de la haute bourgeoisie sur les petits fours m'empêche d'accéder à la bouteille de whisky. La tapisserie n'est pas pressée et peut attendre une accalmie.

Faciès figé, super blasé et imperturbable, un des garçons en veste blanche, qui approvisionnent la meute mondaine et papotante me remarque soudainement alors que je suis adossé à un mur, bras croisés. Il fronce les sourcils, me fait un clin d'œil et, par-dessus les têtes du Tout-Paris 8e, me tend un verre plein à ras bord, glaçons compris.

Familier, mais aimable l'oiseau ! Mais à quoi attribuer cette faveur ? Tiens ! Il a déjà retrouvé son visage de marbre et, stylé comme un automate, continue de distribuer des rasades de champagne.

« C'est gentil ici ! Savez-vous chez qui nous sommes ? » interroge une petite dame rondelette, en se léchant les doigts. Avant que quelqu'un n'ait eu le temps de répondre, elle se goinfre encore de trois petits fours.

« C'est excellent ces petites choses ; il y a quoi dedans ? » Elle reprend sa respiration, j'ai le temps de placer un mot :

— Du cholestérol, madame, c'est fourré au cholestérol.

— Du colle, quoi ?

— Du cholestérol, répète un monsieur derrière moi, grand type aux cheveux blancs, genre David Niven.

— ... substance grasse que synthétise votre organisme par l'absortion trop souvent répétée de ces petites choses comme vous dites. Attention à l'artériosclérose ! »

La dame effrayée s'enfuit vers ses semblables, grosse bestiole qui a du mal à traîner son popotin, tandis que je sympathise avec le monsieur qui a la répartie aussi facile que moi, et qui semble se demander également ce qu'il est venu faire ici.

« Je suis le Docteur G... A qui ai-je l'honneur ?

— Blondieau, antiquaire.

— Hé, joli métier !

— Oui peut-être... Voyez-vous docteur, c'est drôle, j'ai toujours pensé que des gens comme vous et moi, exerçant des fonctions si différentes ont professionnellement un point commun.

— Je n'y avais jamais pensé. Expliquez-vous !

— Dans une réception comme celle-ci, par exemple, quand on apprend que je suis antiquaire, il y a toujours quelqu'un qui me saute dessus : « Ah ! Vous êtes antiquaire !

Alors dites-moi, j'ai un machin comme ça à la maison avec des trucs sur le côté, je sais pas moi... c'est en cuivre... ou en fer, en tout cas ça me vient de ma grand-mère ; c'est vieux, mais il est beaucoup plus beau que ceux que je vois chez vos confrères, ça vaut combien ? »

Le médecin rit franchement :

« Eh bien, oui, cher monsieur, moi aussi je passe à la question, très souvent même, pas plus tard qu'il y a dix minutes d'ailleurs. Dès que l'on sait que je suis médecin, je n'échappe pas à la consultation improvisée : « Ah, docteur, dites-moi, j'ai mal à cette jambe, non un peu plus bas, ça viendrait de quoi ? » ou alors : « Ah, docteur, pendant que je vous tiens, j'ai dû manger des cochonneries l'autre soir, j'ai encore... »

Nous sommes interrompus par la grosse dame de tout à l'heure. « Ah bon ! J'apprends que vous êtes médecin. Mais alors qu'est-ce que c'est cette chose dont vous m'avez parlé et qui vous donne de l'artère aux scléroses ? La colle quoi ? La collost quelque chose ! »

J'abandonne l'aimable praticien à sa très opportuniste consultante, et me dirige vers la table des victuailles. Vu le tableau, j'ai comme l'impression qu'un ouragan m'y a précédé.

Tiens, mon bienfaiteur, le barman, me regarde encore, mais cette fois il est avec une jeune femme. On dirait qu'ils parlent de moi. Après le verre servi généreusement tout à l'heure, va-t-il me présenter une femme maintenant ? Etrange !

Je vais tout savoir : la jeune femme vient droit vers moi, un petit sourire concupiscent. Attention, je ne suis pas un antiquaire facile, je ne suis plus un Castor et je ne me laisserai pas faire... La voilà qui ouvre sa jolie bouche.

« Pardonnez-moi, je voudrais vous poser une question (ça y est qu'est-ce qu'elle a comme vieux truc dans son grenier dont elle veut savoir la valeur ?)

— Je vous en prie, posez !

— Voilà, je viens d'apprendre que vous connaissez Johnny Hallyday, est-ce que c'est vrai ?

— Qui vous a dit ça ?

— Le barman. Il vous a vu il y a vingt-cinq ans au Golf Drouot et vous a reconnu.

(Je comprends maintenant le clin d'œil et le verre de whisky, fraternelle intention de vieux rocker).

— Holà, ça ne nous rajeunit pas tout ça ; eh bien oui, je connais Johnny Hallyday ; et alors ?

Sur un ton qui se veut confidentiel, la jeune femme continue :

— Hallyday est un personnage qui me fascine. Il est comment ?

— Eh bien, il est grand, il est blond, il...

— Ce n'est pas ce que j'ai voulu dire. Comment est-il dans la vie ? La vie courante, la vie normale, quoi !

— Parce que Johnny n'est pas normal ?

— Bon, vous le faites exprès, vous ne voulez pas me répondre, c'est bien cela ?

— Oui jolie madame, c'est bien cela ! »

Un sourire de bouddha, celui de la sérénité, passe sur mes lèvres. Non je ne veux pas répondre, j'élude, je taquine mes interlocuteurs qui me posent toujours cette question, et qui ne pourront pas, dès le lendemain, raconter au bureau : « Là là là ! Je connais quelqu'un qui connaît Johnny Hallyday et qui m'a dit que... »

Comment répondre, d'ailleurs, à une telle question en deux mots, dans un cocktail ? Ici, bousculé par les morfales, ou ailleurs, sur le bord d'un trottoir, ou encore coincé dans un avion où je subis l'interrogatoire d'un voisin qui a remarqué Johnny trois sièges plus loin, et a compris que j'étais avec lui. Celui-là veut exciter sa curiosité. Je ne marche pas.

La vérité est que je n'ai pas envie d'entamer, en si peu de

temps, un sujet aussi vaste, aussi immense, sans avoir la possibilité de bien penser à ce que je vais écrire, et de voir défiler devant moi les images du souvenir et — le plus important — dissocier l'homme de son œuvre.

Cet ouvrage va me permettre de répondre à la question que je me suis également posée : « Qui es-tu Johnny ? ». Je vais peut-être vous offrir un aspect réel d'un Johnny auquel j'aurai arraché son masque de comédien, un Johnny sans guitare, qui ne pourra pas se réfugier derrière un micro, car je le connais tellement en dehors de la scène qu'il n'osera pas me faire ce coup-là à moi !

Enfin, découvrir le visage humain d'une idole (Ah ! que je déteste ce mot !) totalement dépourvue d'auréole.

Permettez-moi de poser mon crayon une journée, peut-être deux, afin de bien réfléchir à cette analyse.

Mon sujet est dans la pièce d'à côté, branché sur Canal Plus, mais pour ce chapitre, il ne pourra en aucun cas me venir en aide.

En langage ésotérique, il faut savoir distinguer trois éléments de base importants, la tripartition de l'individu : le corps, l'âme, l'esprit. Laissons l'âme s'envoler, simplifions notre affaire, sans déborder du sujet, il ne sera donc question ici que du corps et de l'esprit.

Johnny Hallyday, issu d'une génération spontanée (pourquoi pas !) est un esprit qui a trouvé à se loger dans une solide et belle enveloppe charnelle dont il se sert comme véhicule. Il a une façon exceptionnelle de se cultiver qui est naturelle chez lui, il n'en est pas encore tout à fait conscient mais s'arrange toujours pour s'entourer de gens au talent certain, ou de fortes personnalités auxquelles, par un cheminement invisible, un va-et-vient mental, il absorbe des idées, des qualités, des expressions. Son esprit emmagasine tout !

Imprégné de ce mélange de particules venues d'un extérieur sélectionné, puis refondu dans son moule à lui, Johnny crée alors une personnalité étonnante et imprévue, d'une richesse variée, aux formes multiples. Il ne faut plus désormais s'étonner de cet étrange magnétisme qui émane de tout son être.

Johnny n'a pas eu le temps d'être un autodidacte. C'est dans l'homme, dans l'essence même de la vie, qu'il apprend. Son esprit est dirigé par une intuition divinatrice doublée d'un instinct inné et puissant, un instinct exacerbé qui ne se trompe que très rarement.

Que les couillons qui ont pris Johnny Hallyday pour un des leurs, aillent maintenant pleurer des lames de rasoir dans la chapelle du repentir, et reviennent ensuite réviser un jugement qui fut trop rapidement rendu.

Je me souviens de ces interviews pièges qu'une certaine inquisition de l'époque faisait subir à un gamin de seize ans issu de la rue, sur la tête de qui venait de se poser la couronne du succès, si lourde à porter ! C'était trop facile de le piéger, il venait de naître.

Aujourd'hui, en revanche, Johnny est bavard, très bavard. Je n'arrive pas à placer un mot — ni quiconque d'ailleurs — dans une conversation avec lui, qui le passionne. Une conversation qui ne commence pas nécessairement par « rock » et qui ne finit pas toujours par « roll » non plus, comme certains pourraient le croire, mais qui étend son éclectisme dans les champs les plus reculés de la culture humaine.

De plus, cet infatigable parleur a une mémoire extraordinaire. Il vous sort des trucs qu'il a vécus ou que vous lui avez faits ou dits le 12 mars 1961 ou le 3 janvier 1979 à 14 h 08, sur la route qui conduit de Luçon à Fontenay-le-Comte... Il vous confirme son témoignage avec une exactitude et une rapidité déconcertantes qui font penser à ces candidats aux jeux télévisés qui savent tout sur tout.

Tout récemment encore, nous déjeunions ensemble au restaurant quand un de mes plus vieux copains vient nous rejoindre. Après le repas, quand nous sommes seuls, Johnny allume une cigarette et, dans la fumée qu'il rejette, me souffle :

« Je me souviens de ton copain, il m'avait dit un jour au Golf que je ne marcherais jamais ! »

Quand on pense aux milliers de gens qu'il a dû rencontrer ! Il m'arrive cependant de lui rappeler un souvenir ancien qu'il avait oublié en surface. Il éclate de rire.

« Ah c'est pas vrai ! Tu te souviens de ça aussi ! »

Avec cette faculté de se souvenir de chaque instant de sa vie, le jour où il écrira ses Mémoires il faudra beaucoup de papier.

⁂

Je voudrais à travers l'expression symbolique, sujet qui me passionne, mais qui n'est pas l'objet de ce livre, faire sortir de l'ombre quelques images lumineuses et insolites qui s'accrochent bien au personnage que j'explore.

Johnny Hallyday a commencé sa vie au numéro 13 (contrairement à ce que l'on pense, ce chiffre est considéré comme de mauvais augure, trouble le repos de l'homme et correspond à un éternel recommencement)... rue de la Tour (symbole d'élévation, d'ascension, rapport entre ciel et terre)... des Dames (là on a déjà donné, voir le chapitre précédent).

Johnny est blond (signe de beauté royale chez les Celtes), aux yeux bleus (la plus immatérielle et la plus froide des couleurs, c'est la raison pour laquelle il a parfois un regard insoutenable). Il s'exprime par la chanson, matérialisée par le disque (puissance de manifestation dans la mythologie hindoue, mais aussi arme meurtrière. Notre société périra-t-elle par l'abêtissement des peuples drogués au rock décadent ?)

Johnny n'est pas une idole, encore moins un dieu, ni Presley ni Dean ni personne d'autre. Le dieu, si toutefois il faut un dieu à cette jeunesse turbulente, c'est le rock n'roll lui-même ! Johnny n'est qu'un prophète, il a prêché la cause, il a souffert, puis il a persuadé et a été suivi, puis crucifié (Palais des Sports 1982). Ressuscité, il devient le « Survivant ».

Il est parmi nous, palpable et bien réel. Il a su briser les barrières psychologiques entre les hommes, et prouvé que le rock était universel. C'est une civilisation assise sur près de trois générations déjà. On respire « rock », on fait l'amour « rock », on a des enfants « rock ».

Le rock aura contribué à rapprocher les hommes plus qu'aucune conférence sur la paix ne l'aura fait !

Je reviens toujours à cette petite rue de la Tour des Dames que plusieurs personnalités artistiques ont habitée depuis le XVIIIe siècle. Le sculpteur Pigalle, qui a laissé son nom au quartier, vivait déjà en 1782 au coin de la rue Blanche, dans un hôtel particulier installé au tout début de la rue.

Pendant la Révolution de 1789, vint s'installer le tragédien Talma pour qui Napoléon avait tant d'admiration. Un peu plus tard, sous l'Empire, une grande comédienne, Mlle Mars, élira domicile au numéro 1 jusqu'en 1840 : une autre grande tragédienne, Mlle Duchesnois, vint abriter son talent au numéro 3 de cette petite rue de banlieue (à l'époque) sous le règne du roi Louis-Philippe. Enfin, les « Halliday's » s'intallent au numéro 13 dès 1946.

Indépendamment de ce qu'il représente sur la scène, Johnny est conduit dans la vie par deux disciplines : la bonté... La bonté chez Johnny est spontanée, généreuse, et sans limite, elle est libre, guidée par l'altruisme et se manifeste aussi par une gentillesse désarmante.

L'amitié : pour lui, c'est un sentiment sacré et pur, qu'il veut indestructible. Cette immaculée relation de deux êtres qui traversent orages et passions chacun de leur côté, mais qui ont pour mot de reconnaissance : fidélité. Tous les sens de Johnny sont poussés au paroxysme au service de ces deux qualités et comme tout est démesuré chez lui, je vous laisse imaginer ce que de tels sentiments peuvent engendrer !

⁂

Il y a une chose à laquelle je pense encore souvent et qui me sidère toujours, c'est le fameux jour de notre première rencontre, quand, dans sa petite chambre, il m'a tendu la main et que très solennellement il m'a demandé d'être son ami.

Toujours ce côté sacré qui m'avait fait un peu peur. Je ne pouvais pas reculer, et je devais assumer absolument.

Ce qui me surprend le plus, c'est que nous ne nous connaissions que depuis trois heures, à peine !

Comment pouvait-il apprécier quelqu'un en si peu de temps ?

Comment pouvait-il choisir un ami — pour la vie — en étant persuadé que cet élu ne le trahirait pas et ne faillirait jamais, qu'il serait toujours là pour dire « présent » au moindre appel de détresse ? Et pour moi ? La réciprocité était-elle assurée ? Trop tard : J'ai signé le pacte et je ne le regrette toujours pas.

Nous n'avions pas d'argent, ni l'un ni l'autre, mais on se débrouillait pour payer chacun à notre tour les entrées au Golf ou les places de ciné. On se remontait mutuellement le moral, quand les filles nous égratignaient un peu trop le palpitant, et puis, très vite, gloire et fortune sont arrivées comme une tornade de poudre d'or, qui allait se solidifier en lingots mais le copain chanteur est resté bien accroché aux réalités et n'a pas eu le cou tourné par ce tourbillon enivrant.

Jean-Philippe est resté intact. Il n'a pas changé de comportement alors que d'autres auraient chopé une tête à ne plus pouvoir passer sous l'Arc-de-Triomphe.

C'est lui, qui, très vite, paye pour deux, boîtes de nuit et restaurants, parce que là je ne peux plus suivre. A l'époque de ses premiers succès, il vient me chercher chez mes parents en voiture de sport. Lui, il est en costume d'alpaga et sent bon une eau de toilette italienne que, paraît-il, on ne trouve pas encore en France. Il ne porte toujours pas de chaussettes avec ses superbes mocassins de chez Machin, le grand chausseur de la place... Enfin une grande place de Paris.

Ainsi il me sort de la grisaille de mon quinzième natal et m'embarque dans ses premières tournées de rock. Quelle magie ! Si hors de la scène, il est maintenant vêtu à envoyer se faire rhabiller un Brummell, moi je suis toujours enblujeanné, et c'est moitié cow-boy, moitié blouson noir qu'il me fait connaître les palaces aux colonnes de marbre, en ayant l'air de dire : « Hein ! Qu'est-ce que tu penses de tout ça ? » Il m'émerveille de lumières, de galas, de casinos et des grands lustres en larmes de verre des meilleurs restaurants européens. Les yeux encore pleins de sable de mon long sommeil parisien, il me prend par les épaules et m'assied un jour dans une gondole ; les rockers sont à Venise ! (Tu y crois à ça ?) Et ces palais italiens, Rome ! Les empereurs et leur empire millénaire, les légions, les gladiateurs. Je rêve...

Naples dont on est quand même revenus, Genève dont je n'avais jamais vu le lac et où j'ai découvert les plus beaux magasins de jouets. A Bruxelles, le Manneken-Pis m'a bien fait rire. J'ai toujours suivi mes parents et mon plus grand voyage était le déplacement annuel des grandes vacances sur une plage de l'Atlantique truffée de blockhaus, une ville déclarée position stratégique lors de la dernière guerre et qui portait encore les vestiges et les stigmates des bombardements aériens. Johnny, tu m'as offert les mille et une nuits, à moi, gamin de Paris aux joues creuses, et nous n'avions pas trente-sept ans à nous deux...

De retour à Paris, nous échafaudions des plans pour assouvir nos passions : le rock n'roll, les filles et la bougeotte. Partir, ah ! Quel mot magique ! Deux gamins lâchés dans un monde de Grands, avec le pouvoir d'ouvrir toutes les portes, sans adultes pour nous accompagner ni pour nous engager à rester sérieux. Je me laissais guider.

Un jour il arrive vers moi, le cœur bancal. Pas de chance : je boitais aussi pour la même raison.

« Si on allait se consoler à Londres ? »

Mais les petites Anglaises à la peau nacrée sont tellement semblables aux filles de chez nous ; elles griffent aussi :

« Et si on allait noyer notre chagrin à Amsterdam ? »

Les jeunes rockers à la carapace solide avaient un cœur d'artichaut. Alors arrêtons de faire le tour du monde, on ne sera bien nulle part. C'est de notre faute, nous tombons trop facilement amoureux. Il faut se faire une discipline, sinon on se prépare une vie d'enfer.

En commençant à travailler, je ne pouvais plus suivre Johnny dans ses tournées européennes, mais il me téléphonait et m'écrivait toujours ; j'ai dû laisser chez mes parents deux cartons à chaussures pleins de cartes postales affranchies de timbres de toutes les rondeurs du globe, portant la signature de mon copain aux semelles de vent.

C'était un Noël à Paris. Il y a longtemps et je ne veux pas compter le nombre d'années. Nous étions autour d'une petite table basse au bar Romain, tout près de l'Olympia. Quelqu'un remplissait des coupes de champagne, quand Johnny me tend une petite clé de voiture et me fait signe de le suivre dehors.

« Alors ! Elle te plaît ? Ça te changera de ta vieille Panhard ! »

J'étais sans voix. Quel cadeau de Noël ! Un cadeau d'adulte, un joli cabriolet décapotable alors que je n'avais pas un rond pour me payer le premier litre d'essence.

Johnny était aussi dans sa période « costume ». Il en avait déjà une fameuse collection. Un jour, il me fit le reproche d'être toujours en jean et blouson.

« Il te faudrait quand même un costard, Elvis ! Va chez mon tailleur et prends ce qu'il te faut ! »

Quinze jours après, Elvis était d'une rare élégance : du sur mesure, chemise à col blanc et cravate aux tons recherchés. Johnny ne me reconnaîtrait pas (moi non plus).

« T'es terrible Elvis, t'es terrible comme ça ! Rappelle-toi aux Puces, quand on s'habillait avec des jeans usés et des chemises d'occase ! »

Mais quand on a un costume comme ça, il faut un roulement de différentes chemises et cravates. J'en faisais la remarque à Johnny. Il ouvrit ses tiroirs :

— Tiens mon pote, prends ! »

Le lendemain, c'est lui qui est en jean et en blouson. A mon tour de le critiquer.

« Tiens ! C'est nouveau ta tenue ? Et tu veux sortir avec moi, habillé comme ça ?

— Arrête tes conneries. En fait c'est toi qui as raison, les costumes c'est pas pour nous, j'en ai filé un placard entier aux clodos du quartier. »

C'est sérieux, je suis devenu secrétaire. Nous sommes à Genève où Johnny vient de terminer le dernier gala d'une tournée. Ma fonction est bien rémunérée, mais, dépensier invétéré, je n'ai jamais trois francs devant moi.

« Johnny, je voudrais profiter de ce que je suis à Genève pour m'offrir une petite montre. Veux-tu m'avancer un peu d'argent ?

— Absolument pas ! Tu es payé tous les mois, tu n'as qu'à faire gaffe et c'est un service que je te rends. »

Voilà ! Le patron a parlé, il n'y a plus qu'à faire avec. Je peux effectivement attendre le mois prochain et acheter une montre à Paris, ce n'est pas un problème, mais je suis très touriste et j'aime bien les productions locales.

Le soir, à l'hôtel Gentilhomme, notre équipe est installée autour d'une gigantesque table recouverte d'une nappe blanc et or. Les serviettes sont pliées en petits cônes et posées sur les assiettes. J'attrape la mienne et je fais tomber un petit paquet qui était à l'intérieur. Je le ramasse et l'ouvre : ce n'était pas la montre que je pensais m'offrir, celle-ci est d'un niveau supérieur, très supérieur même, et porte la signature d'un grand horloger genevois. Mes yeux rencontrent le regard de Johnny, qui, juste en face de moi, avec un petit sourire timide et sur un clin d'œil m'envoie un « bon anniversaire Cri-cri » extrêmement touchant. Le charme est rompu par les musiciens qui braillent : « Un p'tit beurre des to you ! »

Je commençais à réaliser l'importance des cadeaux qu'il me faisait par amitié, parce qu'il m'aimait, et peut-être aussi parce qu'on avait manqué de pas mal de choses étant plus jeunes. Johnny faisait partager son bonheur et dilapidait sa fortune à faire plaisir autour de lui.

Tant de cadeaux commençaient à me mettre mal à l'aise. Je culpabilisais. C'était à sens unique. Que pouvais-je lui offrir ? Pas grand-chose et de toute façon il avait déjà tout ! Je n'avais plus qu'un souhait : devenir riche aussi et pouvoir à mon tour lui faire des cadeaux aussi somptueux.

Mais un ami, cela ne se résume pas aux petits gestes, aussi répétés et précieux soient-ils. Il y a des moments dans la vie où un jouet ne suffit pas. On a plutôt besoin d'une épaule pour s'appuyer, d'une âme à qui se confier quand le ciel vous tombe sur la tête et quand le seul chemin que vous avez devant vous est bordé de murs noirs, si hauts que la lumière ne passe pas.

Trop fier ou trop pudique, je n'ai dans ces moments-là jamais crié au secours. Mais Johnny, dont l'instinct est très prononcé et la sensibilité aiguisée sur la pierre de la compassion, est apparu devant moi avec un seul mot sur les lèvres : « présent ».

Il a des réactions tellement surprenantes pour un rocker, pour un dur qui se veut rebelle.

Un soir nous étions perdus dans le Midi. La raison pour

laquelle nous nous sommes arrêtés sur le bord de la route pour dormir dans la voiture m'échappe aujourd'hui. Le conducteur était peut-être fatigué, tout simplement.

Recroquevillés dans le petit habitacle de la voiture de sport, nos grandes carcasses se tassent et s'installent pour la nuit. Quelques instants plus tard la fraîcheur tombe sur la carrosserie du véhicule et s'infiltre à l'intérieur. Le froid me gêne dans mon sommeil. Johnny le remarque. Je n'ouvre pas les yeux, mais je sens qu'on s'occupe de moi. Je suis juste assez conscient pour me rendre compte que Johnny est en train de me passer un plaid sur les épaules. Et me borde !

Nous nous réveillons dans un petit matin blanc et humide couleur d'aluminium, sous un ciel aux odeurs de Camargue, tout près d'une immense usine désaffectée que nous entreprenons de visiter. Devant un mur délabré et criblé de bouts de ferrailles rouillées, j'observe le profil encore ensommeillé de Jean-Philippe. Col relevé, tête en l'air, il écoute le bruit du vent qui s'engouffre par les fenêtres éventrées. Me revient alors cette attention toute fraternelle qu'il a eue à mon égard en pleine nuit. Je me demande si j'aurais eu le même réflexe.

Il vient de réitérer son coup chez moi, il y a quelque temps, alors que j'étais en pleine rédaction du bouquin. Pour l'écrire, il m'est arrivé de travailler très tard le soir mais aussi très tôt le matin. J'arrêtais vers trois heures quand ma mémoire me jouait des tours et quand la fameuse crampe de l'écrivain me prouvait qu'elle n'est pas une légende. Je tombais tout habillé sur mon canapé et m'endormais sans avoir besoin de compter les moutons.

Johnny rentrait à quatre heures du matin. Et comme il voulait toujours savoir où j'en étais de ses aventures au pays des vivants, il prenait l'habitude de pousser la porte de mon bureau le jour et la nuit pour s'informer à quel période de sa vie j'en étais et à quelle fille je le fiançais.

Cette nuit-là, il me trouve endormi. Je l'entends rentrer, le grand Jojo, sur la pointe des pieds, mais il fait grincer la poignée de la porte. Je suis trop fatigué pour lui adresser la parole, mais devinant qu'il m'a sans doute réveillé, le voilà qui marmonne :

« Enfin, Cri-cri, c'est pas sérieux, va te coucher dans ton lit !

— Ouais...

— T'arrives à dormir toi, avec des chaussures aux pieds ? Et une cravate autour du cou ? »

N'attendant pas ma réponse, Johnny entreprend une démarche insoupçonnée chez un garçon comme lui. Ce Johnny qui brise un palais des Sports en deux en hurlant du rock n'roll, le Johnny des grandes bagarres, ce Johnny-là est en train de m'enlever mes chaussures. Il me soulève plein d'attention, retire ma cravate et ma chemise, va chercher un sweat-shirt dans la commode et m'aide enfin à le passer. Cette gentillesse est naturelle. Il l'a puisée au fond de lui-même, tout au fond, bien cachée, mais toujours tenue en réserve. Tant pis si après cette gymnastique improvisée je n'arrive plus à me rendormir. Je me mets à élucubrer sur le « cas Hallyday ».

Je reviens en arrière. Nous étions à Genève, n'est-ce pas ? C'est bien en plein milieu de la nuit, que tu avais réveillé Tosan le saxo, et sa femme...

« Venez avec moi, les Tosan, j'ai envie de me promener dans les rues.

— Mais Johnny, tout est fermé, il n'y a plus personne nulle part, répond le musicien en bâillant.

— Justement, c'est très bien, je pourrais me promener tranquillement sans être dérangé tous les dix mètres pour signer un autographe (c'était l'époque où les jeunes se jetaient sur lui par grappes entières). »

Tosan et sa femme suivent Johnny dans son insolite promenade sur les trottoirs de la rue principale de Genève. Simone réfléchit au côté dramatique de l'affaire : « Pour être tranquille, il est obligé de se promener la nuit ! Quand tous les magasins sont fermés. Une ville morte, voilà à quoi il a droit ! C'est pas juste, mais il n'a pas le choix. »

Il est là, seul, à courir dans la rue, d'un magasin à l'autre. Il s'arrête d'une devanture à l'autre : celle d'étranges mannequins que les étalagistes ont abandonnés sans vêtement dans la vitrine, ou celle du disquaire d'à côté qui présente des succès que l'on n'a pas encore en France. Johnny le nez sur la grille, a cette réflexion d'enfant qui n'est pas encore averti des mœurs des grandes personnes : « Tiens ! Il est fermé, lui ! Mais il ouvre quand ? Il y a des disques que j'aimerais acheter ! » Il a l'air heureux, ce roi solitaire !

Pourtant il y a des moments où l'on n'envie pas Johnny. Je l'ai encore vu durant son séjour chez moi. De toutes les pièces d'un appartement, c'est dans la cuisine que Johnny aime vivre, parce que la cuisine c'est le foyer, le cœur d'une maison, là où l'on prépare les repas. Il n'y a pas si longtemps il y avait encore l'âtre dans la cuisine et l'on enfouissait la bûche sous la cendre.

C'est nettement symbolique :

Johnny cherche une chaleur, un foyer, une base, sans quoi il ne se serait jamais abandonné aux mille folies nocturnes qui ont fait de lui un exemple dans les écoles de l'enfer.

En quittant la Tour des Dames, il a voulu voler de ses propres ailes, mais pas pour longtemps.

Après avoir sympathisé avec un garçon qui allait devenir un de ses secrétaires : Jean-Pierre Bloch — il fut chaleureusement accueilli dans la famille de celui-ci et resta en son sein au moins deux ans ! Il avait donc trouvé un foyer, ce qui est tellement important pour lui.

J'ai l'impression qu'il en a trouvé un autre où il se sent bien aussi : chez moi, dans ma famille, avec des gosses qui ne sont pas de tout repos. Mais il ne déplaît pas à Johnny d'être entouré d'enfants, surtout ceux de ses amis, à qui il fait encore et toujours des tas de cadeaux.

Pourquoi n'arrive-t-il pas à créer son propre foyer ?

« Même si j'adore les femmes, je ne peux pas vivre avec ! » réplique-t-il d'un ton catégorique.

Pour les vacances de l'été 1975, Johnny avait loué à Biarritz une sorte de manoir splendide où il rassembla un milieu très familial.

Nous y retrouvons Lee, avec Suzye, sa nouvelle femme, qui a l'air de faire bon ménage avec Desta, présente aussi, et ses enfants, Michaël et Carol. Claude Mulot le réalisateur et Martine, Jennifer, leur petite fille, Chris et madame, avec deux autres petites filles, Néné, la maman de Sylvie, et David, neuf ans. Le fils de Shelby Singleton nous arrive tout droit de Nashville. Ça fait du monde à table, Johnny adore ça !

Un soir, mes filles viennent à peine de s'endormir quand on frappe à la porte de notre chambre. C'est David, en pyjama. Tout triste et bougon il nous implore de le garder quelques minutes avec nous parce qu'il s'ennuie tout seul dans sa chambre, et aussi parce que sa grand-mère le cherche partout pour lui donner des fortifiants qui n'ont pas spécialement bon goût. Devant sa petite mine (il me fait le coup du gamin malheureux) je l'invite à rester dix minutes, pas plus. Mes filles, réveillées et ravies de l'aubaine, se lèvent. Tout à coup, voilà David, revigoré. Il explose de toute son énergie retrouvée. Il saute sur un lit et se met à hurler : « Je vais vous imiter mes parents ! Ça c'est ma mère »... et il se trémousse en faisant des « la la la ».

« Maintenant, je vais vous imiter mon père ! » Il se roule sur le lit en criant : « Yé ! yé ! yé ! » Mes filles sont heureuses, je les entends encore glousser de joie, mais je prends les choses en main : « OK. David, c'est très bien ton imitation, maintenant tout le monde au dodo ! »

Mais, fatalement, le garnement ne veut plus partir. Il veut rester dormir avec nous ! Je lui cours après, l'attrape, mais il s'accroche aux barreaux d'un lit.

« David, va dans ta chambre !

— T'es méchant Long Chris, t'es méchant, laisse-moi dormir ici !

— David, je vais chercher Néné ! »

Voilà ce qu'il fallait dire, la phrase clé ! En deux secondes, il franchit le seuil de la porte. Le menton rentré, il me regarde avec un air mauvais : « Tu vas voir, Long Chris, j' vais dire à mon père que t'es méchant avec moi ! »

***

Devant la constellation de faits étonnants qui émanent d'un artiste comme Johnny Hallyday, il en est un qui frappe davantage les observateurs : sa résistance à la fatigue. Quand il est en tournée ou en studio, Johnny peut aller très loin en dépense physique, avec un minimum de repos. C'est son secret, une force occulte. Les journaux disent « une force de la nature ». En deux heures de sommeil, il récupère l'énergie qu'un autre ne réalisera qu'au bout de dix heures. Il arrive à dormir dans les endroits les plus insolites et les plus inconfortables malgré le bruit. Le dossier d'une chaise fait l'affaire ou le mauvais fauteuil d'une loge dont le plâtre se décolle du mur.

Seul Napoléon avait cette faculté privilégiée de refaire le plein d'énergie en si peu de temps.

Dans son court sommeil, Johnny gamberge, au milieu de toute une équipe de musiciens, d'électriciens ou de décorateurs qui montent les fondations d'un spectacle. Une idée traverse son cerveau qui commençait à se reposer, et le voilà qui se réveille d'un bond et annonce à tout le monde qu'il faut changer tout ça, pour faire un autre truc à la place. On rouspète mais on repart de zéro. Le résultat est prodigieux, on est obligé de reconnaître qu'il a raison. Il dirige son monde, même pendant le sommeil (on n'aura jamais la paix, les mecs !) Il tue son entourage et traîne derrière lui des fantômes. Ceux-là seront remplacés par des éléments neufs qui, à leur tour, deviendront des ombres. Il consomme toujours la meilleure substance de chacun, d'une façon ou d'une autre, Johnny le Minotaure !

Tout le monde n'étant pas doué d'une telle nature, il faut vraiment l'aimer pour le suivre, mais il aime ceux qui tiennent le coup. C'est un dur à la tâche. Il veut que tout le monde soit identique à lui. Son équipe « grogne » mais le suit.

Après des spectacles de deux heures, épuisé, il passe dans les loges des musiciens, qui — eux — sont en décomposition. C'est l'empereur. Il pince l'oreille des grenadiers, je veux dire des musiciens. (Tiens ! Je fais beaucoup d'allusion à Napoléon dans ce livre, y aurait-il un dénominateur commun entre les deux personnages ?) — je reprends — Johnny passe dans les rangs, balance des mots encourageants, un geste amical, remercie untel parce qu'il a remarqué son travail sur scène, s'inquiète des familles, des enfants ; un guitariste est dans la mouise, il a besoin d'argent, il aura une avance. Et puis comme le spectacle a été génial ce soir, c'est le grand Johnny qui régale au resto !

Tout le monde tiendra-t-il à ce rythme ? Peut-être, mais jusqu'à quand ? La scène avec ses nouvelles techniques, devient de plus en plus dure. On n'est plus au temps de la « Lucky 7 » et de l'ampli Garen que l'on apportait sur scène comme une petite valise.

Johnny demande toujours plus. Il veut toujours aller plus loin, loin, loin, loin, loin.

On ne lui refuse rien. Il a en permanence ce rayonnement, cette aura, ce sourire désarmant. Un musicien pris de tétanie, les joues creusées par la fatigue regarde comme à travers un voile le monstre sacré qui rentre dans sa loge : « OK, Jojo, ça ira, on continue », lâche-t-il dans un souffle, avec des yeux de chien battu.

Sa tournée d'inspection terminée, Johnny est rassuré. Il peut retourner dans sa loge, s'affaler sur une chaise, renverser sa tête en arrière et fermer les yeux. La sueur coule sur son visage et s'étale comme un vernis. Il a encore gagné sur les hommes. Ce qu'il redoute le plus, c'est qu'on le lâche, qu'on le laisse seul.

***

En 1976, la cour du roi Johnny, c'est Versailles (je ne dis pas Fontainebleau, on va me taxer de bonapartiste cette fois !). Cette cour n'a jamais été aussi importante. Elle s'étend de l'imprésario au porte-médiator. Tout le monde assiste au petit lever du roi, secrétaires et sous-secrétaires. Si le monarque se réveille de mauvais poil, éditeurs, gardes du corps et cuisiniers affectent un air chagrin. Si le roi tousse, tout le monde tousse. Si la veille il a vu un film extraordinaire, tout le monde trouve aussi que ce film est extraordinaire, même ceux qui ne l'ont pas vu.

Comme ça, quand Johnny sort un nouveau disque et qu'il demande l'avis de son entourage, on est tout de suite fixé par une réponse objective et sincère...

En fin de repas, Johnny toujours « couronné » ne prend pas de dessert — « Tiens ! Personne ne veut de dessert aujourd'hui ? » Excepté Long Chris qui ne peut rien faire comme tout le monde, ce qui amuse Johnny qui me fait un petit sourire complice.

Un oiseau à côté de moi, à qui je n'arrive pas à attribuer une fonction, peut-être le copain du copain qui est venu apporter des photos tout à l'heure, se penche vers moi : « Tu prends du dessert, toi ? T'es gonflé, dis donc ! »

D'ailleurs, on ne disait plus « Johnny » mais « il » très respectueusement, presque confidentiel. On pouvait dire « le grand » aussi, ou simplement « l'homme ».

« Que fait le « grand » aujourd'hui ?
— Chut, « il » dort !

— J'ai vu « l'homme » sur scène, il y a deux jours, c'était très bien ! »

Mais « il » en profitait aussi et imposa une sorte de despotisme au sein de cette cour. Au début cela l'amusait, mais il se prit au jeu et malheur à qui ne disait pas blanc quand il fallait dire blanc ! Johnny était devenu tellement irascible que même ses musiciens n'osaient plus lui parler directement, il fallait suivre une voie hiérarchique.

Il fallait se détendre, respirer un bon coup et recommencer autre chose.

Alors la cour fut dissoute et certains partirent défendre une autre cause. Ceux qui restèrent devinrent plus copains que courtisans, ce qui établit des liens professionnels plus étroits et automatiquement positifs. La carrière de « l'homme » n'en fut que plus régénérée.

Je me souviens de l'été 1976 et de cette canicule qui faisait fondre le goudron des trottoirs. Johnny cherchait une chambre d'hôtel avec air conditionné, ce qui dans une ville comme Paris n'était pas évident. Je lui déniche ce qu'il désire dans les environs de Fontainebleau et le dialogue avec la standardiste se termine de la façon suivante :

« Une chambre pour une seule personne ? Oui Monsieur. Air conditionné et télévision, c'est OK. Je vous la réserve ? Vous me donnez un nom ?

— Johnny Hallyday.

— C'est un gag ?

— Pas du tout, mademoiselle.

— ... Ah bon, eh bien ici, c'est la reine d'Angleterre ! » Johnny hausse les épaules. Nous sautons dans sa voiture. Une heure après, nous respirons un air de chlorophylle, meilleur que celui de Paris. Nous faisons irruption dans l'hôtel en question, la standardiste est derrière son bureau. Quand elle aperçoit Johnny, ses yeux sortent des orbites exactement comme dans les dessins animés.

Johnny s'approche et, très britannique, apostrophe la jeune fille :

— « La reine d'Angleterre, je présume ? »

Chapitre 9

« MA VIE EST UN ENFER »

« *Que d'inquiétudes la royauté entraîne* »

SHAKESPEARE.

« *N'as-tu jamais pensé à laisser ton règne pour rentrer dans le rang ?* »

VERLAINE.

« Laissez passer, c'est Long Chris ! » Aussitôt, les épaules musclées s'écartent. Des yeux sombres me scrutent et les regards me suivent... Il est bien protégé celui que je viens voir. Sans l'intervention d'Alan, je n'aurais jamais pu accéder au Saint des Saints.

A l'hôpital Cochin, la chambre de Johnny est au bout d'un couloir et il est facile de faire barrage. Les copains viennent le voir, mais les indésirables sont irrémédiablement refoulés. Il y a aussi les malades des chambres voisines qui, en pyjama, arrivent sur la pointe des pieds : « On peut le voir ? ». Même ici, on ne le laisse pas tranquille. Les photographes ne sont pas acceptés eux non plus. La deuxième intervention chirurgicale de Johnny Hallyday est un sujet trop privé pour le laisser exploiter par une presse indiscrète.

En pénétrant dans cette chambre d'hôpital aux odeurs si caractéristiques, j'ai un pincement au cœur. Sur son lit de fer,

Johnny me fait un petit sourire timide comme s'il avait l'air désolé. Il a maigri terriblement. J'embrasse ses joues aux pommettes saillantes et avant même de l'interroger sur l'état de sa santé, c'est lui qui prend les devants et m'interpelle :

« ... Et toi, comment vas-tu ?

— Il n'est pas question de moi !

— As-tu apporté les tableaux ? »

Pour Johnny, ce n'est pas Long Chris qu'il a en face de lui, mais l'antiquaire Christian Blondieau qui, sur la demande de son client et ami vient lui présenter des toiles jusque dans cette petite chambre déjà encombrée d'une immense télévision et de son indispensable magnétoscope. Les vidéocassettes se bousculent au milieu des boîtes de médicaments.

Les murs sont chargés de télégrammes, de lettres souvent revêtues de signatures célèbres, de petits mots pleins d'affection souhaitant un indubitable et très prompt rétablissement et autres vœux de circonstance. Sur la table de nuit, une photo de Nathalie voisine avec la bouteille d'eau minérale.

Des voix montent du couloir. Celle d'Alan, le dernier secrétaire de Johnny. Elle est rauque et détonne avec les accents plus mélodieux d'un type du Midi. « C'est Gu », m'annonce Johnny. « Il vient déjeuner avec moi. Il est parti ce matin de Salon-de-Provence, le sac rempli de foie gras et de pâtes fraîches au pistou. Il reprend l'avion ce soir. »

Gu, en effet, apparaît aussitôt dans la chambre, plus moustachu que jamais : « Té, Longue Chrisse ! Ça fait une paye ! » Je suis immédiatement convié à rester pour déjeuner avec eux. Notre « officier de bouche » interpelle une infirmière de passage : « Soyez gentille, mademoiselle, faites donc réchauffer ces quelques pâtes.

— Mais, monsieur, ce n'est pas le régime de...

— Tatatatata, allez mon petit, faites ce qu'on vous demande. »

La fille, moulée dans sa blouse blanche, et qui ne porte sans doute rien en dessous (faut pas nous faire des trucs comme ça ici) est sympa. Un quart d'heure plus tard, elle revient tout sourire, tenant la cassolette par le manche : « Attention, c'est chaud », prévient-elle tandis qu'une bonne odeur de pistou se répand dans le couloir, effaçant au passage les effluves médicamenteuses des ammonium-quaternaires et autres aseptisants.

Un personnage aussi pittoresque que Gu, croyez-moi, ça se remarque. Johnny et moi, nous le connaissons depuis trente ans. Il a vu défiler dans son restaurant toutes les tournées du show-biz. On arrivait pour déjeuner ou dîner, à n'importe quelle heure du jour ou de la nuit, et il était rare de ne pas tomber chez lui sur quelqu'un dont la bobine n'avait pas été reproduite plusieurs fois dans *Salut les copains*.

Après ce déjeuner impromptu mais bien agréable, Johnny paraît un peu fatigué. En fait, il souffre de nouveau et nous sentons qu'il faut le laisser se reposer. Gu repart avec ses petits plats vides sous le bras. Je le conduis à l'aéroport : merci la province d'être venue de si loin.

Quarante jours seulement après sa délicate opération de la hanche, en août 1985, Johnny se produit devant les caméras de Costa-Gavras pour un *Conseil de famille*.

Trois ans auparavant, Johnny a rencontré Nathalie Baye sur un plateau de télévision pendant le tournage d'un sketch de Philippe Labro. Tout de suite, un courant de sympathie passe entre les deux artistes. C'est mieux déjà quand on doit travailler ensemble. C'est le début de la période cinéma de Johnny. A chaque instant, il plonge du nez dans le moindre bouquin qui parle de pellicule. Il se détache un peu de la chanson. Il aime rencontrer des comédiens avec lesquels il peut communiquer et débattre d'une passion qui n'est pas nouvelle chez lui, mais qui prend de plus en plus d'importance dans sa tête. Avec Nathalie Baye, il a la chance de fréquenter une comédienne confirmée. Il la regarde évoluer à ses côtés. Il joue avec elle, lui donne la réplique. Johnny est heureux. Ils sont copains.

Pendant trois mois, Johnny et Nathalie se rencontrent souvent. Quelques restaurants, quelques sorties, toujours animés par une passion commune : le cinéma. Mais après avoir connu la comédienne, Johnny découvre la femme. Lors d'un dîner, Nathalie peut continuer à parler toute seule, Johnny ne l'écoute plus, il la regarde avec des yeux différents. Les deux coudes sur la table, il se tient le menton. Les paroles de Nathalie sont sourdes. Il les entend comme à travers un mur. Il n'ose pas le dire, mais il pense : « Cause toujours, toi je t'aime ! ».

Nathalie s'aperçoit très vite qu'elle parle pour rien. Elle s'arrête soudain. Johnny, qui est toujours appuyé sur un coude, lui saisit alors la main, spontanément. Nathalie ne la retire pas...

⁂

Début 1986. La dame qui vient me proposer au magasin trois miniatures du XVIIIe siècle est stupéfaite.

« Je vous assure, madame, celle-ci n'est pas bonne d'époque.

— Mais, monsieur, elle me vient tout droit de mon grand-père.

— Ecoutez, madame, ce n'est pas parce que le sujet est du XVIIIe que l'objet est nécessairement de cette période. Cette miniature a peut-être été peinte sous Napoléon III et je ne pense pas, à vous regarder, que votre grand-père soit né sous Louis XVI ! Je vous confirme bien... (le téléphone sonne). Excusez-moi, madame. »

— Allo, Chris ? C'est Johnny. Tu es seul ? Je peux t' parler ?

— Je suis occupé mais vas-y, c'est grave ?

— Oui, non. Enfin, je ne sais plus. Je te rappelle plus tard.

Visiblement contrariée, la dame aux miniatures est partie comme ça sans un au revoir.

Le deuxième coup de téléphone de Johnny tombe à point et me libère d'un fâcheux qui essaie de me tirer les vers du nez pour savoir où je me procure toutes ces choses-là. Il ne me fait même pas grâce de l'inévitable : « Tiens, j'ai le même chez moi. Ça vaut combien ? » Je décroche un peu anxieux. Cet intéressant client a la bienséance de me laisser seul : « Bon, vous êtes occupé, je reviendrai. »

« C'est Johnny !

— Qu'est-ce qui se passe ? Qu'est-ce qu'il y a de grave ?

— Il faut que tu m'help !

— Quoi ?

— Oui, il faut que tu m'aides. Je viens de rompre avec Nathalie. Cette fois, c'est vrai. Je peux rester quelques jours chez toi ?

— Holà ! Oui c'est grave ! Tu veux venir à partir de quand ?

— Tout de suite si c'est possible.

— OK, ta chambre sera prête. Tu peux rappliquer quand tu veux. »

Ma porte s'ouvre sur un défilé de bagages de tout gabarit. Je fais connaissance avec Joël Devouges, nouveau collaborateur de Johnny, section administration. Et voilà mon Johnny qui sort de l'ascenseur, ses deux guitares à bout de bras et un chapeau de cow-boy sur la tête, un beau chapeau marron.

— Tiens, prends ce chapeau (il baisse la tête) et planque-le quelque part où il ne risque rien. Celui-là, j'y tiens !

— Au fur et à mesure que les bagages s'entassent, je juge effectivement que la situation est grave. Johnny s'assied sur le lit dans la chambre que j'ai mise à sa disposition, Les événements l'ont bouleversé. Il a l'air effondré :

« J'aime toujours Nathalie, tu sais, mais rien à faire, je ne peux pas vivre avec une femme. C'est pas possible. C'est incompatible avec ma vie. J'ai le cœur trop déchiré. Je t'expliquerai tout ça plus tard. Pour l'instant, je suis encore sous le choc, je ne peux pas.

— Mais, Johnny, je ne te demande rien.

— Ça me fera peut-être du bien d'en parler un jour. Ah, et puis, je vends la baraque aussi.

— Quoi ! Ta maison de l'Etang-la-Ville ! Quel dommage ! Elle est si belle... Avant de prendre une décision pareille, attends un peu et vois si la séparation est définitive.

— C'est définitif, mon vieux Chris. La preuve, j'ai ramené mes deux guitares et ça, c'est un signe. »

Le lendemain, c'est la tournée des agences immobilières. Johnny veut acheter un appartement, mais il se montre sans grandes convictions. Nous visitons pas mal d'endroits mais, au dernier moment, il a toujours un mouvement de recul. Tous ces appartements sont vides, bien sûr, et Johnny a du mal à s'imaginer seul dans ce vide. C'est extrêmement dur pour lui la solitude en ce moment. je le rassure :

« Chez moi, tu es chez toi, OK ? Reste avec nous aussi longtemps que tu le voudras. Tu ne seras pas seul. Et puis, laisse un peu le temps passer. Je te connais, avec Nathalie ce n'est peut-être pas fini fini. »

Les quinze premiers jours que notre pensionnaire passe à la maison sont calmes. Johnny se réintègre lentement dans la peau d'un homme, libre certes, mais quand même seul. Je l'accompagne, la nuit, dans les boîtes. Il faut recommencer à vivre vite, ne pas s'arrêter une seconde pour laisser son cerveau gamberger.

Mais Christian l'antiquaire n'est plus Chris le rocker. Il n'a plus l'habitude de rentrer au petit matin, les oreilles pleines d'un grouillement de décibels, d'une musique à laquelle il ne comprend plus rien.

Dès que je sens que Johnny va mieux, je le lâche un peu. Il faut quand même que je respecte les horaires que m'imposent mon métier.

Alors Johnny sort seul ou avec d'autres copains. Quand il

rentre au milieu de la nuit, il ne supporte pas de trouver un appartement sans vie où tout le monde dort ! Je l'entends tourner en rond, je culpabilise, je ne devrais pas le laisser seul ! Lui, il fait exprès de faire du bruit ou de se tromper de chambre, car il ne peut pas rester dans sa solitude. Il a besoin de parler à quelqu'un. Moi, je ne peux pas l'abandonner ainsi. Alors je me lève. En passant près du bar, j'attrape une bouteille et deux verres et nous nous embarquons dans une conversation dont Johnny, tout heureux, assure la conduite.

« C'est étrange, Johnny, jamais je ne t'ai entendu parler comme ça.

— C'est Nathalie, mon vieux ! Tout ce que j'ai en moi, c'est Nathalie qui l'a développé. Ma culture, mon amour, mon esprit ! Elle m'a tout montré, elle a tout allumé. Tu te rends compte qu'elle a fait de moi un homme ! A côté d'elle, j'ai acquis des valeurs humaines qui... oh et puis merde !

— Non ! Pas merde, continue. C'est très beau tout ça.

— Non, non, non, je veux désormais éviter de parler de Nathalie.

Nous sommes présents à la première de *Conseil de Famille*. Je réalise tout de suite que Nathalie n'est pas dans la salle. C'est idiot leur séparation. Je n'en connais pas les motifs, mais ça ne m'empêche pas de trouver ça idiot. Cela me gêne en tout cas. Je me demande si je ne partage pas au fond le drame de Johnny. Il a une sensibilité contagieuse.

Il est vrai que je les ai vus vivre tous les deux près de Versailles dans leur belle maison de style Directoire, aux lignes pures, posée au milieu d'un jardin à niveaux. Je revois ces grandes pièces très claires, décorées d'objets et de tableaux modernes et anciens mais toujours de très bon goût. Aujourd'hui, où sont les objets ? Mais surtout, où est le couple ? La maison est vide, les portes grincent toutes seules, les fenêtres laissent passer le vent, les grands rideaux blancs sont déjà gris. Dans le jardin, qui se sent comme abandonné, une statue de pierre aux lèvres froides adresse un sourire figé aux passants, aux curieux qui continuent de venir voir la maison de Johnny et Nathalie.

Je sais que pour Johnny, Nathalie a été bénéfique. On peut dire qu'elle est arrivée au bon moment où il vivait de travers. Il était happé par le tourbillon de la luxure qui risquait encore de le propulser vers des chemins fangeux dont l'aboutissement relèverait, une fois de plus, de la pire des incertitudes.

Nathalie protégeait bien leur bonheur derrière des murs épais. Séparés de la capitale par l'autoroute, elle allait transformer un Johnny sauvage en un homme respectable et conscient des valeurs de la vie. La chevelure moins arrogante se faisait plus discrète. Sa façon de s'habiller était plus recherchée. Bref, l'homme avait changé. En tout.

Ce bonheur était tellement protégé que quelques jours après la naissance de Laura, me déplaçant pour apporter un petit cadeau, comme le veulent l'usage et l'amitié, je n'étais reçu que sur le pas de la porte. Bon, c'est pas grave. A bientôt Jojo...

***

J'ai le sommeil léger. Une mouche qui marche sur la pointe des pattes ou qui se pose sur la moquette, à l'autre bout de l'appartement, me réveille.

Une nuit, j'entends des sanglots. Je me lève précipitamment. Johnny est dans l'entrée assis sur une chaise, la tête dans les mains. Il craque :

« Johnny, mais qu'est-ce qui se passe, bon sang ?

— Ah mon vieux, ça va pas, ça va pas.

— Mais parle Johnny, ne reste pas comme ça...

— Avec Sylvie, j'ai tout foutu en l'air et voilà que je recommence avec Nathalie.

Je m'empresse de le réconforter :

— N'exagère pas ! Les torts ne viennent peut-être pas tous

du même côté. Veux-tu que je parle à Nathalie ? Je suis sûr qu'elle ne refusera pas. Je vais essayer d'arranger ça.

— Non, c'est fini. Avec Nathalie, c'est fini.

— Arrête de pleurer, Johnny ! Ça me fait mal de te voir comme ça. Reprends-toi ! Quelqu'un comme toi ne doit pas pleurer.

— Et pourquoi n'aurais-je pas le droit de pleurer, moi aussi ? Pourquoi ? Je ne suis pas comme tout le monde ? Est-ce que les gens ne pleurent pas quand ils ont mal ? Oui, pourquoi n'aurais-je pas le droit de pleurer à mon tour ? Tu veux me dire pourquoi ? Sous prétexte que je suis une idole et pour certains un dieu ? Je ne suis rien de tout ça et tu le sais bien ! Un dieu ? Mon cul, oui ! Je suis un homme, tu entends, un homme qui souffre et c'est tout. C'est simple. Et en plus, je travaille comme un dingue. Je n'ai pas le droit de m'arrêter. Ah, merde ! Ma vie est un enfer ! »

A mesure qu'il parle, je réalise que mon intervention n'est effectivement pas très habile. Je suis con, ou quoi ? Bien sûr, comme tout le monde, il a le droit de pleurer surtout si ça lui fait du bien. Mais, sans prendre Johnny pour une divinité, je l'ai quand même placé sur un piédestal, bien au-dessus de nombreuses personnes. J'ai du mal à supporter une faiblesse de sa part. Pour moi, il est toujours gagnant et comme intouchable.

S'il n'était pas mon ami, je m'exprimerais autrement et je dirais : « C'est terrible de voir un grand bonhomme pleurer. » « Grand bonhomme, en ce sens, n'est pas péjoratif. Delon est un grand bonhomme, Gabin aussi. Et souvenez-vous de ces mots d'Edith Piaf : “ Mais vous pleurez Milord... Ça j' l'aurais jamais cru ! ”

Cette nuit-là et devant son désarroi je dois bien réviser mon opinion. Johnny évidemment est un homme comme vous et moi et ces histoires d'idole ne sont plus que le reflet d'une époque nostalgique où l'on s'amusait et tutoyait les dieux, dans le milieu du spectacle. Il y a vingt ans, c'était la mode mais aujourd'hui ça ne tient plus debout. Johnny n'est l'envoyé de personne parmi nous comme on s'est plu à le croire, moi-même je n'étais pas le dernier à jouer le jeu.

Johnny, c'est un type qui s'est élevé tout seul, à la force du poignet. L'édifice Hallyday représente une somme considérable d'un travail acharné. Il ne doit rien à la moindre force surnaturelle même s'il essaie encore de me dire : « Si je suis ce que je suis, c'est purement le hasard. » Non, Johnny, ce n'est pas le hasard. Je te répondrai que j'étais là, moi, que j'ai tout vu, tout vécu. Tu peux te regarder dans un miroir, prendre ce miroir à deux mains, le rapprocher de ton visage, esquisser le large sourire de l'homme victorieux et murmurer pour toi seul : « Hallyday, c'est moi qui l'ai fait. »

***

Une nuit, je tombe sur Johnny dans le couloir. Il a les poings en sang. Il se dirige vers la salle de bains et fait couler de l'eau froide. Inquiet, je l'interroge :

« Qu'est-ce qui se passe Jojo ?

— Un connard a fait devant moi des réflexions désagréables sur Nathalie. Je peux te garantir que je lui ai arrangé le portrait. Même séparé d'elle, si quelqu'un lui manque de respect en ma présence, je réagis... Je ne l'admets pas. »

Les mains couvertes de sparadrap (ça me rappelle la bonne époque), il cherche ses cigarettes dans la poche de sa chemise en jean. Il n'en reste que deux cassées dans un paquet écrasé.

« Trouve-moi des cigarettes, Chris !

— Tu sais que je ne fume pas. Si tu n'en...

— Si, je sais où il y en a. Dans le petit coffret là-bas... »

Je n'ai pas eu le temps de dire un mot qu'il épluche déjà un paquet de « Troupes » qui date de la guerre d'Indochine. Je le gardais précieusement en collection. J'essaie de sauver mon objet. En vain :

« Si tu fumes ça, tu vas crever !

— Bof ! si j'avais dû crever avec des conneries pareilles... Tiens, à propos de crever (il a les yeux sur un disque de country), ça me rappelle un truc. Tu sais que je suis toujours en retard pour prendre l'avion. Eh bien, lors de mon premier voyage à Nashville, c'était en... En combien déjà ? Mille neuf cent... Bon, tant pis (il allume une troupe), mille neuf cent... Oh, merde ! Tu n'as qu'à vérifier dans un bouquin sur moi.

— Bon, alors, cet avion à Nashville ?

— Eh bien, mon pote, j'étais tellement en retard ce jour-là que l'avion n'a pas voulu m'attendre. Et il a très bien fait car il s'est planté au décollage. Une autre fois, c'était au Canada, un type me tire dessus à bout portant dans un restaurant. Boum ! Loupé ! Le lendemain, excuse-moi (il allume une deuxième cigarette) je devais (puf ! puf !) chanter devant trente mille personnes... L'angoisse. J'étais persuadé que mon tueur était planqué dans la foule, quelque part en face de moi, dans le trou noir. Palou, mon médecin et ami, avait prévenu la police. Les flics m'ont fait une protection, j' te dis pas... Ils n'auraient pas mieux fait pour Reagan ! Tu sais, des histoires comme ça, j'en ai plein la tête.

J'embraye :

« Et tout ça, est-ce que ça t'a rendu fataliste ?

— Oui, peut-être. On dit que j'ai de la chance, mais j'aimerais voir jusqu'où. Tu sais, la vie, c'est comme à la roulette. Tu gagnes, tu perds, tu vis, tu crèves. Oui, au fond, je suis peut-être bien fataliste. Attends, tiens, je vais te raconter un truc à propos de roulette, mais t'as pas autre chose que ces saloperies là à fumer ?

— Je ne t'ai pas obligé à plonger sur mes cigarettes de collection. Mais qu'est-ce que tu voulais me dire ?

— Ah oui ! Je te parlais de roulette. Sais-tu quand j'ai arrêté de jouer à la roulette russe ? Ça remonte à l'époque où j'étais avec Babeth. Quelque temps auparavant, Sammy Davies m'avait offert un revolver à barillet. Je retrouve ce pétard au fond d'un tiroir. Il était légèrement rouillé.

J'appelle Coco, mon secrétaire et garde du corps — tu connais Coco ? — et je lui demande de nettoyer l'arme. Consciencieusement, il démonte toutes les pièces, les nettoie, puis les remonte une à une. Son boulot terminé, le voilà qui s'amuse au cow-boy pendant tout le reste de la matinée. Il fait claquer le chien, clic, clac. Ok ? Il a donc ce claquement dans l'oreille.

« Le soir, Coco rentre dans l'appartement. Moi, je suis dans ma chambre assis sur le lit. Soudain, il perçoit le bruit du chien que je fais claquer plusieurs fois. Il se précipite sur ma porte et me surprend le pétard à la main, le canon braqué sur ma tempe, au moment où je vais appuyer une nouvelle fois sur la détente. D'un geste brusque, Coco m'arrache le revolver... Il était chargé ! Tu me crois si je te dis que le prochain coup était le bon ? Coco m'a sauvé la vie, mon vieux. Faut dire que ce soir-là, j'étais salement allumé. J'avais un blues monstrueux, t'ajoutes à ça que la vie... Et puis zut, de toute façon, on ne sortira jamais vivant de ce monde, mon cher Chris ! Voilà, tu peux raconter ça dans ton bouquin si tu veux.

— Mon bouquin ? J'arrête tout.

— Mais pourquoi ?

— Eh bien... Parce que... J'ai envie de te foutre la paix. Depuis le soir où je t'ai vu dans le couloir, quand tu as craqué, j'ai eu de la peine pour toi. J'ai pensé qu'il valait mieux te laisser tranquille et arrêter de te décortiquer et t'analyser. J'ai l'impression de te voler quelque chose, un morceau de toi-même, je t'ouvre les tripes comme ça, devant tout le monde, ça ne me plaît pas beaucoup :

— Fais comme tu veux, Chris ! Mais ce que tu fais, ne me dérange pas.

— Moi si, parfois.

— Ce serait dommage que tu arrêtes. Tu es sans doute le seul à vraiment me connaître. C'est sûr !

— Alors, je continue ?
— Oui, tu continues !

⁂

Sept, huit, neuf, dix, eh bien dis donc : onze ! Et douze ! On ne manquera pas de flotte !

Tout au long du couloir sont entassés comme des gros cubes des cartons de bouteilles d'eau minérale. J'interroge ma femme du regard. Elle secoue la tête d'une façon tout à fait négative. Mais qui a bien pu faire livrer tous ces cartons ?

« Vous inquiétez pas, c'est moi, intervient Johnny en sortant de sa chambre, un gros cahier rouge à la main.

— Il y a une coupure d'eau ou quoi ? Tu veux prendre un bain à l'eau minérale ?

— Non, je bosse. Je viens juste de finir de lire un scénario qu'on ma proposé il y a quelque temps déjà. C'est une histoire genre science-fiction, un film d'action avec un camion qui parle. Ce n'est pas le genre de sujet que je rêve de jouer, mais ça m'amuse. Jette donc un coup d'œil au scénario, Chris. Ça s'appelle : *Terminus.*

Du tranchant de la main, Johnny fait éclater le couvercle d'une boîte en carton. Il retire une bouteille d'eau, la jette en l'air et la rattrape en vol de l'autre main. Il fait sauter le bouchon et boit au goulot, exactement comme il le fait sur scène. De grosses gouttes d'eau s'étalent en auréole sur sa chemise.

— Wha ! Wha ! Ouf ! Tu comprends Christian, maintenant plus une goutte d'alcool. Je travaille sérieusement et j'ai besoin d'avoir les idées claires. Je dois apprendre ce scénario par cœur. Il faut que je me fasse décolorer les cheveux en blanc, blanc blanc, tout blanc. J'ai déjà pris rendez-vous chez le coiffeur : C'est le 21 avril à 21 h 30. On me fait ça en privé. Je ne veux pas qu'il y ait des clients autour de moi. Ça les ferait marrer et j'entends déjà les réflexions.

— Ce soir-là, ça tombe mal, lui dis-je en regardant l'agenda. Nous avons un dîner au « Pré-Carré », avenue Carnot.

— C'est pas vrai ! Eh bien quelle chance dis donc. Le coiffeur est juste en face. J'irai me faire décolorer les cheveux pendant le dîner.

Dans ce restaurant au climat feutré, les gens dînent paisiblement, enfin ceux qui ne connaissent pas Johnny. En plein repas, Pierre-William Glenn, le metteur en scène du film, vient me chercher. Il paraît que Jojo veut mon avis sur sa nouvelle « couleur », si l'on peut dire, de cheveux.

Je prie nos amis à table de bien vouloir me pardonner cette absence momentanée.

Johnny, qui ne voulait personne autour de lui pour cette opération de décoloration, est déçu ! Tous les coiffeurs et coiffeuses du salon se sont mobilisés autour de ce client particulier. Ils sont même entourés de photographes et d'un cameraman. Il y a aussi quelques personnes qui appartiennent à l'équipe du film.

« Ah Cricri, voilà Long Chris ! Le bizarre Long Chris...

— Tiens, pourquoi bizarre ?

— Mais parce que tu es bizarre Long Chris !

— Pas tant que toi. Tu t'es pas vu ! (rires)

— Alors, comment me trouves-tu ?

— Assis dans un fauteuil chez le coiffeur.

— Oui, celle-là, je m'y attendais... Mais à part ça ?

— Horrible ! Abominable, mon pauvre Jojo. Mais qu'est-ce qu'on t'a fait là. Arrêtez, mademoiselle !

Je provoque un second éclat de rire, mais la demoiselle aux gants de caoutchouc qui s'évertue depuis une heure à blanchir les boucles sacrées du rock and roll me regarde d'un œil noir. A la radio filtrent les premières notes de *Quelque chose de Tennessee*. Un silence respectueux tombe soudain.

***

Dans un hennissement le chef du troupeau se cabre, les chevaux sauvages, crinières au vent, s'effraient et s'éparpillent dans un galop d'enfer. *Monstre* les a dérangés alors qu'ils broutaient paisiblement l'herbe sèche d'une steppe hongroise.

Monstre, c'est le camion de Johnny dans *Terminus.* Il est haut comme une villa de deux étages et solide comme un char d'assaut. Il a, en plus, la faculté de parler à son conducteur et possède un pilotage automatique.

Il a l'air à l'abri, dans sa tour blindée Jojo, mais des camions comme le sien, il en existe six autres qui sont conduits par des types qui ne sont pas nécessairement des enfants de cœur et qui en veulent à sa peau.

Pour savoir la suite, ou vous attendez le prochain numéro, ou vous foncez dans les salles de projection dès la sortie du film.

En juin 1986 pour son anniversaire, Johnny est à Paris, en vacances de tournage. Nous avons convoqué une armée de copains. Il faut que Johnny soit entouré ; il pense toujours à Nathalie et a des périodes de silence où il gamberge. Tout son être se transforme. Il « flippe », pour prendre une expression forte du moment.

Quand arrive Carlos, torse nu dans une salopette blanche, avec Guy Marchand que je n'ai jamais vu de mauvaise humeur, Johnny a le sourire. Cet anniversaire ne peut pas engendrer la mélancolie.

On raconte toujours les mêmes histoires, de galas, de galères. Il y en a qui sont devenues des tubes, archi connues mais qui font toujours rire.

Ce répertoire est augmenté et rafraîchi par les quelques anecdotes qui sont arrivées à certains d'entre nous pendant l'année. On se repasse les guitares, un p'tit *Loving you* réglementaire est assuré par Johnny. Long Chris se laisse faire pour une chanson country, Guy Marchand et Carlos, le dernier duo à la mode pour mariage ou anniversaire, essaient de se souvenir de *I can't give you anything but love, baby!* repris en chœur par tous les oiseaux présents : Alain Donna, Claude Mulot, et quelques musiciens.

Donc, voyez-vous, rien de nouveau, rien n'a changé, excepté peut-être le gâteau d'anniversaire, sur lequel on a planté une bougie supplémentaire.

Quand les conversations ont débordé un peu du show-biz, on s'égare dans les méandres politiciens.

La présence de Johnny à la fête de l'Humanité est très discutée. Carlos intervient :

« Vous n'allez pas nous faire chier avec la politique, les mecs ! D'ailleurs les cocos ne sont pas rancuniers !

— Pas rancuniers ! Pourquoi ? questionnent plusieurs personnes.

— Parce que, quand j'étais en tournée en Pologne avec Jojo, il a écrasé le mégot de sa cigarette sur le nez d'un haut fonctionnaire du Parti.

— Pourquoi ? Pourquoi ? (plusieurs voix)

— Doucement, bande de curieux ! (Carlos se met un doigt dans la bouche, gonfle sa joue et fait le bruit d'une balle de tennis qui rebondit « BOEUB ! », c'est fréquent chez lui !) Pourquoi ? Parce que la petite équipe de Français que nous étions, était invitée après un spectacle à porter un toast à Staline. Eh bien, pas un Français n'a levé son verre. On s'est engueulés. C'est là que le grand blond qui est en face de moi et qui parle plus fort que je ne le fais, merci, (rires) a trouvé pour sa clope un cendrier original.

— Et alors ? Et alors ?

— Zorro est arrivé (Boeub !)

— On n' saura jamais rien ! dit quelqu'un.

— Fais chier Carlos ! dit un autre.

— Je ne continue que si on me sert un coup à boire... (dix paires de mains se tendent vers la bouteille de Scotch !)... Alors, le lendemain matin, l'hôtel est cerné par des automitrailleuses et tout. Nous sommes éjectés vite fait de Pologne. Salut les polacks (Boeub !) »...

En bout de table, un trio s'est formé : Johnny Hallyday, la très énigmatique Fanny Ardant et Guy Marchand. Ils nous refont un *conseil de famille*. Je surprends leur conversation, totalement incohérente, peuplée de films aux metteurs en scène obscurs et de comédiens géniaux dont les noms n'ont jamais atteint le seuil de la clarté.

Ils s'aperçoivent que je les écoute. Ils se croyaient seuls, les mignons ! Trois paires d'yeux me dévisagent. Je me rends compte que ces personnages sont parfaitement identiques, oh ! Ils se sont bien trouvés, ceux-là, je les traite de « misfits » (1) ça les fait bien marrer.

Puisqu'on est dans le cinoche, on interroge Johnny sur les films qu'il a tournés à ses débuts. Il ne tient pas à en parler, il oriente plutôt la conversation sur ceux qu'il n'a pas faits :

« En 1969, Hoche Production me propose un rôle important dans un remake des *Armes de la colère,* un film d'Henry Kaleff. C'est une co-production avec les Egyptiens, les Italiens, enfin on tourne en Egypte.

Dès les premières séquences : problème. Un cascadeur égyptien m'envoie un vrai et solide coup de poing dans la figure, très volontairement. Pourquoi ? Parce que j'avais pris position pour Israël pendant la « guerre des six jours ».

Mon médecin, Paul Belaiche, me colle en arrêt de travail, avec certificat et tout ! On arrête le tournage du film et retour en France ; ça c'est la première partie de l'histoire.

Je fais un come-back au pays des pyramides, toujours avec Paul, enfin Palou. Entre-temps Hoche Production fait faillite. Le film ne se fait plus. Les techniciens français ne sont plus payés. C'est le bordel et le matériel est saisi par les Egyptiens. Alors là, il nous font un plan, j' vous dis pas : kidnappés les

(1) Les Désaxés, film de John Huston, avec Monty Clift, Marilyn Monroe, Clark Gable.

mecs, Palou et moi ! Kidnappés par les Egyptiens, qui veulent nous imposer de tourner un autre film, pour les dédommager du préjudice causé par la faillite de la production française. Il faut trouver un moyen de s'enfuir !

Un soir, Palou raconte aux types chargés de nous surveiller que je dois aller chanter dans une boîte de nuit du Caire. Nous abandonnons tous nos bagages à l'hôtel pour mettre nos anges gardiens en confiance et, suivis des gardes du corps de Nasser, nous nous pointons dans un club où le patron ne comprend rien du tout. Palou et moi on se sauve par les toilettes et on trouve un taxi qui nous amène à l'aéroport. Le seul départ immédiat, c'est sur la Japan Air Lines : Le Caire-Rome. OK ! C'est bon, on se démerdera à Rome.

Les gorilles ont dû s'apercevoir que la fenêtre des chiottes était grande ouverte sur le désert et que Tintin et le capitaine Haddock s'étaient envolés.

C'est foutu ! Au moment de payer nos billets d'avion, le caissier égyptien refuse l'argent liquide, il veut un chèque. Palou sort sa carte de médecin et implore le moustachu à la casquette trop petite pour sa tête crépue : « La femme de Johnny Hallyday accouche à Rome dans de très mauvaises conditions, son mari voudrait la rejoindre, rester deux jours à côté d'elle, nous reviendrons tout de suite, gardez l'argent liquide, nous le remplacerons par un chèque dès notre retour ! »

Le type qui comprend le Français (miracle) se laisse apitoyer. Nous n'avons que deux secondes pour embarquer. Tout à coup, une nuée d'hôtesses de l'air me saute dessus pour avoir des autographes. Je vire tout le monde, on s' met à courir comme des dingues.

Assis côte à côte, Palou et moi, dans les étroits fauteuils du Boeing de la Japan Air Lines, on n'en mène pas large quand on voit arriver sur la piste plusieurs voitures de police avec les gyrophares qui tournent dans la nuit. Palou, qui est juif, pense qu'on va l'arrêter pour espionnage. Moi, je ne pense à rien du tout. L'hôtesse me demande de mettre ma ceinture, ça veut dire que l'avion décolle...

« Palou, t'entends, l'avion décolle ! »

A mon prochain anniversaire, je vous raconterai comment en Italie, à Pise exactement, Abel Gance, qui avait 73 ans à l'époque, s'est battu à mes côtés contre des types qui voulaient nous faire marron sur un film. »

Il est tard. Les copains prennent congé, les uns après les autres. Nous ne sommes plus que trois, Johnny, Joël Devouges et Chris à finir la soirée sur des sujets moins drôles que tout à l'heure.

Johnny commence à s'éteindre. Il ne nous écoute plus, il pense à Nathalie, j'en suis sûr.

Joël se lève, je le raccompagne jusqu'à la porte et retourne dans le living. Il n'y a plus de musique. Seuls des reliefs d'une orgie de bouffe témoignent d'une excellente soirée passée entre amis. Dans un coin Johnny est assis, les yeux baissés. Il regarde le bout de ses pieds, un verre à la main, mais ce n'est pas de l'eau minérale.

Oui, je sais Johnny, c'est dur, il manquait quelqu'un à ton anniversaire.

A Paris, quelque temps plus tard, la soirée du 5 juillet est marquée par une étrange rumeur. Johnny est toujours en Hongrie et la radio aurait laissé passer sur les ondes une incroyable information : « Johnny Hallyday s'est ouvert les veines. »

Dans l'immédiat, peu de personnes entendent ce message.

La nouvelle me parvient chez Jean-Claude Camus le lendemain après-midi seulement, celui-ci m'appelle.

« Que s'est-il passé ? Tu sais quelque chose ?

— Absolument rien, essayons d'appeler en Hongrie ! »

Impossible de joindre à Budapest un membre de l'équipe de tournage. Joël Devouges est comme nous. Il ne sait rien et manipule le bigophone de son côté, interrogeant les quelques amis parisiens qui, dans cette période de vacances, sont encore dans la capitale. Le résultat de notre enquête est négatif. On commence sérieusement à s'inquiéter. Vers 20 heures, enfin, Joël nous apprend que le « grand » est en pleine forme.

Mais je me méfie, je connais le personnage et l'état dépressif dans lequel il était plongé ces derniers temps, n'est pas pour me rassurer.

A 4 heures du matin, Johnny me confirme : « Conneries, mon cher Cricri, conneries de journalistes à sensation, d'ailleurs je rentre à Paris demain et je compte sur toi pour venir me chercher à Orly. »

L'avion de Budapest a deux heures de retard. A l'aéroport, le comité de réception, Desta, ma fille Adeline et moi-même, s'impatiente.

Enfin l'avion est annoncé, puis le couloir des arrivées dégorge ses voyageurs. Une tignasse blanche domine tout le monde. Planqué derrière ses grosses lunettes noires (mais qu'est-ce qu'il croit Jojo ? Tout le monde le reconnaît !) son visage toujours pas rasé, s'allume d'un grand sourire.

« Salut la famille !

— Qu'est-ce que tu lui as fait à cet avion pour qu'il arrive en retard ?

— Ah ! ne me parles plus d'avion, j'en ai plein le cul ! »

En fait de suicidé, je vois un Johnny heureux de rentrer à Paris pour deux jours et régler quelques affaires, notamment négocier l'achat d'un appartement : « Tu comprends, j'ai quand même besoin d'un endroit où prendre mes affaires. »

Je jette un regard discret sur ses poignets en insistant pour lui prendre le sac de voyage qu'il a dans la main.

Il n'y a effectivement aucune trace d'un acte inconsidéré.

A 10 heures du soir, nous dînons au « King Club » où Albert Minsky nous invite à sa table. On parle beaucoup, mais il n'est plus question de chansons ni de l'air du temps.

Johnny et Albert s'attaquent au cinoche, passent en revue les metteurs en scène de plusieurs générations, le génie des uns ou les défauts des autres, les films d'avant-guerre, tout y passe.

L'obsession de Johnny pour le cinéma est flagrante, la condition d'acteur le hante. Son talent se confirme, aidé par son masque aux traits marqués comme ceux d'un trappeur ou d'un marin, les yeux, maintenant couleur de jean délavé, laissent apparaître une sensibilité que Johnny-chanteur possédait au fond du cœur, mais que Johnny-acteur fait éclater du fond des tripes. Il a vécu en quarante années plusieurs existences d'homme à un rythme accéléré. Il a des choses à dire, le baroudeur de la vie.

A la troisième heure du matin, retour à la maison. Le dernier whisky se prend dans mon bureau. Alors que je ressens les premières fatigues de la nuit, Johnny, lui, éclate d'énergie, il ne tient plus en place (je redoute une galère dans les boîtes). Fiévreusement, il arpente la pièce de long en large, les mains croisées derrière le dos. J'ai l'impression de voir l'empereur à la veille d'une bataille. Quel combat va-t-il livrer ? Définivement son premier adversaire, c'est lui-même. Il arrête soudain ses allées et venues et, me tourne le dos. « Chris ! Il faut que je devienne un acteur, un bon acteur, c'est la seule chose qui m'importe aujourd'hui ! »

Il allume une cigarette, se retourne et d'une voix sèche continue son monologue :

« Je ne sais pas pourquoi, mais je pense à mon père, c'était un acteur, mais tu sais ce qu'il a fait. Un jour, il a dit à ma mère qu'il allait chercher du beurre chez l'épicier du coin, il n'est jamais rentré. Il s'est barré avec une vieille gonzesse à lui, ça a foiré, il n'a pas su revenir.

Il a noyé sa vie dans l'alcool... Tais-toi, je sais ce que tu vas me dire... Oui, je picole mais pour d'autres raisons... J'ai fait beaucoup de choses pour me rapprocher de mon père, la dernière fois, je lui ai fait tailler trois costumes chez « Cerruti », deux jours après, il les revendait aux Puces... J'ai essayé de lui parler, de le raisonner et d'établir des relations normales entre un fils et un père... Il n'y a rien à faire...

Ma mère, j'ai toujours aimé ma mère, je ne pourrai jamais m'empêcher de penser à tout ça... »

Sa voix tremble, il essuie une larme du revers de la main : « Merde ! Je ne sais plus où j'en suis ! »

Les allées et venues reprennent, je lui propose de s'asseoir. « Non, j'ai besoin de marcher pour réfléchir. Dans mon film, le camion que je conduis s'appelle *monstre,* c'est un ordinateur. Sais-tu ce que me dit *monstre* : « T'as besoin de marcher pour réfléchir ». Je lui réponds : « Bien sûr, pas toi ! »

C'est pas mal. Il y a des trucs bien dans ce film. Un film qui m'épuise beaucoup plus spirituellement que physiquement. Je culpabilise, me pose des questions, je me relève la nuit en sursaut et je chiale. Je ne sais plus qui je suis, car la force d'un metteur en scène est de te dépersonnaliser au profit de son personnage... je perds la raison... Je recherche mon « moi », mon âme, si toutefois j'en ai une... Elle ne se manifeste jamais celle-là quand j'ai besoin d'elle... D'ailleurs, en ai-je vraiment besoin ?

Quand on aime au cinéma... On est incapable d'aimer dans la vie courante... ça y est, j'ai l'esprit en compote mais une chose est sûre, il faut se détruire pour créer ! »

Toute la journée il a fait lourd. Il y a des orages en cette période de canicule. Johnny a maintenant le nez collé à la fenêtre, il écoute le tonnerre et regarde la pluie rebondir sur les capots des voitures.

J'essaie une fois de plus de le comprendre à travers ses nouveaux cauchemars (Johnny, adolescent équivoque, avait planté dans ses chairs des graines d'angoisse et ne pouvait imaginer une récolte si prolifique). Ce garçon qui a pensé au suicide toute sa vie, possède une âpre volonté de vivre.

Alimenté, le drame ouvre une crevasse sous ses pas à

chaque tournant de son existence, il ne saurait en être autrement.

Sa séparation d'avec Nathalie l'a profondément marqué, il attaque un film violent dans un état dépressif et vit dans la crainte que cet état d'âme se devine à l'écran.

Depuis trois mois, l'armée de ses nerfs est sur la défensive. Il doute de lui-même. Dans son esprit, c'est la guerre civile. Je voudrais le rassurer (ce qui me donne ainsi l'occasion de pratiquer l'art de donner des coups d'épée dans l'eau) et je profite de ce « break » pour prendre la parole.

« Pourquoi n'essaies-tu pas de faire le point ! Prends un rendez-vous avec toi-même et fais le ménage dans ta tête, trouves le moyen de te situer dans tout ce mélo. Ne cultive pas ce malaise et si tu as des angoisses, refuse-les, tu peux y arriver. Analyse-toi, mais ne reste pas comme ça, tu ne termineras pas ton film, tu vas craquer avant. »

Nous savons tous les deux que je ne suis pas convaincant, mais étant son ami, il faut que je trouve quelque chose à dire, c'est la coutume.

Il a l'air de m'en vouloir de le raisonner avec des sermons à la con ! Autant vouloir catéchiser le premier chat de gouttière venu. Je le déçois et il voudrait que je rentre dans le système avec lui. Oui, Jean-Philippe c'est tentant, je sais, mais je refuse.

Le front appuyé sur le carreau de la fenêtre, il regarde toujours la pluie tomber et d'une voix lasse conclut :

« Moi, en tout cas c'est l'analyse que je refuse, car si tu rentres dans ce jeu, tu cesses de fonctionner et tu tombes. Mais de toute façon, je me prendrai toujours la tête entre les mains. »

Le énième clope de Gitane est écrasé dans un cendrier déjà plein, l'éternel dernier whisky est sifflé.

« Arrêtons de raconter des conneries, Christian, il est tard, il est tôt, j' sais plus, allons nous coucher. »

A conneries, conneries et demi. Bien sûr, il a toujours

entretenu ce climat fiévreux, il joue avec le feu et il le sait. Dans ce jeu, on commence à se brûler le bout des ailes, puis le cerveau y passe, la tête explose en déchets de folie et arrose tout un entourage.

Ne vas pas trop loin, Jojo.

Deux jours après, je l'emmène à l'aéroport, l'avion est à 8 heures du matin ; à passer des nuits à philosopher, il nous manque du sommeil, bien sûr. Sur l'autoroute pour rentrer il y a un bouchon terrible, les voitures sont plantées là, pare-chocs contre pare-chocs, je m'endors très vite et rêve que Johnny vient frapper à ma porte. Le type derrière klaxonne depuis cinq minutes, on repart... De retour à l'appartement, je me prépare une lessiveuse de café noir, j'en ai besoin pour continuer à écrire. La première tasse me fait lever le nez. Juste devant moi, sur le mur de la cuisine, Johnny a laissé un message au crayon marqueur, un message au goût d'épitaphe, il a dû écrire ça au milieu de la nuit.

« Il y a des fois où je me sens comme un gros bloc de machefer, complètement calciné. On croirait qu'à la longue, la blessure va se cicatriser ! Mais non. Ou alors c'est qu'il n'y a plus rien à brûler. »

J. H. 9.7.86.

Noir c'est noir.

On continue, tout cela ne brille pas d'optimisme, surtout après les conversations de ces dernières nuits. Je l'imagine dans son avion là-haut, survolant le Danube. Il sait que j'ai trouvé son message. Autrefois, cela l'aurait fait sourire, aujourd'hui, il est grave. On est sur la pente d'un désespoir fatal et définitif. Un parfum de Nathalie lui monte au cœur, les angoisses de son film, son mal d'exister. C'est dur de le suivre, d'être son ami, mais j'irai jusqu'au bout, il s'en sortira, d'ailleurs il s'en sort toujours.

Le samedi 26 juillet, Johnny termine son film dans un concert de cascades, avec des camions géants tordus, tombés sur le dos, offrant au ciel leurs tripes de tuyaux d'acier et de ressorts bleuis. Lui aussi est sur le dos, du sang chimique fait des bulles sur son ventre et lui marque le bras d'une grosse étoile rouge, mais on ne sait pas s'il s'en sort vivant.

De Budapest il m'appelle, j'entends la voix d'un homme épuisé mais heureux.

« C'est fini Chris ! La partie « Hongrie » est finie, deux jours à Munich et après je tourne dans les environs de Paris, je vais pouvoir me reposer. Tu me prends à Orly comme d'habitude. Je t'embrasse. »

Au milieu de la foule de vacanciers qui l'entoure, c'est un Johnny hilare que j'aperçois, en blouson de cuir noir, le titre de son film : *Terminus* brodé en grosses lettres rouges dans le dos.

« Hello Chris ! (accent américain). Tu te rends compte, j'ai fini. Ce film aura été une dure bataille, ce soir je dîne français, et demain matin mon croissant ! Quel pied ! »

La Mercedes file bon train sur l'autoroute parisienne du mois d'août, vidée de ses usagers.

« Dis donc salopard, m'interpelle-t-il, je te remercie d'être venu si souvent me voir en Hongrie...

— Pas le temps, Johnny, je suis coincé entre l'antiquité et le bouquin, trop de boulot.

— Bien sûr, mais si j'avais tourné un film à Nashville, je suis sûr que tu aurais trouvé le temps !

— Ne sois pas méchant, je t'ai apporté *L'Express*, il y a un bon article sur toi et une très belle photo en noir et blanc. » Johnny prend la revue qui titre en couverture, à propos des dénationalisations : « Le sauvetage est possible », il éclate de rire :

« C'est ça mon article ! »

Au moment où, assis à mon bureau, j'écris ces lignes,

Johnny est derrière moi et déguste son premier whisky français. Il pose une main amicale sur mon épaule.

« Alors tu en es où avec ton bouquin ? » Il parcourt des yeux ma dernière phrase et sursaute, s'étonnant que je cite sa réflexion à propos de *l'Express*.

« Quoi ! Déjà, mais tu répètes tout, toi ! Il y en a qui écrivent au jour le jour, mais toi, c'est à la minute près. Je ne vais plus rien oser dire.

— Absolument monsieur Hallyday, à partir de ce moment, tout ce que vous dites, pourra être retenu contre vous !

— Si je te dis que j'ai mis des chaussettes noires ce matin, tu vas l'écrire aussi je suppose ? Tiens, je viens d'allumer une cigarette, n'oublies pas ça non plus ! Et Tony Frank ? Il a bu cinq bières dans l'avion. Quant à l'hôtesse... » (ici, et après ce que je viens d'entendre, je préfère laisser la plume à Johnny lui-même, moi je n'ose pas).

Johnny file à l'autre bout de l'appartement, écrase sa cigarette dans le bouchon de la bouteille de whisky et nous sert les deux derniers. Dans le couloir, il conclut d'une voix forte :

« Ecoute, moi je chante, toi, tu écris, OK ?

— Tu oserais chanter ce que tu viens de me dire ? »

Mes filles, Adeline et Marilyn, rentrent de leur cours d'équitation. Les petites chéries posent leurs bombes et leurs cravaches sur une chaise recouverte de velours. Je suis obligé de sévir, sous l'œil critique de Johnny. La plus grande fait la tête, Johnny l'interpelle :

« Ton père a raison Adeline ! Ce n'est pas une place pour des affaires d'équitation, surtout si tu viens de t'en servir... Regarde, elles sont sales !

— Je ne fais pas la tête parce que mon père me reprend mais pour une autre raison Johnny ; au club où je monte, ils veulent envoyer à l'abattoir une jument de 9 ans, sous prétexte qu'elle boite.

— C'est dégueulasse, il faut empêcher cela !

— Oui il faut l'acheter, mais elle appartient à l'armée. Tu vois, tous ces grands cavaliers, tous ces gens qui aiment soi-disant le cheval, envoient à l'abattoir leurs bêtes quand elles sont vieilles ou blessées. Avec ma sœur, on va compter nos économies.

— Combien coûte ce cheval ?

— Trois mille francs, c'est le prix qu'il sera vendu à la boucherie. »

Johnny disparaît quelques minutes dans sa chambre, il revient avec un petit papier à la main. Il tend un chèque à ma fille du montant réclamé par le propriétaire.

« Tiens, tu leur diras de ma part que ce n'est pas très joli d'agir comme ils le font, quand on se dit cavalier ! Quant au cheval, essaie de le placer quelque part à la campagne chez des gens ! »

Voilà, il vous fait des trucs comme ça, Jojo, et ça se passe d'une façon si naturelle et évidente pour lui, qu'on a l'air idiot d'essayer de le comprendre. Il a tellement eu l'habitude d'être confronté aux petites ou grandes injustices de la vie, qu'il répond à ce genre de situation avec un réflexe instantané et ne rate jamais l'occasion de dresser un barrage à la bêtise ou la cruauté.

Le chèque en main, ma fille est déconcertée, elle me regarde avec de grands yeux étonnés, la seule réponse que je peux lui fournir dans l'immédiat est un haussement d'épaules de stupéfaction.

Je retrouve Johnny dans la cuisine où il se passe un grand tablier autour de la taille.

Depuis le matin, il prépare une sauce, épluche des tomates, dénoyaute des olives, il ressemble à un horloger ou à un artisan de précision quand il découpe des petits carrés d'oignons.

Johnny est un vrai cordon bleu, ça sent vachement bon ce qu'il fait mijoter dans la casserole.

« Johnny, pour le cheval, tout à l'heure, c'est très bien

ce que tu m'as fait, mais je... (il avance vers moi, une cuiller en bois à la main).

— Tiens, goûte ça, mon vieux, dis-moi ce que tu en penses. »

Johnny travaille sur un disque dont les chansons sont écrites par Jean-Jacques Goldman. Les enregistrements se prolongent jusqu'aux premières lueurs du matin ; quand il rentre à la maison, Johnny frappe à la porte de ma chambre.

« Chris ! Il faut que je te parle.

— ...

— Chris, c'est à propos de Nathalie... J'ai besoin de te dire qui est Nathalie. »

Dix minutes plus tard, nous sommes installés à table, devant une bouteille d'eau minérale et deux verres. Johnny a été chercher un cendrier, il a ses provisions de cigarettes... Ça veut dire qu'on est là pour un bout de temps, je ne suis pas contre.

Il sort une cigarette, la roule entre ses doigts, il réfléchit.

« Tu sais, Nathalie est la femme qui m'a le plus impressionné dans ma vie, et j'ai désiré avoir un enfant très tôt avec elle. Elle m'a accepté comme j'étais, c'est-à-dire rude, sans doute égoïste... Elle m'a ouvert les yeux sur un monde que j'ignorais... Celui de l'amour !

L'amour a toujours été un échec pour moi, parce que je l'ai toujours aimé pour moi, j'ai toujours aimé les femmes pour moi... Souvent Nathalie me questionnait.

« Tu m'aimes ?

— Oui bien sûr.

— Tu m'aimes pour toi ! »

Alors elle a eu la patience de m'expliquer et j'ai appris à aimer une femme pour elle, pas pour ma satisfaction personnelle, non, mais, au contraire, pour la rendre heureuse elle, elle seule, tout en étant heureux moi aussi.

Nathalie est l'emmerdeuse la plus merveilleuse que j'aie

connue, et j'aimerais être emmerdé toute ma vie comme je l'ai été avec elle, tu comprends ? J' vais t' dire un truc : Si je ne finis pas ma vie avec Nat, il faudrait que je la finisse avec quelqu'un comme elle, mais ça, ce sera plutôt dur à trouver. Je n'ose pas y penser. Et puis j'en ai marre de lutter, je voudrais vivre tranquille avec des gens que j'aime. (Dix secondes de silence) : Tu sais, un soir je t'ai dit : « Ma vie est un enfer. » J'ai peut-être été un peu vite ! Les quelques années que j'ai vécues avec Nathalie n'avaient rien d'un enfer...

... Voilà, ce que je voulais te dire. Maintenant, prends une feuille de papier, un crayon et écris tout ça car je veux que cela se sache... Ah ! autre chose, j'ai dîné avec Nat, ce soir.

— Alors, ça s'est bien passé ?

— Très bien je crois ! Je lui ai dit que s'il existait un moyen pour que l'on revienne ensemble, eh bien, je le trouverais.

— Que t'a-t-elle répondu ?

— Qu'elle allait réfléchir de son côté et qu'elle me téléphonerait. Si elle ne m'appelle pas, c'est foutu. »

Je rentre à six heures du soir, Johnny est assis sur le canapé, entouré de feuilles blanches et de bouquins — il se tient encore une fois la tête entre les mains, je pense à un drame.

« Ah Chris ! C'est impossible de travailler ici. Cent mille coups de téléphone à l'heure, tu comprends ! Comment veux-tu que je puisse apprendre les textes de mes nouvelles chansons ? Et j'ai deux scénarios à lire. Rends-moi service, réponds au téléphone, je ne suis là pour personne, tu entends, personne, même si c'est le pape ! même si... »

Ça ne manque pas, la sonnerie du téléphone couvre la fin de la phrase de Johnny, je réponds pendant qu'il se replonge dans ses textes, les deux mains collées sur les oreilles.

« Johnny !

— ...

— Hey JOHNNY !

— Non, je t'ai dit non !

— Johnny, c'est Nathalie... »

REMERCIEMENTS

A Christiane, ma femme, pour sa patience, elle qui a supporté un auteur invivable pendant près d'un an ; Jean-Philippe Smet, qui a bien voulu me « tuyauter » sur Johnny Hallyday ; Patrick Mahé, l'instigateur de cette œuvre, mon tortionnaire et néanmoins ami ; Nicolas Hugnet qui a chronométré cette course de fond et nous a fait passer bien des nuits blanches ; Jean-Jacques Renault, qui me reproche toujours d'écrire des phrases trop longues ; Tony Frank, Docteur ès-pellicules, qui nous a fait de si belles photos ; Catherine et Martine, enfin, mes dactylos rock.

L. C.

L'AUTEUR

Long Chris est un pionnier du rock français. Depuis trente ans, il est le meilleur ami de Johnny Hallyday. Il l'a connu, sur une note initiatique, en fredonnant un air d'Elvis Presley, à la patinoire Saint-Didier à Paris, en 1956. A la sortie, Christian — alias Elvis et rebaptisé Chris — vole au secours de Jean-Philippe — alias Johnny — assailli par une bande de Blousons noirs dont il venait d'enlever l'égérie... C'était la protégée du chef de bande. Leur amitié, comme le rock, est indestructible. Scellée dans une bagarre de rues, elle se perpétue en musique. Long Chris, chanteur des Dalton, eut son heure de gloire dans les années soixante. Il passait partout en première partie des spectacles de Johnny, avant de devenir son secrétaire particulier, puis le parolier de ses grands succès *(Gabrielle, Si j'étais un charpentier, La génération perdue, Je suis né dans la rue)*. En trente ans de complicité et de fidélité, Long Chris, devenu antiquaire, a tout connu de Johnny, ses triomphes et ses galères, ses amours et ses peines. Quand, un soir d'hiver dernier, celui-ci s'est retrouvé à nouveau solitaire, le cœur en berne, c'est à la porte de son vieux copain qu'il est allé frapper. L'addition de ses confidences, à perte de nuits blanches, et leurs souvenirs communs ont donné ce livre que seul Long Chris pouvait écrire.

CREDITS PHOTOS

Les photos de couverture ont été réalisées par Tony Frank. En première de couverture, une photo prise pendant le tournage du film *Terminus* et en quatrième de couverture, une photo prise à Belle-Ile, en septembre 1986, lors de la rédaction du livre.

Premier cahier hors texte

Page 1	Photo X (D. R.) collection Long Chris
Page 2	Jean-Claude Sauer, Paris-Match
Page 3	Jean-Claude Sauer, Paris-Match
Page 4	en haut, à gauche : Tony Frank en haut, à droite : Photo X (D. R.) en bas : Photo X (D. R.)
Page 5	en haut : Photo Aubert, Philips en bas : Photo Lecture, Arcachon
Page 6	en haut : Photo Stan Wiezniak-Philips en bas : Photo Pierre Spitzer
Page 7	Photo X (D. R.)
Page 8	en haut : Moynet, Paris-Match en bas : Photo A.F.P.
Page 9	en haut : Photo Agence de Presse Dalmas en bas : Photo M. Holtz, Paris-Match
Page 10	en haut : Photo X, Paris-Match en bas : Photo X, Paris-Match
Page 11	Photo Paris-Match
Page 12	Photo Paris-Match
Page 13	Photo Nice-Matin

Page 14	en haut : Photo Paris-Match en bas : Photo Paris-Match
Page 15	Photo X (D. R.)
Page 16	Photo Paris-Match

Deuxième cahier hors texte

Page 1	Photo Reporters Associés
Page 2	Photo Habans, Paris-Match
Page 3	Photo X (D. R.)
Page 4	en haut : Photo Hit-Magazine en bas : Photo Claude Delorme, Phonogram
Page 5	en haut : Photo X en bas : Photo X
Page 6	Photo Patrick Soubiran
Page 7	Photo Uniphoto
Page 8	en haut : Photo Patrick Soubiran en bas : Photo Patrick Soubiran
Page 9	Photo Tony Frank
Page 10	Photo Manuel Litran, Paris-Match
Page 11	en haut : Photo Manuel Litran, Paris-Match en bas : Photo Bernard Leloup
Pages 12 13	Photo Tony Frank, Sygma
Page 14	Photo Tony Frank, Sygma
Page 15	Photo Tony Frank, Sygma
Page 16	Photo Bernard Leloup

Cet ouvrage
a été composé
par l'imprimerie BUSSIÈRE
et imprimé
sur presse CAMERON
dans les ateliers de la S.E.P.C.
à Saint-Amand-Montrond (Cher)
en novembre 1986.

Les hors-textes et les couvertures
ont été imprimés
par l'Imprimerie CLERC
à Saint-Amand

Nº d'éditeur : 1153. Nº d'impression : 3111-2058.
Dépôt légal : 4ᵉ trimestre 1986.

Imprimé en France

ISBN : 2 85018 522 1

N° d'éditeur : 1153. N° d'impression : 3114-2048.
Dépôt légal : 4e trimestre 1996.
Imprimé en France

ISBN : 2-85018-522-1